北欧神话

众 神 与 英 雄 的 故 事

〔英〕汤姆·伯基特 Dr. Tom Birkett 著

唐阳 译

THE
NORSE
MYTHS

STORIES OF THE NORSE GODS AND
HEROES VIVIDLY RETOLD

北京联合出版公司
Beijing United Publishing Co.,Ltd.

目录

CONTENTS

序章　　　001

01　005
创世神话
The Creation of the World

金恩加格　005

杀死伊密尔　008

昼夜的诞生　009

黄金时代　012

02　017
九大世界
The Nine Worlds

阿斯加德　017

华纳海姆　021

约顿海姆　023

精灵和矮人的世界　025

尼福尔海姆与穆斯贝尔海姆　025

冥府海拉　027

世界树和神圣井　028

03　033
男女诸神
Gods and Goddesses

奥丁　036

弗丽嘉　043

托尔　046

希芙　050

弗雷　053

芙蕾雅　057

巴德尔和霍德　061

洛基　067

提尔　077

海姆达尔　079

尼约德和斯卡蒂　083

乌勒尔　086

布拉奇和伊登　087

葛芙琼　087

密弥尔和海尼尔　089

诸神之子们　091

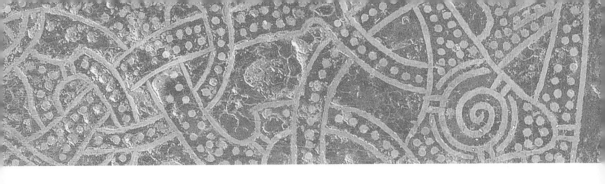

04 095

巨人
The Giants

约顿族 095

赫鲁格尼尔与赛马 097

斯克里米尔和大手套 104

乌特迦－洛奇与力量较量 110

埃吉尔，澜以及扬波九女 116

希密尔和大锅 118

吉尔罗德和他的巨人女儿们 123

夏基和伊登的苹果失窃 127

弗洛迪和巨人女孩 134

苏尔特尔 137

05 139

怪物与超自然生物
Monsters and Supernatural Beings

斯莱普尼尔 139

洛基骇人的孩子们 143

命运女神 155

精灵 158

矮人 162

06 169

齐格鲁德和伏尔松格家族
Sigurd and the Volsungs

伏尔松格的家族谱系 169

07 219

民间英雄和骗子
Folk Heroes and Tricksters

拉格纳尔·洛德布洛克的传奇 219

斯塔克德 233

赫沃尔和海德瑞克 244

埃吉尔·斯卡拉格里姆松 253

08 267

北大西洋探险
Exploration in the North Atlantic

第一步 268

定居冰岛 273

红胡子埃里克和挪威人发现格陵兰岛 283

莱夫·埃里克松发现文兰岛 287

卡尔赛甫尼的远征 289

09 297

东征南伐
Expeditions to the East and the South

波罗的海 298

俄罗斯与东方之路 302

君士坦丁堡与瓦兰吉安人 307

探险地中海 314

来自哈里发国的白银 318

10 329

北境之王
Kings in the North

拉格纳尔的儿子们 331

金发哈拉尔德 335

血斧埃里克 341

"好人"哈肯 344

奥拉夫·特里格瓦松 346

"蓝牙"哈拉尔德 352

"八字胡"斯文 355

科纳特 359

哈拉尔德·哈德拉达 362

11 367

终极之战
The Final Conflict

诸神黄昏降临 367

最后一战 371

12 377

传承与解释
Survival and Interpretations

北欧神话的来源 377

神话重现 380

北欧神话与民族主义 383

现代神话与斯堪的纳维亚的残存 386

延伸阅读 391

致谢 393

译名对照表 394

序章

Introduction

　　本书再现了中世纪流传至今最非凡的故事体系之一：这是一个极其丰富的神话体系，它为我们带来了托尔、独眼奥丁、热情的芙蕾雅、渴望战斗的女武神、冰霜巨人、冶金矮人和神秘精灵……诸神黄昏步步逼近、终将来临。北欧神话能够被记录下来，很大程度上要归功于中世纪冰岛早熟的文学文化，而且极为幸运的是，有那么多的资料传到了我们手中。这些资料不仅涉及到北欧诸神，还包括传说中的英雄，以及追随着他们脚步的北欧探险者。它们有一部分是诗歌——假设读者们已经熟知这些故事，那么会时不时读到种种微妙的暗喻；也有关于传奇过往的散文式长篇萨迦[1]；还有中世纪冰岛人斯诺里·斯图鲁松[2]所撰写的包罗万象的北欧"诸神导览"；以及存在于维京时代艺术作品、铭文和手工艺品中的可靠线索。这是一个充满生命力的故事世界，被口口相传，并以多种形式分享——通过诗歌、故事、表演和庆典仪式，有些编排得极为繁复雅致，有些则极为平庸乏味。故事不断地改

1　古代挪威或冰岛讲述冒险经历和英雄业绩的长篇故事。
2　冰岛诗人、史学家。
3　瑞典最大的一个岛屿。

对页图：来自公元 8 世纪哥得兰岛[3]亨宁格克林特的石板画

齐格鲁德杀死巨龙法夫
纳,是英雄传奇中最为
著名的片段之一。

变、更新——这是"活神话"的特征之一,甚至在中世纪冰岛的书面资料中,同样的神话也以截然不同的方式被铭记和呈现。

为人重新讲述如此包罗万象的故事集,是一种乐趣,同时也是一项艰巨的任务——那些故事既复杂丰富,又自相矛盾。一方面,我很高兴能够再次重温自己儿时曾读过的神话,并且仍然将它们当故事,而不是需要钻研的文本来读;而另一方面,涉足庞杂的背景,并要将难以理解的神话记录在案,这实在令人望而生畏。此前北欧神话各种形式的改编则让这项任务变得更为艰巨,譬如古冰岛诗歌的早期翻译(它们甚至比原作更古怪),还有最近轰动一时的神话电影——漫威的《雷神》系列(它让人从此很难再接受一个没有斗篷和六块腹肌的北欧神祇)。本次重讲的目的在

我很高兴能够再次重温自己儿时曾读过的神话,并且仍然将它们当故事,而不是需要钻研的文本来读。

于，结合北欧文学和文化的大量学术成果，以连贯的形式，不过分艰涩、又不至失其庄严原貌的语言来呈现神话。下文中的北欧神话及传说并不是对任何原始资料的直接翻译，也不是以神话为基础展开的虚构作品，我的目标是将我们所知道的东西汇集在一起，而不是美化修改它们。从某种程度上来说，北欧神话很容易被定义：它是关于北欧诸神的故事。然而，神也出现在像"屠龙者"齐格鲁德和"毛裤"拉格纳尔这类英雄人物的传记当中，这些传奇故事的缩略版本也被涵括在内。本次重讲还包括来自维京时代历史人物的故事，他们中的一部分人敬奉北欧诸神，或者拥有可以向上追溯至奥丁和弗雷的血统。旅行者们在挪威海域和河流探险，驾驶船只向西一直开到北美，向东抵达阿拉伯地区，他们不仅为北欧所信仰的世界提供了人文背景，并最终成就了伟大的故事。其中一些关于人类筚路蓝缕的故事，譬如莱夫·埃里克松发现文兰岛，本身就已是传奇。

《斯坦福桥战役》，彼得·尼克莱·阿博绘（1870 年）

创世神话

The Creation of
the World

01

PART ONE

伊密尔在此定居是很久很久之前了，那时既没有沙，也没有海，更没有寒潮。天和地都无从寻觅。深渊撕开裂口，寸草不生。(《女先知的预言》, 3)

金恩加格

深渊裂口大敞。

那里空无一物，而在虚空之中，它静静等待。深渊已存在了多久，无从得知。时间不曾流逝，因为无法对它的流逝进行标记。没有太阳，没有月亮，没有星辰，没有天和地，大海和沙砾，上与下都无从区分。彼处名为金恩加格，它空无一物，又孕育万物。

河水开始奔腾。它们来自别处，来自冰雪之域尼福尔海姆，从赫瓦格密尔泉的幽深之处涌现，这是所有河流的源头。泉水中挤满毒蛇，它们扭动翻滚，毒液与泉水混合，形成了以埃利伐加尔为名的十二道河流。这些河流汇入金恩加格，水面上凝起冰层，不久之后（或者是很久之后——那里的时间无法计算），虚空被冻结。空气之中，有毒的细雨嘶嘶作响，落地为霜，填满所有空间。

对页图：元素之力在金恩加格的虚空之中相遇，北欧宇宙由此诞生。

尼福尔海姆如此寒冷，仿佛它就是寒冷本身。而虚空之外，还有一个像火一样炽热的地方，它叫作穆斯贝尔海姆。来自穆斯贝尔海姆的火花将热意带到金恩加格的边缘，当冰层融化，温暖的雾气便飘向虚空的中心。冰与火交汇之处，和煦如同无风的春日。

生命从这雪水、毒液和迷雾之中开始苏醒。第一个生命名为伊密尔，既是男人也是女人，是世上所有巨人的先祖。第一对巨人夫妇，男巨人和女巨人，趁着伊密尔沉睡之时，从这巨大生物汗淋淋的腋窝中挤出。之后，巨人的双腿合在一起，从汗水中，他们的儿子诞生了。这就是一切霜巨人的起源。

假如没有奶牛奥德姆拉和她的乳汁，伊密尔会发现自己很难在这片迷雾般的虚无之中生存。没有草可供奥德姆拉食用，但她舔舐着金恩加格冰霜上的盐粒维持生命。

北欧神话：众神与英雄的故事

Vers 4

更多的生命出现了。

奥德姆拉特别喜欢舔一块冰霜。她的舌头耐心地舔穿了那块结晶，最后从中露出一缕头发。第二天，一颗头颅从地底冒出，第三天，奥德姆拉的舔舐将一个人的身体从霜冻之中解脱出来。这个漂亮的男子名为布利，他是第一位神。布利的儿子叫作包尔，他与巨人波尔斯隆之女贝斯特拉结婚，这是神与女巨人之间的第一次联姻。包尔与贝斯特拉生了三个儿子：奥丁、维利和菲，他们将创造世界。

杀死伊密尔

奥丁和他的兄弟们需要筑造所用的材料，然而金恩加格如此贫瘠，只有薄雾和被霜雪覆盖的岩石，此外几乎一无所有。于是三兄弟杀死了伊密尔，用这位巨人的身体创造了世界。大量的血液从伊密尔的身体当中涌出，仿佛洪水一般淹没金恩加格。所有的巨人都因此失去了性命，除了伊密尔的孙子贝格尔米尔以及他的妻子，他们乘舟逃离了洪流。众神并没有浪费伊密尔的血，而是将它们变成了围住世界的巨大海洋。海洋如此辽阔，以至于绝大多数人都认为它无法穿越。除了组成环绕世界的海洋，还剩下几滴水，被用于填满陆地上的湖泊和池塘——其中许多都深不可测。

众神以伊密尔的身体塑成丘陵连绵、溪谷处处的大地，陡峭的悬崖和山脉从伊密尔的骨骼之间升起，他的断齿成为填满海岸和山道的砂石。奥丁和他的弟兄们在伊密尔的尸体内发现了一些盲目扭动的蛆虫。众神将意识、智慧，还有对于铸造珍宝的热爱众神没有令伊密尔的鲜血白白浪费：他们将血化为围绕世界的巨大海洋，这海洋如此辽阔，以至于很多人都认为它不可穿越。

赐予这些生物，它们成为了矮人族。矮人们仍然生活在山底的岩石之中，深藏于伊密尔的身体里。之后，众神将伊密尔的颅骨从金恩加格上方升起，形成巨大的天穹。为了撑住这颗颅骨，众神在每个角落都安置了一名矮人：这四个矮人被命名为北方、南方、东方和西方，他们能够防止苍穹坠落。

彼时，天空之中空无一物——太阳、星星和月亮还不知在何处。但是众神将一切都安排得井然有序：他们从燃烧的穆斯贝尔海姆王国取来火花，然后抛至金恩加格的上空，造出星辰。他们确定了行星的运行路线，设定了太阳和月亮在天空中的位置。为了计算年月，他们任命了新月，并且召来潮汐，为黑夜和她的孩子们命名，称他们为早晨、中午、下午、夜晚。自那时起，人们就可以知道一天之中的时间，还有季节变换、年份更替。

在创造世界的过程当中，众神没有浪费任何东西——他们将伊密尔的大脑扔在空中，形成厚重云层；他们用伊密尔粗硬的头发制作树木，甚至将他的睫毛变为标识和保护这个世界的界墙。这片被圈住的大地即是米德加德——我们的中庭大陆。虽然以暴力为开端，但众神创造了一个美丽的世界。

昼夜的诞生

幸存的巨人们被放逐到中庭之外，在群山，还有被海洋环绕

的铁林之中生活。伊密尔的一位后人在山间安顿下来，他叫作纳尔弗。纳尔弗有一个名为诺特[1]的女儿，她像家里的大多数人一样黑。诺特曾有过三次婚姻，嫁过三个截然不同的男人。她的第一任丈夫名为纳格尔法吉，他们生下了一个叫作"繁荣"的儿子。第二次婚姻，诺特嫁给了安纳，生下一个叫作"地球"的女儿，有时这个女儿也被称作"繁荣之妹"。诺特的第三次也是最后一次

1　诺特（Nótt）为夜之女神（即 night）。

婚姻，是与光明之神德林结合。对诺特来说，这是一桩最契合的姻缘，因为德林并非巨人，而是众神的后裔。他们生下了一个极为引人注目的漂亮男孩，很显然，这耀眼的容貌来自于孩子父亲的血脉。诺特和德林称这个孩子为达格[1]。

一切都逃不过奥丁的眼睛。孩子未曾长大，奥丁就已赶来。奥丁将诺特和达格从家中带走，然后给他们每人一匹马和一辆战车，让他们在天空驾车巡行。拉着女巨人诺特的那匹马叫作"霜之马"，每天清晨，在太阳还未将温暖挥洒到大地之时，泡沫从马嚼中滑落，降至地面，变为露珠，点缀于草丛之间。达格跟在母亲身后，驾驶一辆由"光之马"拉着的马车，马儿的光辉照耀四方，点亮天空和大地。在奥丁的注视下，这对母子相互接替，以同样的速度，永无休止地在天空之中巡游。

黄金时代

中庭建成后，众神和巨人一族拥有了各自的领土，由伊密尔躯体所化成的大地上树木繁茂、绿草如茵。世界脱离巨人的威胁，得到了庇佑，于是众神将精力转向创造生命中的美好事物。他们在平原上建造起高大的木质神殿，然后又建起了木质殿堂作为庇护所，还有手工作坊——工匠们得以在此制造工具，将贵金属加工成为珍宝。彼时，世界各地有无限多的黄金可被发掘，众神在他们的殿堂之中摆着黄金做的桌子，桌面上则是金盘和金碗。铁

---

1 达格（Dagr）为白昼之神（即 day）。

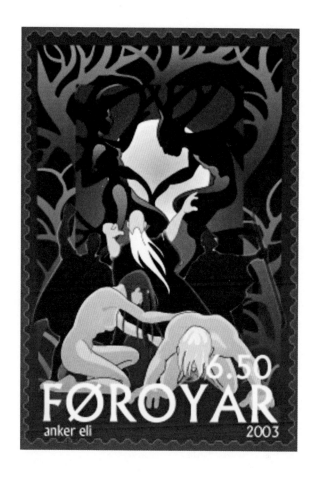

锤击打的声音，斧头伐木的声音，响亮地回荡在整座森林中。众神定期在埃达华尔平原集会，一起分享财富，通过法律做出各种裁决，同时为闪耀发光的神祇分配金碧辉煌的住所。众神并非总是忙于建造、锻造或者制造珍宝，他们也会找时间坐下来享受自己所创造之物，会在草地上用漂亮的黄金薄片玩游戏。这是众神纵情享乐的黄金时代。

---

1 丹麦的海外自治领地。

《追逐苏尔和玛尼的狼群》，约翰·查尔斯·多尔曼绘（1909年）。

在女巨人到来之前，这个世界的第一个时代拥有许多闲暇时光。不过仍然没有人类一起分享这片大陆或者是新的财富。直至某一天，奥丁和他的兄弟们在海边散步，他们遇到了两根浮木——一根是桦木，另一根是藤蔓，它们看起来非常奇妙，像是一对男女。他们把浮木拖上岸，对于它们栩栩如生的外表感到迷惑不解——是不是热爱手工的矮人们雕刻了这些粗糙的肖像？兄弟几个决定将生命赐予这些奇怪的木头。奥丁首先给了它们呼吸，维利给了它们意识以及行动的能力，菲给了它们肤色、言语、听觉，还有视觉。之后，众神又为人类提供衣物，用来保护他们的皮肤免受阳光和来自海上的盐雾的伤害。他们将男人命名为阿斯克，女人命名为安布拉。在中庭的保护墙内，阿斯克和安布拉得到了一个家，所有人类都是他们的后裔，传承至今。诗人们仍将女性称为"金光闪闪的桦树"，男性称为"战斗的苹果树"。人类以浮木为源，男人和女人都与树木密切相关，这一切并不曾被遗忘。

　　阿斯克和安布拉的两个后裔，在太古时期便开始受众神差遣。蒙迪尔法利极为幸运地拥有两个特别漂亮的孩子，他自豪地将男孩命名为玛尼（月亮），给美丽动人的女儿取名苏尔（太阳）。蒙迪尔法利以日月为孩子命名的傲慢行径，令众神愤怒，于是他们偷走了这对美丽的兄妹，将他们安置在天上，去驾驭马儿，拉着和他们同名的日月穿过天空。苏尔成为了日车的驭者，玛尼掌管了月车。拉太阳的马儿叫作阿尔瓦克（早醒者）、阿尔文（快步者），它们的耳朵和蹄子上刻着符文。太阳散发出的光芒炽热无比，仿佛熔炉一般，幸好众神在马背上放置了被称为"铁寒"的风箱，它们能使马儿保持凉爽，避免由于距离太阳太近而导致过分不适。奥丁还派出两个孩子一起驾驭月车——他们的名字是比尔和朱基，奥丁将他们掠走时，这两个孩子正从井里打水。每当玛尼驾着月车驶过夜空，你可以从月球表面看到，那两个孩子跟在他的身后，仍带着杆子和水桶。

　　苏尔偶尔也会想停下让马儿休息一会儿，但她每天都在天上全速奔跑，仿佛为自己的生命忧虑不已。她的确有充分的理由感到害怕，因为那只叫声刺耳的巨狼斯科尔正紧追不舍，终有一日，她将落入它的爪中，不过此刻并非谈论这件事情的时机。另外还有一只叫作哈迪的狼，正试图抓住月亮。这偶尔也会发生。哈迪又被称为"猎月者"，它会在某些狂暴的日子里吞噬月亮，将坠落者的鲜血洒满天空，太阳也为之失色，狂风在世界各地肆虐，然而现在讲这个故事为时过早——因为世界刚刚被创造出来，而"诸神黄昏"只是遥远的传言，仿佛从遥远的约顿海姆山间隐隐传来的雷声轰鸣。

我记得九大世界，九个女妖，著名的命运之树深藏地底。（《女先知的预言》，2）

中庭是整个世界的中心。人类居住于此，在尤克特拉希尔[1]滴水的树枝之下。然而中庭并非唯一的世界。有人说，一共有九大世界，它们是众神和巨人、精灵和矮人、生者和亡灵的家园。

阿斯加德

高居于中庭之上的阿萨众神居所，被称为阿斯加德。这是一片富饶的大陆，许多神殿都以纯金建造。奥丁在阿斯加德有一个高耸的宝座，名为赫利斯卡夫，从这个有利的位置上，他可以完

对页图：女武神"瓦尔基里"意为"挑选死者的人"——这些神秘的女子出没于战场之上，将倒下的战士带往瓦尔哈拉[2]。

1　即世界树，亦是时间之树、生命之树。
2　即英灵殿，奥丁嘉奖、宴请战死勇士的神殿。

整地看到全部的九个世界。阿斯加德被界墙保护着——众神设法令自己的家园坚不可摧，但它并未彻底完工。被称为"比佛洛斯特"的彩虹从阿斯加德一直延伸到人类世界，众神可以从彩虹桥上通过，但彩虹桥上那些由火焰形成的红色光带，会烧死所有试图通过它的凡人。当世界末日来临，巨人们踏上彩虹桥闯入众神居所，它将崩塌。

瓦尔哈拉

阿斯加德矗立着许多精美的宫殿，比如闪亮耀眼的格利特尼尔[1]，或是云蒸础润的芬萨利尔[2]，但是瓦尔哈拉最负盛名——它属于

1　真理之神的居所，又名闪耀之宫。
2　神后弗丽嘉的居所，又名雾海之宫。

奥丁，还有那些被精心挑选出来，俗称为"英灵"的勇士。这座大殿坐落于永恒的埃达华尔平原，它的椽子由长矛组成，屋顶以抛光的盾牌覆盖，它们光亮得可以捕捉每一缕晨光。一只雄鹰在瓦尔哈拉上空高翔，金红叶片的树木在庭院中生长，一只雄鹿立于屋顶之上，水滴从它的鹿角上跌落，下界所有河流都来源于此。瓦尔哈拉有五百四十扇门，每扇门都可容纳八百名勇士出入，他们将在世界末日来临之时奔赴战场。对于英灵来说，进入瓦尔哈拉的途径只有一种：他们必须穿越屠戮之门，那些听闻战争传言而骑马来到人间的女神，将护送他们离开战场。这些穿越战火的浴血女神被称为女武神。战士们拔剑相向，谁会死去，谁将存活，全由她们裁决。奥丁宣称英勇牺牲的勇士们将有半数进入瓦尔哈拉；芙蕾雅则说，另外一半的人，将由女武神们带到属于她的位于弗尔克范格[1]的大殿之中。只有英勇死去的战士才有可能在英灵当中占得一席之地——当诸神黄昏逼近，海姆达尔吹响他的号角，众神需要有人与之并肩作战、绝不退缩。

每一日，太阳升起，巡行天空，极速奔跑的巨狼斯科尔紧追其后；每一日，英灵们在瓦尔哈拉殿外的平原上相互挑战，准备与巨人族进行最后的战役。他们激烈地搏斗，许多人被砍倒在地，然而他们总是靠自己的力量重新站起，返回瓦尔哈拉用餐。一只名为海德伦的山羊站在大殿的上方，蜜酒从它的乳房中涌出，再被倒入一口大锅。当饥渴难耐的勇士们结束战斗，总有足够的蜜酒供他们享用。

从阵亡者中挑选勇士的女武神也会在瓦尔哈拉的餐桌上服侍

1 芙蕾雅的居住之地，芙蕾雅和父亲刚到阿斯加德为人质时，由众神赠予。

山羊海德伦在瓦尔哈拉的屋顶上摘大树的叶子，18世纪冰岛手稿《SÁM 66》中的插画。

他们，并将角杯从一个英雄手中传至另一位。一只巨大的野猪为英灵们提供烹煮晚餐需用的肉。当骨头被剃光后，它会像倒地的勇士一样复活，然后第二天再次被宰杀。英灵们忙于战斗、宴饮、增强力量，等待着有朝一日戈拉尔号角[1]被吹响，奥丁召唤他们奔赴战场。

华纳海姆

另一支神族——华纳神族，来自华纳海姆。对人类而言，华纳海姆比阿斯加德更加难以靠近，只有众神才能确定其方向。被

---

1 即警告号角，属于彩虹桥守望者海姆达尔。

华纳海姆所养育的古神尼约德，还有他的孩子弗雷和芙蕾雅，都是华纳神族的著名成员。他们能够控制世上所有土壤和生物的生殖力，因而被其他神祇所珍重。然而，阿斯加德和华纳海姆并不总是关系融洽。

创世之初，一个女人从华纳神族来到阿斯加德。她的名字叫作古尔薇格，她是一名女先知。彼时，阿萨众神对黄金充满渴求，他们抓住古尔薇格，用长矛刺她，然后将她扔入阿斯加德的冶炼之火中。可是古尔薇格却毫发无伤地从熔炉当中逃出。阿萨众神三次试图烧死她，而她却接连三次安然无恙地从火焰当中走出。众神别无他法，只能放她离开。因为预言能力以及了不起的魔法技能，古尔薇格在中庭名闻遐迩。主妇们称她为"聪明人"，她们看重她的巫术，并且为她献祭品。与此同时，阿萨神族对古尔薇格的所作所为传到了华纳海姆，华纳神族对此极为不满。

阿萨众神召开了一次集会，决定如何处理来自华纳神族的威胁。阿斯加德的神祇本可以提供补偿，并与来自华纳海姆的神族一起分享人类供奉的祭品，但是这就意味着他们将放弃对下界祭祀和敬奉的控制。于是阿萨众神决定拿起武器、发动战争。奥丁掷出了他的长矛，阿萨众神向前行进，想要夺取胜利。然而就像古尔薇格一样，华纳神族被强大的魔法所护卫，几乎不可能被杀死。双方都无法在战斗中占据上风，这场战争唯一的"功绩"就是将华纳海姆夷为平地，令阿斯加德的界墙毁成碎石。两个神族不得不相互让步、达成协议。

古尔薇格安然无恙地从锻造炉中逃脱。阿萨众神三次试图烧死她，然而她却接连三次毫发无伤地走出火焰。众神别无选择，只能放她离开。

作为协议的一部分，阿萨神族同意与华纳神族共享祭品，并且交换人质，从而确保双方均不会违背誓言。众神往一个罐子当中吐唾沫，并且以此创造出一个人[1]来提醒他们不要忘记曾经许下的诺言。于是从那时起，一些华纳神祇开始居住在阿斯加德，和阿萨众神一起受人敬拜。

约顿海姆

中庭保护之外的一切未开化地区，都被称为乌德加德，即外域。巨人一族正是在此建立了自己的国家——约顿海姆。这是一片层峦叠嶂、林海茫茫的蛮荒之地，听凭大自然的摆布，顺从世界随机的混乱。一条叫作伊芬的大河将巨人之地与神域分开。河水湍急，横渡是件极为困难的事。假使河水冻结，巨人们将即刻抵达阿斯加德的大门之外。与他们的攻击比起来，阿萨神族和华纳神族之战不过是一场拿着棍子打球的草地曲棍球赛。虽然约顿海姆是危险荒蛮之所，但它拥有许多被众神珍视的事物——巨人之地蕴藏着各种珍贵物品，约顿海姆的居民记得世界之初发生的一切。最为众神看重的是约顿海姆的女性——女巨人可以生下强壮的孩子。这是一种单向的交换，几乎没有巨人宣称自己能够迎娶女神，尽管曾有少数几个巨人尝试过。

约顿海姆也是密弥尔之井的所在地，它的名字源于一位智者——密弥尔。每天清晨，密弥尔都会用巨大的戈拉尔号角当杯

1 即后文中提到的克瓦希尔。

名为耶梦加得的巨大生物，生活在环绕世界的海洋深处。它是如此巨大，可以用身体盘绕整个世界，然后咬住自己的尾巴。

子，从井中饮水。密弥尔之井是一个能够获取神圣知识的地方，不过需要付出一定代价。奥丁曾经去过一次，用自己的一只眼睛换取了一杯井水——密弥尔从来不做亏本买卖。自那时起，奥丁成为了人们熟知的独眼形象，但是他获得了伟大的智慧，在他看来这是一次公平的交易。据说，奥丁的那只眼睛还漂在密弥尔之井中，因此他见到了其他神祇无法知晓的一切。环绕世界的海洋与约顿海姆接壤，并延伸至地平线，乃至于更远的地方。名为耶

描绘奥丁从密弥尔的井中饮水的插画，罗伯特·恩格斯绘（1903 年）。

梦加得的巨大生物，生活在环绕世界的海洋深处。它是如此巨大，可以用身体盘绕整个世界，然后咬住自己的尾巴。这条大蛇用自己的身体圈住中庭，当它移动时，海波开始翻腾，海浪拍击陆地。

精灵和矮人的世界

亚尔夫海姆是光明精灵的居所，它位于天空之中最为明亮的地方。生活在这片广阔蓝色王国里的精灵们，比太阳更加美丽。据说，还是婴儿的弗雷长出第一颗牙齿的时候，众神将亚尔夫海姆当作礼物送给了他。与明媚的亚尔夫海姆相反，瓦特阿尔海姆是一个深埋于地底的王国，矮人和黑暗精灵就生活在这世界之树的根部。不同于他们在天空之中熠熠生辉的亲戚们，这些生物就像他们居处的岩石一样暗淡。他们在地下王国里加工金属和宝石，制造出令众神垂涎的物品。

尼福尔海姆与穆斯贝尔海姆

尼福尔海姆与穆斯贝尔海姆是最为古老的领域：它们在太古就已存在，并将熬过世界终结时的剧烈动荡。尼福尔海姆位于北方，布满冰霜，既寒冷又黑暗，是所有河流的发源地。而穆斯贝尔海姆则极为不同，它是烈焰与炽热的土地，众神创造太阳和星星所用的火花就来自这里。穆斯贝尔海姆的高温使金恩加格的寒冰得以融化，所有的生命开始运转。然而，它却是一片充满敌意

北欧神话：众神与英雄的故事

冰岛苏特舍利尔溶洞中的通道体系，它以火焰巨人苏尔特尔命名。

的土地，将在世界毁灭时发挥作用。穆斯贝尔海姆的统治者是巨人苏尔特尔，他手持一把燃烧的剑。由苏尔特尔所率领的火巨人将在诸神黄昏来临之时进攻众神的据点，并将所到之处焚为灰烬。从黑暗的洞穴以及残破的山谷之中，人们也能窥见苏尔特尔的王国，甚至可以感受到从穆斯贝尔海姆升起的热气。冰岛有一个巨大的熔岩洞穴被命名为苏特舍利尔，因为其穴口周围的土地曾被焚烧，并且破碎不堪。

冥府海拉

海拉是死亡之国，它位于活人之地的下方，想要抵达此处，需穿过深邃黑暗、无法视物的峡谷。一位叫作海拉的可怕女子在这个地下世界统治着亡者。有人说，她对死亡的统治，赋予了她总揽九界的权力。海拉和她所监管的领域共享同一个名字，而且她宣称，绝大部分亡者将分享她无边的大殿。海拉的居民都是死

对页图：一块来自12世纪乌普兰的如尼文（如尼字母是古代北欧使用的文字）石块（U 871），上面画着一条大蛇（或许是龙）盘曲着咬住自己的身体。

于疾病、意外和衰老的人。他们的住处均由死亡女神提供，在这个广阔的王国中，永远有空间静候更多的人入驻。通往海拉的道路，需要跨过喧闹的吉欧尔河[1]，穿过一扇高耸的大门。这条道路布满坟墓，其中浅埋着巨怪的尸体。一只浑身血迹斑斑的狗被拴在格尼帕洞穴[2]中，看守着道路。极少有人出于自愿而走上这条路。奥丁和赫尔墨德[3]曾经游历至海拉，他们骑着八足天马斯莱普尼尔——这匹马可以在生者和亡者的土地之间穿行。海拉那令人生厌的大殿被称为艾尔嘉德尼尔，意为遭受风雨之处。它的入口处有一块绊脚石，许多毫无戒心的人会在那里跌倒。她的盘子名为"饥饿"，刀具名为"饥荒"，她的仆人叫作"懒惰"和"闲散"。她的房间是一张病床，上面悬挂着的帷幕如同发烧的皮肤一样闪耀。海拉还有一个被称为"尸骸之滨"的大殿，它远离阳光，只有一扇朝北开的门。围墙以巨蛇的脊骨搭成，毒液从漏水的屋顶滴落。在此处，破誓者、杀人犯，还有欺骗妻子的人，会被要求穿过布满刀子的河流——他们遭受的痛苦犹如被狼撕咬四肢。这绝不是一处让人愉悦的地方。

世界树和神圣井

如果没有名为尤克特拉希尔的世界树，九界即无法存在。它生长于九界中心，稳定各方。世界树是一棵梣树，但是比其他树更年长，更巨大。像所有的树木一样，它的枝丫高擎天空，根系

---

1 海拉的边界，河上有桥，以头发吊住。
2 海拉的入口，意为山顶洞。
3 神使，奥丁的儿子。

北欧神话：众神与英雄的故事

深入地底，它连接着众神、巨人、人类和矮人的王国。世界树的一条树根标记着通往约顿海姆，即巨人家园的道路，而密弥尔之井就在它的末端。它的另一条树根一路生长，直至极寒之地尼福尔海姆，然后悬于赫瓦格密尔的水面之上——赫瓦格密尔是世上的第一处泉眼。第三条支撑这棵巨树的根系延伸到了阿斯加德，在那里，众神聚于命运井周围，制定律法、通过审判。这三口井滋养维系着世界树，它的枝干高耸，俯瞰着中庭，露珠从叶片上滑落，滴入山谷。

17 世纪的冰岛手稿《AM 738 4to》中的世界树

世界树有一个优点，它在冬天从不落叶，但它又比其他大多数树木遭受着更多苦难。四只雄鹿围着世界树的树冠奔跑，吃着最繁茂处的树叶；山羊海德伦站在瓦尔哈拉的屋顶上，啄下位置较低的枝叶；而大蛇隐身于黑暗中，啃噬世界树的根系。生活在这棵大树庇护下的各种生物里，恶龙尼德霍格最为可怕。它撕咬着世界树根部的尸体；当它舒展身体，从尼福尔海姆的黑暗山峦上飞起，对人类来说则是个糟糕的兆头。

世界树顶端停着一只雄鹰，它拥有可以看到全部世界的广阔视野，它通晓一切。一只名为"风蚀"的鹰栖息在雄鹰的两眼之间。松鼠拉塔托斯克在世界树上来回奔跑，为停在最高枝干上的雄鹰与潜伏于树根黑暗之处的恶龙尼德霍格传递消息。没人知道这些生物对彼此说了些什么，但是，拉塔托斯克热爱传播流言蜚语，并且乐于激怒鹰和恶龙。还有两只白色天鹅生活在命运井中，饮用着如牛奶一般的井水，它们是世上所有天鹅的始祖。

对于这些损伤世界树的生物，众神无能为力，但是命运女神——诺伦三女神，每天会从命运井中汲水，并将井水与白色黏土混合，然后覆盖在世界树根部，防止它腐烂。这棵树一边的根

维京晚期的瑞典厄维
霍格达尔挂毯上描绘
出的世界树（局部）

系已经开始枯萎，假使没有她们的照料，状况会更加糟糕。这几位强大的女性名为"命运""现在"与"未来"，她们总是很忙碌，因为除了照料世界树之外，还需负责编织地球上每个人的生命线。靠近命运井的地方有一座属于她们的漂亮大殿，当世界树颤抖、世界重新沉入深渊，她们的工作才可能结束。

命运三女神雕像。约瑟夫·瓦克勒创作于都柏林圣斯蒂芬格林。

Upin Kongur

Herer
þad m bi-
ggui frig
giar og

Sam
Bui
// az

Asa og ero þm af in fim ad hie dr am geif mörg
gefa æir i Garni sögl vi
165

男女诸神

03

Gods and Godesses

PART THREE

愿男神安康！愿女神安康！愿这丰饶的大地一切安康！

（《希格德莉法之歌》[1]，2）

奥丁和他的兄弟们——维利和菲，是最初的神祇，是巨人包尔与贝斯特拉的后代，而奥丁是许多阿萨神族成员的父亲。奥丁迎娶女神弗丽嘉，生下一个英俊的儿子，名为巴德尔，整个世界都爱慕他。奥丁和弗丽嘉还有一位儿子——盲眼霍德，他被诡计所骗，杀死了自己的兄弟。和弗丽嘉的婚姻之外，奥丁还有许多私生子。众所周知，托尔是奥丁和大地女神娇德的儿子，据说娇德是个女巨人，托尔强大的力量即来源于她。奥丁还曾强迫一位名叫琳德的公主生下一个男孩，因为有人预言，她为奥丁生下的孩子可以为巴德尔之死复仇。琳德对奥丁的示爱不以为然，于是奥丁借助魔法和诡计登上了她的床榻。琳德生下的孩子名为瓦利，他从出生的第一天起，就扮演着为巴德尔之死复仇的角色，而奥

对页图：17 世纪冰岛手稿《AM 738 4to》中的奥丁

1 诗体埃达的其中一篇，希格德莉法是女武神之一。

安妮·舍尔纳所列出的奥丁和阿萨神族

安妮·舍尔纳所列出的华纳神族

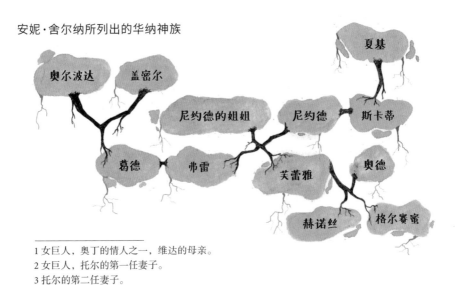

1 女巨人，奥丁的情人之一，维达的母亲。
2 女巨人，托尔的第一任妻子。
3 托尔的第二任妻子。
4 托尔的女儿。
5 希芙的儿子。
6 巴德尔和南娜的儿子，真理与正义之神。
7 巴德尔的妻子。

奥丁还曾强迫一位名为琳德的公主生下一个男孩……琳德对奥丁的示爱不以为然，于是奥丁借助魔法和诡计登上了她的床榻。

丁则因为越过了其他神祇都不会逾越的界线而被流放。其他男神中，据说也有一些是奥丁的孩子，甚至有几个王朝将奥丁视为自己的先祖。年轻一代的神祇有维达——他扮演着为奥丁之死复仇的角色，托尔的儿子摩迪和曼尼等。在众神的故事当中，他们仅是次要角色，然而，诸神黄昏后，他们将归来，并确保旧神所留下的一切不会被人遗忘。

　　华纳是另一个主要的神族。尼约德，掌管海洋及其馈赠的旧神，也是著名神祇弗雷和芙蕾雅的父亲。在华纳神族之中，乱伦非常普遍，传闻弗雷和芙蕾雅的母亲是尼约德的姐姐。父亲和儿子都迎娶了来自约顿海姆的妻子，还有许多神祇的母亲都属于巨人一族。巨人们常常试图迎娶或绑架女神，使得女神的力量融入他们的家族，但总以失败告终。尽管有洛基和提尔这样的例外，但拥有神族血统孩子的巨人非常罕见。有的神甚至会有更奇特的血统——据说海姆达尔是扬波九姐妹[1]的儿子，神创者克瓦希尔是由阿萨神族和华纳神族混在一个碗中的唾液所构成。神族和人类一样存在缺陷，仅从外表来看，很难将他们和人类男女区分开，但是在其他方面，他们确实与我们截然不同。

---

1 海神埃吉尔的女儿们。

奥丁

　　一位戴着宽檐帽、穿着脏斗篷的老者，挂着一根长矛走进了某个村落。他被人引入大厅中，走向高座，对着坐在那里的巨人打招呼："聪明的瓦福斯努尼尔，听说你自认为比大多数人知道的都要多，于是我想来看一看，这个传闻是不是真的。不过现在我渴了——在考验你的智慧之前，先喝上一杯怎么样？"巨人凝视着大厅的幽暗处，试图将站在阴影中的老人看得更清楚些。"你真是个大胆的乞丐！"他大声嚷道，"在杀了你之前，我得给你上一课。我们来玩一个猜谜游戏，然后你就会明白我多么睿智。"巨人一边说着，一边要来了麦芽酒。"随便问吧，我都会回答。你得想出一个谜语打败非凡的瓦福斯努尼尔，那才有可能带着脑袋一起离开。你最好希望自己比看起来聪明！"老者抬起头，轻轻摸了摸胡须。火光映射在他那只明亮的眼睛里，照出一丝笑意。外面有一只乌鸦发出鸣叫，另一只乌鸦开始应答。

　　奥丁是最古老也最重要的神祇。他和他的两位兄弟——维利和菲，用巨人伊密尔的身体创造了世界，并为第一批人类注入了生命。奥丁住在阿斯加德最华丽的大殿当中，他精心挑选出的武士拱卫四周。奥丁广受贵族、战争发起者、诗人以及神职人员的崇敬，但他巡游九大世界时，并不盛装出行、随从众多。行走在中庭路上的奥丁，仿佛是一个身着旅装的孤独行者，他有无数不同的名字——过路人、盲者、灰胡子、圣徒；那些认出奥丁的人，甚至称呼他为——"众神之父"。在伪装之下，人们很难将奥丁和其他寻求避雨之所的旅人区分开，然而奥丁真正追求的是知识。对知识的渴求驱使他去往世界各处的隐秘角落，去往那些远见卓识者所在的小屋，去往那些睿智王者所在的大殿。九大世界之中，或许有人比奥丁更明智，比他拥有更长久的记忆，但没有谁像他一样坚持不懈地去了解这个世界。奥丁对于将要发生的事情，以及如何应对这些事情极为着迷。他总是想要知晓一切。

《流浪者奥丁》，乔治·冯·罗森绘（1886年）。

通过对知识的不断探索，奥丁学会了隐匿于人前的咒语和魔法。他知晓如何使刀锋变钝，火焰熄灭，躁动的海洋恢复平静；他知晓如何令一个女人疯狂地爱上他；他知晓如何让一个人死而复生，再次与他交谈。当华纳神族将密弥尔那颗被砍下的头颅[1]送回阿斯加德，奥丁知道如何使用草药和咒语来保存它，于是他明智的朋友得以继续向他提供建议。

诸神黄昏降临之前，奥丁将最后一次问询那颗头颅，然而即使知晓了即将到来之事，也并不能够帮助奥丁或其他任何一位神祇摆脱他们的宿命。奥丁不仅对遥远的过去和世界的未来了如指掌，坐在名为利德斯凯尔弗[2]的高座上，他还能看到所有人正在经历的人生。两只渡鸦守在他身旁，一只叫作胡金（思想），一只叫作穆金（记忆）。它们每天飞往世界各处，然后带回消息。几乎没有什么能逃过众神之父的耳目。奥丁的坐骑是八条腿的斯莱普尼尔——这是世上最好的一匹马。他常常和两头狼相伴，在瓦尔哈拉的餐桌上，奥丁总是亲手给它们喂食。奥丁所珍视，同时也被人类视为圣物的财产还包括：名为德罗普尼尔，即"滴落者"的戒指——每过九天，这枚戒指会产生出八枚相同重量的新戒指；铭刻着如尼文字的长矛冈格尼尔——奥丁为了发动世上的第一次

---

1 密弥尔与海尼尔曾一起前往华纳神族为质，海尼尔头脑愚钝，全靠密弥尔幕后谋划。意识到被愚弄的华纳神族愤怒之下砍掉了密弥尔的头颅并将其还奥丁。
2 即属于奥丁的至高王座。

大战而将它投掷出去。长矛向前飞去，军队向前行进，那些倒地的阵亡者被献给奥丁。

奥丁深知，获取知识往往需要付出沉重代价。他的一只眼睛完好无损，伴他四处游历，而另一只眼睛却为了换取智慧而留在了密弥尔的井中。这并不是奥丁所做的唯一牺牲。为了学习书写的技艺，他将自己吊在世界树的枝头长达九个夜晚，被风雨拍打，被长矛刺穿——没有谁的地位比奥丁更高，于是他只能献祭自己。在这场磨难当中他没有喝一口水，吃一口食物。疼痛令他大声喊叫，却无人听见。九个夜晚过后，奥丁的苦痛得到了回报——他将如尼文字带到了这个世界。书写是一种绝不会被遗忘的技能，从此之后，奥丁也被称为"绞刑架之父"。

求知欲令奥丁打破了各种禁忌。他曾被指控使用某种禁戒的巫术——穿着女人的衣服敲打皮鼓。洛基还曾提到，奥丁他渴望男人大腿之间的东西。为了更多地了解这个世界，奥丁做了必须做的一切：他对欺骗不以为意，总是经常改变主意，或者不肯履行作为胜利者的承诺；他辜负自己的情人。有时候，奥丁的行为令其他神祇感到不适——他沉溺于巴德尔之死所带来的悲伤，利用强大的咒语强奸琳德，从而得到一个以复仇者身份出生的孩子。为此，其他神祇一度将奥丁驱逐出阿斯加德。奥丁是第一个承认自己不可信的人，但是有时候，他也会被人抓住痛脚。他曾谋划与比林的女儿幽会，却发现她的床边拴着一只狗，还有全副武装的士兵正等着伏击他。尽管他知晓未来，却并没能预见到这一点。欲望能令最聪明的神变得像个傻瓜。

诗歌蜜酒

　　这是奥丁最著名的一次骗局，也是有关诗歌起源的故事。

　　太古时期，阿萨神族和华纳神族之间的破坏性战争以难以打破僵局的休战而告终。为了达成休战协议，两族神祇将唾液吐进一个瓮中——这些唾液被众神变成了一个叫作克瓦希尔的人，从而令誓言被牢牢记住，绝不背弃。克瓦希尔极为聪明，能够回答出任何问题。他在世界各地游历，将神赐的知识传播到四面八方。然而这样一个拥有非凡智慧的人却太过信任别人。克瓦希尔受到一对矮人兄弟——法亚拉和戈拉的邀请，当时他并未意识到，对方企图将他的知识据为己有。矮人提出想和克瓦希尔私下交谈，

奥丁正在喝下神奇的蜜酒，凯瑟琳·派尔绘（1930年）。

来自瑞典比尔卡[1]的磨石，上面刻有如尼铭文。

等到他们单独相处时，矮人兄弟杀死了这位智者，并将他的血灌进三个大瓮中。两个矮人又把蜂蜜加入血液，以这些混合物酿出了一种特殊的蜜酒，饮下它的人将成为诗人或学者。奥丁自然意识到了克瓦希尔的失踪，但当众神传唤矮人兄弟进行询问时，他们立即编造了一个故事，说那位智者因为世上没有人能向他提出足够多的问题，被自己所拥有的知识憋死了。

杀死克瓦希尔并没有让法亚拉和戈拉结束他们的欺诈行为，他们还将一位客人——叫作吉林的巨人带到住处附近划船，当船撞到小岛旁的礁石，巨人被抛了出去，然后淹死在水中。"我的丈夫怎么了？"等矮人兄弟回到岸边，巨人的妻子追问道。"他淹死了，"法亚拉回答说，"我们实在没法把他带回来，请不要大惊小怪。"听到这个消息，女巨人放声大哭，法亚拉用手指堵住自己的耳朵，而戈拉则从屋顶上扔了一块磨石砸到女巨人的头上。巨人的儿子，名为苏图恩的大个子得知这件事后，怒气冲冲地来到矮人兄弟的家中。他把矮人们带到他父亲溺亡之处，把他们绑在了一块岩石上，一旦涨潮，潮水会将他们淹没。"求你了！"矮人们

---

1 维京时代的一座城市，曾是欧洲最北端的贸易中心。

向他恳求，"如果你肯饶了我们，我们会给你补偿，让你成为众神羡慕的对象！诗歌蜜酒将属于你——每一滴都属于你！"就这样，矮人兄弟保住了他们的脖子，而诗歌蜜酒成为了巨人苏图恩的所有物。

奥丁得知蜜酒存在的同时，发现巨人们声称自己拥有蜜酒。而且奥丁还听说，苏图恩将那珍贵的蜜酒藏匿在山间居所，由他的女儿格萝德看守。这让众神之父陷入沉思。奥丁没有将自己的计划告知任何人，某一天，他前往苏图恩的兄弟博吉家中，那里有九个奴隶正忙着割干草。奥丁乔装而来，提出要帮奴隶们打磨他们的镰刀。镰刀打磨好之后，奴隶们割草割得比之前更利落了。"谁想要买这块磨刀石？"奥丁询问那些正在草地中央倚着镰刀休息的奴隶，"我会以一个很合理的价格卖掉它。"奴隶们都想要买下这块磨刀石，他们争前恐后，而奥丁用手掂了掂磨刀石的重量，将它高高抛向半空，然后走开。奴隶们握着镰刀跑去抢夺那块石头，最终却在混乱之中割开了彼此的喉咙。

由于没有奴隶运干草来，博吉心情很不好。那天晚上，奥丁和博吉待在一起，跟他做了一笔交易——九个奴隶的工作由奥丁来完成，作为回报，奥丁要求尝一口苏图恩的蜜酒。博吉并不能保证什么，毕竟蜜酒是他兄弟的财产，但是他同意将这个陌生人带到苏图恩家里，方便行事。整个夏天，奥丁都待在农场中收集干草，像他所承诺的那样完成九个人的工作。

冬日来临之时，这位农场帮工开始索要他的报酬，于是他被引荐至苏图恩位于山间的住所。到达石筑大厅需要走很长一段路，当他们终于抵达目的地，苏图恩却断然拒绝给这个陌生人一口蜜酒，无论这人为自己的兄弟提供了多少帮助。博吉没有心情继续

"求你了！"矮人们道，"如果你肯饶了我们，我们会给你补偿，让你成为众神羡慕的对象！诗歌蜜酒将属于你——每一滴都属于你！"

向苏图恩施加压力，他说："公平是公平的，毕竟我将你领到了这里，而结果也正如我所预想。"不过，奥丁还打算再尝试一个小把戏——他从斗篷里掏出了一个钻头。"你至少得帮我往藏有蜜酒的山上钻个洞！然后我们可以喝上一口，而你的兄弟毫不知情，这样也不会造成任何损失。我绝不肯空手而归！"

博吉勉强同意了并且开始凿洞。当他告诉奥丁，他已经凿穿了山腹，奥丁便钻进洞里吹了口气，发现灰尘全都扑回他的脸上。他把手搭上博吉的肩头，说："我觉得你还需要再凿深一些。"巨人继续凿洞，嘴里嘟嘟囔囔。这一次，奥丁钻进洞里吹气，灰尘从另一端被吹了出去，他知道他们已经穿过山体来到了格萝德的房间。奥丁飞快地将自己变成了一条蛇，然后溜进了洞里，他的速度太快，博吉根本来不及用钻头砸他。

格萝德和蜜酒被关在一起已经有一段时间了，她渴望有人陪伴。奥丁以婚姻和地位作为承诺，迅速引诱了她。连续三个夜晚，奥丁来到格萝德的床前。每次他与她同眠，在她耳边轻声说甜言蜜语，她都会给他一口珍贵的蜜酒。奥丁一口喝干了第一罐蜜酒，第二个夜晚又将第二罐喝光。第三个夜晚，奥丁喝空了最后一罐蜜酒，一滴不剩。他转过身，格萝德躺在一侧，正以信任的目光凝望着他。这真的太容易了！为了不让蜜酒从喉咙中冒出来，奥丁使劲咽了咽唾沫，然后变成一只鹰，以最快的速度飞出了格萝德的山间居所。不过他的速度也算不得很快，毕竟喝完三罐蜜酒之后还想飞起来可不容易。苏图恩见到这只臃肿的大鸟从头顶飞过，不禁怀疑自己家遭了劫掠。"格萝德！"他咆哮着，将自己变成了一只大鹰，"等我回来以后再收拾你！"苏图恩猛地拍打着翅膀，一跃冲上天空。

众神登上阿斯加德的城墙，一起观望这场追捕。他们催促奥丁飞得再快些——他似乎能逃得掉，但是看起来已经快不行了。他们把三个大罐拖来放到奥丁飞行路线的下方，以便他飞过时可以将蜜酒直接吐进这些巨大的容器之中。抵达阿斯加德时，巨人苏图恩不得不停止追赶——只是当他们接近众神之家时，苏图恩差一点就抓住奥丁了，这令众神之父惊慌失措，有一些蜜酒从他的屁股漏了出来，被风吹往中庭的方向。这些蜜酒被称作"坏诗人的分享"。每个人都可以轻而易举获得，而且取之不尽。众神从大罐当中收集蜜酒，在阿斯加德进行分享，并将它们传给了世上最好的诗人。当吟唱诗人们作诗时，他们以诸神的唾沫、克瓦希尔的鲜血、甘美的蜜酒充盈自己，然后将甜言蜜语宣之于口。这或许是奥丁赐予人类最伟大的礼物，也是他最受诗人敬重的原因。不过，在格萝德的大厅里，他毫无荣誉可言。

《苏图恩之女——女巨人格萝德》，安德斯·佐恩绘（1886 年）。

弗丽嘉

弗丽嘉是奥丁在阿斯加德的妻子，是被遗忘的古神弗尔金[1]的女儿。弗丽嘉能够窥见所有神祇的命运，阿萨众女神以她为尊。英文中的"星期五"（Friday）就是为了向弗丽嘉致敬，这个名字至今仍活跃在每个人的舌尖。弗丽嘉在芬萨利尔的沼泽之家拥有

---

1 弗尔金（Fjorgynn）据说是弗丽嘉的父亲，也有传闻说弗丽嘉是他的情人。Fjorgynn 是男性，而 Fjorgyn 是女性，后者可被视为"大地之母"。

自己的明亮殿堂，她总是和沼泽、水坑、泥塘联系在一起。芬萨利尔还有其他四位女神，她们听候她的差遣，为她提供服务。洛芬能够帮陷于窘境的男女缔结婚约；赫琳为弗丽嘉喜欢的人提供庇护；芙拉是一位处女神，一根黄金发带束起她的长发。作为弗丽嘉的侍女，芙拉保管着弗丽嘉的珠宝盒与鞋子。葛娜是最后一位被提及的仆人，她是弗丽嘉的使者，骑着名为"疾驰者"的马儿穿过天空，将信息带到世间最遥远的地方。

　　和她的丈夫一样，弗丽嘉也常常插手中庭的事务，当她和奥丁一起介入人类生活时，她并不畏惧与他处于不同立场。有一次，国王赫劳冬的两个年幼儿子在浅滩钓鱼时被卷入大海，弗丽嘉和奥丁伪装成贫穷的农民，把他们引到安全的地方并收养了他们。其中一名男孩——吉尔罗德，得到了奥丁的抚养，而另一个孩子阿格纳则由弗丽嘉抚养。奥丁劝说吉尔罗德，唆使他驾驶渔船将自己的兄弟推回了海中，然后把王国据为己有。事后，奥丁以此嘲笑弗丽嘉——他们收养的孩子，命运如此不同。弗丽嘉不以为意，她说："我听说吉尔罗德长大之后，变成了一个吝啬鬼，待客粗鲁无礼又刻薄。"奥丁断定这是个谎言，为了证实自己的想法，他换上惯常的伪装，亲自拜访吉尔罗德的宫殿。然而弗丽嘉的侍女芙拉赶在奥丁之前先抵达了。她警告国王说，有一个危险的巫师正在附近活动，狗会因为害怕他靠近而不敢发出叫声，他们可以凭借这一点认出目标。等奥丁走进宫殿，看门狗蜷缩着躲到角落，于是吉尔罗德下令将这个戴头巾的人抓住，并用火刑折磨他，直到他说出自己的身份。吉尔罗德就这样签署了自己的死刑执行令——奥丁被火烤了八个夜晚，最后他终于妥协了，说出了自己的名字。就在此时，他忘却了对吉尔罗德的庇护，于是国王倒在

《弗丽嘉和她的侍从》，
卡尔·埃米尔·多普
勒绘（1882年）。

了自己的剑下。毋庸置疑，弗丽嘉坐在奥丁的至高王座上观赏了
所有一切，她的笑声响彻天际。吉尔罗德的故事提醒人们，即便
是众神之父，也并不总能得到他想要的。

　　弗丽嘉似乎无力干涉奥丁的众多风流韵事，但诸神各有各的
游戏规则，弗丽嘉也有自己的往事。据说早年间，当弗丽嘉的丈
夫离开的时候，她曾经委身于奥丁的兄弟们——维利，还有较年
长的菲，成为他们的妻子——至少洛基是这么说的。当然，忠诚
并非众神的强项，不过弗丽嘉对儿子巴德尔绝对忠诚。她竭尽全
力保护这位光芒万丈的神祇不受伤害，甚至在他被洛基的诡计谋
杀之后，还竭力想将他从死亡之国救回。弗丽嘉往往能够成功地
得到她想要的，哪怕她的愿望与奥丁背道而驰，但是在巴德尔这
件事上，她所有的努力都徒劳无功。即便是最强大、最具庇护力

的女神，也无法对抗命运——命运总是掌握着最终的决定权。

托尔

托尔，长着红色胡子的奥丁之子，众神和人类家园的守护者，他的锤子发出的击打声犹如雷鸣贯穿天际。托尔是唯一一个时刻准备与巨人作战的神祇，尽管有传闻他母亲娇德就是个女巨人。在托尔看来，步行穿越和约顿海姆接壤的宽阔河流与广袤山脉不过是小事一桩，他常常离开闪电宫——他位于阿斯加德的住处，深入巨人之地，和其中的最强者展开搏斗——他需要控制巨人的数量。他的锤子名为妙尔尼尔，能够帮助他作战，这是一柄只有他才能使用的武器，可以夷平山脉，将最厚实的巨人头骨砸得粉碎。托尔将锤子扔向他的敌人后，锤子总会自动回到他的手中。它唯一的缺点是柄有些短，不过当托尔发起攻击时，它也还算趁手。为了能更好地使用这个强大武器，托尔还有一双铁手套和一根腰带，能够增加他已经非常强悍的力量。他乘坐一辆由两只山羊拉着的战车，这两只山羊拥有极为特殊的属性——它们每个晚上都可以被人吃掉，但只要骨头不被损坏，托尔就可以用他的锤子把它们复活。

两只山羊其中一只的腿有些跛。因为托尔曾经和一户贫穷的农民家庭分享山羊肉，以答谢对方留他住了一夜。而农夫有一个饥肠辘辘孩子，这孩子不知道何时才能再次尝到肉的滋味，就敲断了山羊的一根腿骨取出骨髓。从此以后，这只山羊就变瘸了。当托尔意识到发生了什么，他极为愤怒，并要求得到农夫的孩子作为赔偿。提亚尔费和萝丝卡瓦这对兄妹从此便成为了托尔忠实的仆从，他们经常陪伴这位最强壮的神祇去经历各种冒险。

托尔更喜欢身体力行，而非夸夸其谈。他并不是铁匠铺里最耀眼的那件家伙。他的父亲奥丁偶尔会拿儿子的火暴脾气开玩笑。有一次，他装成船夫，隔着水辱骂托尔："那个光着脚、穿着脏衬衫的乞丐是谁？你是奴隶之神吗？"奥丁这样嘲讽着，同时极为小心地躲在托尔看不到的地方。托尔不知道是谁这么和他说话，他气得快要爆炸——这个船夫又诽谤了他的母亲，还指责他的妻子不忠。

托尔曾在盛怒之下，砸碎了某个巨人家族中所有人的脑袋——包括他们的妻子、女儿，姻亲还有姨妈，而这种事情并不罕见。尽管托尔并不以交际手腕或是诡计闻名，但他的蛮力足以维持和平。正如洛基对托尔所说的那样："独自面对你的时候，我得赶紧走开，因为你还真会动手。"托尔这种做了再想的风格很容易被人取笑，但是，如果没有这种强大的神力，就无法保护众神和人类的世界。

托尔弄丢了锤子

托尔曾经丢过一次锤子，差点儿导致众神毁灭。一个名为索列姆的巨人偷走了他的锤子，并将它藏在距离地面 8 英里[1] 的地底深处。索列姆提出要娶芙蕾雅为妻，作为归还锤子的条件。当洛基将这个消息带回阿斯加德，托尔几乎要气疯了，但是没有锤子的他，

---

1 1 英里 =1.609344 千米

对这个最强大的巨人无能为力——毋庸置疑，即便是托尔，也将索列姆视为一个强硬的对手。索列姆自称是巨魔之王，在自己的领土上饲养了一群金角公牛，身边还跟着一群戴金项圈的母狗，以此向世人展现他的强悍。有人建议芙蕾雅将自己交给这个流氓，从而换回托尔的锤子，芙蕾雅对此嗤之以鼻，于是众神不得不策划一个狡猾的计谋。海姆达尔提出："为什么不让托尔穿上婚纱，把钥匙挂在腰间，扮成芙蕾雅呢？这样托尔就可以接近索列姆——揍他或是吻他，全凭托尔喜欢。"托尔的脸涨得通红，他的手指发痒，想要抓起锤子却又无可奈何，没人能想出更好的主意。

　　洛基自愿扮演托尔的侍女。这个角色正合洛基的心意，他穿上新衣服，眼睛闪闪发亮。但是打扮托尔实在让众神很为难——

对页图：《与巨人搏斗的托尔》，马丁·埃斯基尔·温格绘（1872年）。

双手持锤的托尔，冰岛埃尔兰德的托尔雕像（约公元1000年）。

即便用厚实的面纱遮住他的脸，奥丁这位粗壮的儿子也很难成为一个让人看得过眼的新娘。洛基很清楚，他得把这个毛茸茸的家伙彻底伪装成芙蕾雅，才能算是圆满完成任务。托尔在婚宴上气呼呼地吃下了一整头牛和八条鲑鱼，还配上了三桶蜜酒把它们冲下喉咙。反应特别快的洛基告诉索列姆，他的新娘因为期盼着婚礼，一直在挨饿。"从一个女人身上见到这么强烈的饥渴非常罕见，"索列姆说，"不过我知道，她所有的欲望很快会得到满足。"晚些时候，索列姆弯下腰想要偷吻托尔，他看到面纱之下的两只眼睛正恶狠狠地盯着他，不禁吓了一跳。洛基再次凑上前说："芙蕾雅小姐因为婚礼而感到兴奋，连续八个夜晚都不曾睡眠。一个善待女性的男人应该很清楚，疲惫和欲望会对眼睛产生什么样的影响。"索列姆一心想着自己很快就能娶芙蕾雅为妻，于是恢复了镇静，不再试图亲吻新娘。最终，正如众神所希望的那样，托尔的锤子被带到了宴会之中，用以赐福婚礼。当托尔感受到那冰冷的重量贴上自己的大腿，立即从座位上暴跳而起，对着新郎的脑袋猛锤一记，然后转过身，开始殴打所有参加这场庆典的巨人。他甚至还将索列姆的姐姐痛打了一顿，因为对方竟然还敢向他索要结婚礼物，他给了对方一记重锤，而不是她所期待的珍贵戒指。托尔赢回了自己的锤子，尽管这位了不起的红发神祇身着婚纱的样子引人发笑，可是很难想象，那一夜的巨人们还能笑出来。

希芙

托尔的妻子是女神希芙，把她和丈夫一起介绍会比较合适，希芙一度以她美丽的金色头发而闻名遐迩，而今她因为戴着金丝假发闻名于世。因为洛基趁着希芙熟睡时，剪下了她的头发。

因为她名字的寓意就是"关系"，能使众神想到婚姻的纽带。希芙是继芙蕾雅之后，巨人们最渴望得到的女神。一位来自约顿海姆的任性访客赫鲁格尼尔，曾吹嘘说，等他干掉其他的神，会留下芙蕾雅和希芙的性命，以供取乐。希芙一度以她美丽的金色头发而闻名遐迩，而今她因戴着金色假发闻名于世。因为洛基趁着希芙熟睡时，剪下了她的头发，于是托尔逼着洛基找来一顶与真头发相差无几的假发作为这场恶作剧的补偿。这顶假发是迄今为止为众神所造的物品中最为精巧的一件。

希芙声称，折磨着其他阿萨诸神的缺陷，她一个都没有，然而有传言说她和洛基可能过从甚密，毕竟洛基能在希芙入睡时靠近她并剪下她的头发。甚至连奥丁也嘲笑他的儿子，因为他得知，当托尔在巨人之地挥舞锤子的时候，希芙有了一个情人。在托尔之前，希芙肯定还有过一个丈夫，虽然斯露德是希芙和红胡子男神的女儿，但乌勒尔却是她和另一个男人所生。大家对斯露德知之甚少，不过她曾经和一名叫作阿尔维斯的矮人离家出走，她的父亲绞尽脑汁才毁掉这桩婚事，并将矮人变成了石头。与希芙的婚姻之外，托尔也有私生子，譬如和女巨人雅恩莎撒所生的孩子曼尼。曼尼非常强壮，是一个称职的托尔后人。出生第三天，曼尼就证实了自己的力量——他将一个倒在他父亲身体上的巨人举了起来，这是其他神祇竭尽全力也无法完成的壮举。

弗雷

如果没有华纳神族的生殖能力，尤其是繁荣富足之神弗雷，众神的力量不会如此强大。弗雷控制着阳光和雨水，他帮助土地和生活在土地上的居民实现丰产。与奥丁和托尔一样，他是最受尊崇的神，那些在土地上劳作的人极度渴望获得他的青睐。人们向弗雷祈求丰收，还有刚强与健康。

弗雷刚长出第一颗牙，就得到了光明之国亚尔夫海姆作为礼物。他最广为人知的所有物是金鬃野猪古林博斯帝，还有斯基德普拉特尼——一艘可以装进口袋里的大船。

他曾经拥有一把光芒四射的宝剑，能够自行与巨人搏斗，但他将这把剑交给了侍从，最后自己不得不挥舞鹿角和一名叫作贝利的巨人作战。这将在诸神黄昏降临之时，导致极为严重的后果，因为弗雷必须赤手空拳地对战火焰巨人苏尔特尔。

弗雷对葛德的渴求

弗雷为了爱情而失去了他的剑，不过这个故事并不像听起来那么浪漫。这位大地之神曾登上奥丁的至高王座，偷看下面各个世界中的女子。一天清晨，他在巨人盖密尔的家中，发现了自己见过的最美丽的女人。她容光焕发，做家务之时，似乎有阳光从她的手臂射出，照亮四周。弗雷无可救药地爱上了巨人的女儿，他整日躺在草地上，满脑子都在想，如果那双胳膊能挽住他的脖子，将会是什么样的感觉。他不吃也不睡，带着硕大的黑眼圈，看起来像是生病了。

对页图：《洛基剪下希芙的金发》，凯瑟琳·派尔绘（1930 年）。

哥得兰岛如尼石刻《G181》上关于奥丁、托尔和弗雷的绘图（局部）

他的父亲尼约德和继母斯卡蒂开始担心，他们喊来了弗雷的侍从斯基尼尔，那是一个性格开朗的家伙。尼约德说："去看看为什么我的儿子变得如此苍白，尽你所能让他恢复如初。"

斯基尼尔从小就是弗雷的忠实仆人，他很快就从主人那里套出了真相。"她可能属于巨人一族，但是在我看来，她的胳膊就像太阳一样。如果不能得到她，我会死的——对一个神来说，这样被拒绝太痛苦了。"斯基尼尔很清楚，众神绝不会因为弗雷和一个卑微的巨人族女孩结合而激动狂喜。尽管可能会因此受到责备，但他仍提出要前往巨人之地，代表弗雷和这个女孩谈谈。"我需要你的马，弗雷，还有你的剑，我得靠它们才能安然无恙地翻过山岭、穿过火墙。"

斯基尼尔刚刚靠近盖密尔在山间的居所，看门狗就开始大叫。弗雷的这位仆人做好了准备接受来自老巨人的挑战，然而，

《弗雷与葛德相会》,
奥斯陆市政厅雕带[1],
达格芬·韦伦斯基奥
尔德创作。

出门迎接他的却是那位光彩夺目的女子葛德。盖密尔出门去了,
现在家中是葛德做主。她打量着陌生来客,钥匙在她的腰带上晃
来晃去。这个女孩不失礼貌地对他说:"你好,陌生人。如果你能
快点儿告诉我,为什么要带着一把憎恨巨人的剑来到我父亲家,
我就给你一杯酒。"斯基尼尔没有浪费时间,直奔主题。他告诉葛
德,弗雷渴望与她相伴,他还献上了三件非同凡响的礼物,用以
证明他主人的心迹。他首先拿出十一个金苹果,它们拥有赋予永
恒青春的力量。但葛德拒绝了这份礼物,她说:"我不知道自己的
青春还能维持多久,但我不打算跟弗雷分享任何一刻。"接着,斯
基尼尔又献上了另一份礼物,那是曾被献给众神的珍宝——奥丁
的戒指"滴落者",它可以自我复制。可是葛德再次拒绝了:"我

---

1 位于柱顶过梁和挑檐之间的雕刻装饰带。

父亲的房子里堆着足够多的黄金，可以供我随心所欲地挥霍。"最后，斯基尼尔变得不耐烦了，他拔出了弗雷的宝剑，他准备将生命作为礼物送给她——如果她继续拒绝，他会杀了她。然而，葛德并不受威胁，她说："我宁肯去死，也绝不屈从于弗雷的欲望。如果你一定要杀我，那就动手吧，然后准备好迎接我父亲的可怕报复。"

现在斯基尼尔不再假装求爱了。他从腰带上扯下一根树枝，开始咒骂这位女巨人。"看到这个了吗，葛德？这是一根驯杖，我要用它来驯服你。我向你保证，假如你敢拒绝我的主人，你将会面对永无休止的痛苦、顺从，还有羞辱。"他一边说着，一边将符文刻在那根树枝上。"你的未来如果没有弗雷参与，将是这样的景象——我会让你像干枯的蓟一样无法孕育，但是又被永远无法满足的欲望逼得发疯；你会被一个长着三颗脑袋的畸形怪物强奸，除了山羊尿以外什么都不给你。你会被关在地底受苦受难，被所有人围观。这听起来怎么样？你将一直生活在极度的痛苦之中。"斯基尼尔雕刻符文的动作稍停了一下，"你想让我完成这个诅咒吗？手臂发光的葛德，还是你愿意让我高贵的主人成为你的丈夫？把这些符文刮掉很容易，留着它们的话，我这就把你封印进悲惨的未来。"

面对这样的威胁，葛德除了给斯基尼尔一杯蜜酒，并且答应他的要求，还能怎么办呢？在第九个夜晚，她答应和弗雷在巴里的小树林中见面，并且成为他的妻子。听说这个消息，弗雷非常高兴，虽然九个夜晚的等待漫长得令人难以忍耐。他是否知道，为了迫使葛德同意，斯基尼尔代表他做出了怎样丑陋的威胁？大概更为重要的是，"光辉之臂"葛德这个名字源自被栅栏围住的田野，而她被阳光和雨露之神征服，将使大地绿意盎然。可是，众神对待巨人的方式能够如此轻易被原谅吗？诸神黄昏降临之时，弗雷将失去他的剑，或许正是道德缺失导致了众神的最终覆灭。

芙蕾雅

芙蕾雅是阿萨女神中最为重要的一个，也是为数不多的因为功勋累累而享受盛名的神祇。芙蕾雅是尼约德和他的姐姐乱伦生下的孩子（当时华纳海姆就是这样特立独行），她是弗雷的妹妹，或许还是他的前情人。和她的哥哥一样，她也拥有掌控生育和爱情的能力，据说是她将最为禁忌的魔法教给了阿萨众神。芙蕾雅乘坐一辆由两只猫拉着的车子，她还有一件以猎鹰羽毛缝制的斗篷，这斗篷能让她在随侍女武神的上方飞翔。芙蕾雅是所有女神之中最美丽、最性感的一位，处于恋爱中或者在卧室里需要帮助的人总是向她求助。洛基指责她在埃吉尔的宴会上与所有的神和精灵都鬼混过——虽说她本就是生育女神，但洛基可不考虑这个。芙蕾雅因为伴侣众多而被女巨人嘲讽，可她的生育能力却被约顿海姆的居民极度渴求。巨人们常常试图强娶她，然而芙蕾雅绝不会逾越这道界限，无论她享有怎样的自由。

或许芙蕾雅与许多男神有染，但她深深思念自己的丈夫奥德——她两个宝贝女儿赫诺斯和格尔赛蜜的父亲。奥德外出旅行，不知何时归来。芙蕾雅在九大世界中到处收集关于他最后所到之处的线索。漂泊的旅途中，她用过许多不同的名字，以至于很少有人能意识到，踏进自己家门的正是那位最强大的女神。芙蕾雅

《芙蕾雅》，约翰·鲍尔绘（1905 年）。

徒劳地寻觅着，沮丧地为她毫无踪迹的丈夫流下黄金泪水。这明亮的黄金，还有她一连串的情人都无法驱散这孤独。芙蕾雅不仅负责与情爱相关的事务，还介入战争，她会从战场之上挑选半数的牺牲勇士，带往自己被称为"多席之地"的宏伟大殿，这也是她彰显地位的另一个标志。与进入瓦尔哈拉一样，被带往芙蕾雅的辖地——弗尔克范格也是一种荣耀。作为爱与死的女神，芙蕾雅掌控人类生活的方方面面，她常常被请求插手家庭事务。她曾帮助自己的忠实追随者奥塔尔，从一位女巨人那里了解他自己的高贵血统，甚至还将他变成了一头野猪，骑着他往返巨人之地和自己的辖地。之所以这么做，是因为奥塔尔为她设立祭坛并献祭公牛的行为取悦了她。芙蕾雅还十分中意情诗——写一首情诗是另一种得到这位热情女神青睐的方式，或许还能收获她的拜访。

布里希嘉曼和永恒之战

芙蕾雅是最著名的珍宝——布里希嘉曼的所有者。据说这条闪闪发光的项链由四位矮人制作，他们出售项链的唯一条件是芙蕾雅与他们每人共度一夜。四个夜晚之后，芙蕾雅离开了瓦特阿尔海姆，而那件珍贵的珠宝挂在了她的脖子上。

芙蕾雅并不是一个擅长隐藏自己光芒的人，她将这条新项链展示给所有人看。洛基对芙蕾雅如何获得如此稀有且珍贵的珠宝感到好奇，并很快发现了她和矮人们签订的不同寻常的契约。他将此事告诉了奥丁。"把项链从她那儿偷过来，"奥丁说，"这惩罚够她受的。"于是洛基做了一件几乎没有人能想得到的事情：他将自己变成了一只苍蝇，以便从一道缝隙中挤进芙蕾雅的房间。洛基咬了芙蕾雅的脖子，睡梦之中的她翻了一个身。洛基立即解下布里希嘉曼，将这串沉重的项链从她脖子上偷走。

芙蕾雅醒来后发现项链不见了，她冲去奥丁的大殿中，说："我知道你是幕后黑手，奥丁。把项链还给我，如果你还珍惜阿斯加德的安宁。"奥丁用他明亮的那只眼睛回望她，他很清楚如何使她的愤怒对己有利。"我会告诉你项链藏在哪里，芙蕾雅，假如你为我做点什么当回报。"他捋了一下胡子，"找两个英雄，让他们相互厮杀直到时间尽头，然后咱们再来谈。"

奥丁深知，引发这样一场旷日持久的冲突绝不是件小事，但是芙蕾雅可以利用华纳族的强大魔法做到。她让名为海丁的国王绑架了一位叫作希尔德的公主——违背她父亲霍格尼的意愿将她带走。黎明时分，霍格尼带着他的军队来到奥克尼的霍伊岛，海丁与他精心挑选的勇士正在那里等候。希尔德试图让他们达成协

哥得兰岛的斯托拉·哈马尔斯[2]一号石画（局部），描绘了希尔德和永恒之战。

议，并将一件礼物送给她的父亲，但一切都已经太迟了。霍格尼已经拔剑出鞘，这把剑名为戴因斯莱夫[1]，在尝到鲜血的滋味之前，它绝不肯归鞘。两军之间展开了漫长而又血腥的搏斗，傍晚时分，高耸的海崖将影子盖在散布荒野的尸体上。

虽然希尔德无力阻止血流成河——她的名字正意味着战斗，但是芙蕾雅教给她的咒语能够令死者复生，伤处愈合，于是每到清晨，所有人都恢复如初。然而，对他们而言，每个清晨都是战斗的清晨，他们迅速又开始厮杀。永恒之战就这样永远持续着，或者至少要等到战士们都应奥丁的召唤而离开。

芙蕾雅已经履行了承诺，奥丁对此很满意，但洛基却并不合作，他拒绝交出项链。为了布里希嘉曼，芙蕾雅不得不派海姆达尔作为自己的勇士挑战洛基。传闻说他们以海豹的形态在海边搏斗。诸神黄昏之时，他们还将再次展开战斗。芙蕾雅最终拿回了她的项链，这是件了不起的珍宝，值得为此惹上这些麻烦。

---

1 由矮人锻造的宝剑，不取人性命绝不归鞘。
2 出土于哥得兰岛的四块石头，上面刻有图像。

《海姆达尔将布辛林
项链¹还给芙蕾雅》，
尼尔斯·布隆梅尔绘
（1846 年）。

巴德尔和霍德

所有的神，包括洛基在内，没有谁能找出一个不好的字眼来形容巴德尔。事实上，奥丁和弗丽嘉的次子巴德尔常常被人称为闪耀之神，因为他如此美丽，似乎会发光。他皮肤白皙，眉目如画，为了纪念他，颜色最白的花朵——小白菊，被命名为"巴德尔的睫毛"。巴德尔的性情也与闪耀的外貌相匹配——他是众神之中最为仁慈的一位。他居住在布列达布利克，那是一片辽阔、闪亮的土地，绝不会滋生任何不洁之物。巴德尔唯一的缺点——如果那可以被称之为缺点的话，是他没有一个决断能持续太长时间，或许因为

---

1 即布里希嘉曼项链。

巴德尔……常常被人称为闪耀之神，因为他如此美丽，似乎会发光。

他太容易宽恕了。他娶了母神南娜，生下一个儿子名为凡赛堤。巴德尔被祝福的生活风平浪静，然而这只是他早逝的先兆。

当巴德尔开始被黑暗梦境所困扰，他第一次预感到了自己的命运。没有人会忽略这种预兆，于是他的父亲奥丁动身前往海拉，想知道是否出了什么问题。种种迹象表明情况并不好。奥丁进入海拉的领地，见到桌上散落着臂环，还有一个黄金镶嵌的空王座，仿佛正等待着某位贵客的到访。大桶当中备着蜜酒。他走近时，一只凶猛的狗开始狂吠，它的胸前沾满鲜血。奥丁将一位女先知从海拉城外的坟墓中召出，他最担心的事情得到了证实。"你不知道吗？王座正等着巴德尔呢，"她说，"还有最好的蜜酒，是为了他的到来而酿。如果你还想知道得更多，我可以告诉你——你的儿子霍德是杀死他的凶手，而为巴德尔复仇的，将是你还未出生的另一个儿子。现在让我回到我的坟墓中去吧，不要再用这样的小事打扰我了。"

命运已经启动，虽然众神无力改变它的进程，但仍竭尽所能去保护善良的巴德尔。弗丽嘉派出使者，走遍九大世界，要求世间万物——从最小的石子到最湍急的河流——发誓绝不伤害她的儿子。誓言的力量极为强大，于是众神开始找乐子，他们将自己手边的各种物品投向站在大殿中央的巴德尔，石头和武器全都从巴德尔光芒四射的身体上弹开——它们曾发誓绝不伤害他。洛基对此无法忍耐，为什么这个完美无瑕的神能被如此溺爱和保护着——他究竟有什么了不起？

洛基扮成一个女人，来到弗丽嘉位于沼泽中的大殿，施展诡

对页图：盲眼霍德以槲寄生做的长矛杀死巴德尔，来自 17 世纪冰岛手稿《AM 738 4to》。

他死在了阿斯加德的心脏地带，一个本该令他免于伤害的地方……众神背负着沉重的悲伤，沉默地站着。光，似乎在埃达华尔平原上消失了。

计让她承认，附近长着一株小小的植物槲寄生，弗丽嘉忘了让它发誓——它太幼小也太无害了。听到这个消息，那女人的眼睛像蛇一样亮起来。

洛基立即找来一些槲寄生，将它们做成一支细长的矛。那天夜里的宴会上，众神又开始和巴德尔玩投掷餐具的游戏，而他盲眼的兄弟霍德则坐着倾听杯子被打碎的声音，还有众神的欢笑声。洛基来到霍德身边坐下，说："听我的，霍德，你也会喜欢上这个游戏的。"洛基将盲眼的神从长凳上扶起，将长矛放进他的手中。"来，把这个扔给你弟弟，我会扶着你的胳膊。"细长的矛笔直飞向它的目标，巴德尔甚至没有想到躲闪。他难以置信地盯着从自己胸前穿进的长矛，鲜血从他苍白的皮肤上绽开。他死在了阿斯加德的心脏地带，一个本该令他免于伤害的地方。虽然有洛基的插手，但仍是巴德尔的兄弟给了他这致命一击。众神背负着沉重的悲伤，沉默地站着。光，似乎在埃达华尔平原上消失了。

巴德尔被杀是降临在众神头上的最大的灾难，不仅因为他们就此失去了最完美的家族成员，更悲剧的是，巴德尔并非与敌人搏斗而亡，众神唯一可复仇的对象是自家人。当奥丁的另一个孩子为巴德尔之死复仇，杀死盲眼霍德——这个婴儿在出生第一天就完成了这一壮举，令众神之父又失去了另一个儿子，他和第一个儿子一样无可指摘。复仇法则在裂缝中崩溃瓦解，没有任何行动能够带来解脱，众神还有什么希望呢？奥丁比任何人都清楚，随着巴德尔的死亡，诸神黄昏又逼近了一步，而且再也无法被阻止。

巴德尔的葬礼

　　巴德尔的葬礼在阿斯加德海边举行，所有最重要的神都出席了葬礼。甚至连霜巨人和山巨人也成群结队地前来，向无可指摘的巴德尔致以敬意。送葬队伍的领头者是弗雷，他乘坐着金野猪拉动的战车。奥丁和弗丽嘉由女武神及奥丁的渡鸦护送着，紧跟在田野之神身后。海姆达尔骑着一匹金色门鬃的马加入了队伍；芙蕾雅驾着套上挽具的猫。托尔独自一人，徒步前往火葬的柴堆处献祭。众神想将巴德尔安放在船上，那艘船名为赫瑞霍尼，装饰极为华丽，可是它太过庞大，没有任何一位神能够驱动它，于是众神从约顿海姆找来一个女食人巨魔。她骑着一匹狼来到葬礼，狼的脖子上套着毒蛇作为缰绳。负责控制的四名勇士久经战火考验，却实在弄不住它。为了不让狼破坏葬礼，他们不得不杀了它。女巨人毫不客套地走向搁浅的船，抓住船头，往海里用力一推，巨浪炸开浪花，整个世界都在颤抖。托尔为此非常不悦，他想动

李比希收藏卡上所描绘的巴德尔葬礼（1934年）

《巴德尔之死》，克里
斯托弗·威廉·埃克
斯伯格绘（1817 年）。

手攻击女巨人，却被奥丁拦住——奥丁很清楚，是众神邀请对方
来完成这项工作。当托尔走到葬礼柴堆旁献祭时，他仍在气头上。
此时，一位叫作利特的矮人拦住了他的去路。托尔将这个倒霉的
家伙踢进船里，让他和巴德尔一起被焚烧。

　　奥丁在死去的儿子耳边悄悄说了些什么，在场的各位神祇离
得太远，没有谁听得到，因此谁都不知道奥丁究竟说了什么。柴
堆的烟雾袅袅上升，逐渐被云层吞没。

　　带着奥丁之子的所有荣耀，巴德尔的尸体在火化后被送往死
亡之地。可是他的母亲仍寄希望于说服海拉，将他从她的辖地释

但是，有一个人没有哭——一位自称为"谢谢"的老年女巨人躲在她的洞穴之中，坚称她绝不为任何人的儿子哀悼。"让海拉留着她所有的一切吧！"她冷冷地回答。很难想象竟然有人如此无情——除非那个老妇人是洛基乔装打扮的。

放出来。弗丽嘉派出了使者——信使之神赫尔墨德，他骑着奥丁的天马斯莱普尼尔前往海拉。经过九个夜晚的旅行，赫尔墨德穿过吉欧尔桥，抵达了海拉。他发现巴德尔和南娜已经执掌那片为他们所准备的荣耀之地，海拉则亲自接待了他。海拉对于众神的困境感到同情，她同意让巴德尔回到生者之地——假如他真的如同赫尔墨德所声称的，被万物所爱着。为了证实这一点，全世界所有的生物都必须为巴德尔之死而哀悼。赫尔墨德气喘吁吁地从海拉的大殿中带回消息，还带了德罗普尼尔戒指作为给奥丁的信物，以及一件给弗丽嘉的亚麻衣服。于是特使被派往九大世界的各个角落。想要说服所有生命为失去这样一位完美的神而流泪并不难，甚至连最冰冷的金属也学会了为巴德尔哭泣——这也是为什么当冰冷的铁块被带进温暖之处时，往往会凝结水珠。但是，有一个人没有哭——一位自称为"谢谢"的老年女巨人躲在她的洞穴之中，坚称她绝不为任何人的儿子哀悼。"让海拉留着她所有的一切吧！"她冷冷地回答。很难想象竟然有人如此无情——除非那个老妇人是洛基乔装打扮的。

洛基

洛基是个狡猾的人物，所有与他打交道的人都需要保持警惕。

对神族来说他显得格格不入——与常见的情况相反，他的巨人血统来自父亲，一个名为法布提的残暴巨人，而他的母亲则是女神劳菲。洛基继承了母亲的头衔，被称为"劳菲之子洛基"，这也表明了众神对他父亲血统的排斥。众神和洛基保持一定距离是明智的。一旦看到惹是生非的机会，洛基就会两眼放光。他仿佛是一个顽劣的孩子，有时会弄坏东西只为了看看自己行为的后果。然而，即便是骗子也认为有义务遵守自己的誓言。托尔在巨人之地经历众多冒险时，洛基是一个才思敏捷的伙伴，为那些令众神不知所措的问题提供巧妙的解决方案。他娶了忠诚的西格恩，他们有两个儿子，纳里和纳尔弗。这两人都因为父亲的轻率而受到惩罚，结局凄惨。洛基还在巨人中找了一个情人，并和她生下了三个可怕的后代，他们终将在诸神黄昏成为众神的强大对手。或许更令人吃惊的是，洛基自己也生过孩子——其中最为出名的是奥丁那匹八腿神驹斯莱普尼尔，还有一群食人巨魔，那是他吃下一个女人半生不熟的心脏后所生的。

洛基经常改变自己的外表，他喜欢变成鸟、鱼，还有咬人昆虫的形态。众所周知，他不止一次将自己变作女人。他可以自如地扮成一个侍女，也能用他英俊的模样诱惑女神们。他既是小偷，却也是巨额财富的提供者；既是一个有价值的伙伴，又是个狡猾、阴险又残忍的小流氓。他是奥丁的结义兄弟，然而，诸神黄昏之时，他也会支持毁灭众神的力量。洛基以他复杂的性格搅乱了阿斯加德的秩序，而这也暴露出了阿萨众神的缺陷，以及他们脆弱规则的局限性。

洛基为众神赢得珍宝

洛基早期的很多恶作剧都是无害的，或者会以某种方式令阿萨众神最终获益。他确实趁着希芙睡觉时剪掉了她的金发，但是当托尔威胁说要打断他身上的每一根骨头，洛基做出了超额的补偿。这位劳菲之子不但找矮人制作了一顶能像真发一样生长的金色假发，而且还说服这些能工巧匠，让他们打造了令奥丁着迷的长矛冈格尼尔，还有弗雷那艘叫作斯基德普拉特尼的船。冈格尼尔有一种特性——每一次刺出，它都能自己找到目标。而斯基德普拉特尼则拥有超越其他船只的优势——它可以像布料一样折叠起来放进口袋中，当它扬帆之时，总是能自行找到从正确方向吹来的风。

　　洛基并没有就此罢手。他拿自己的脑袋和一个名为布洛克的矮人打赌，说布洛克的兄弟——名为伊特里的铸造大师，不可能造得出像希芙的头发、冈格尼尔、斯基德普拉特尼一样贵重的宝物。布洛克代表他的兄弟接受了这个挑战，当铸造师干活的时候，他还负责为锻炉的风箱鼓气。首先，伊特里将一张猪皮放进了锻炉，布洛克便用风箱鼓气。洛基想要转移布洛克的注意力以赢得赌注，于是把自己变成了一只飞虫，在矮人的手上咬了一口。但是布洛克继续鼓动风箱，锻炉里出现了一件非凡之物——一头长着金色鬃毛的野猪，它能比战车更快地穿越天空，还能用它闪耀的皮毛照亮道路。接着，铸造师将黄金放进锻炉，布洛克再次用风箱鼓气。这一次，洛基咬了布洛克两口，可矮人只是做了个鬼脸，然后继续操作风箱。这一次伊特里从锻炉之中取出了一枚名为德罗普尼尔的戒指。这枚黄金戒指像是一个有生命的东西——每过九个夜晚，它会滴落八个重量相同的金戒指。最后，铸造师将铁块放进锻炉，并警告布洛克，如果他停下鼓动风箱的活儿，哪怕只是片刻，这个最珍贵的造物都会被毁掉。洛基再次将自己变成了飞虫，用力咬布洛克的额头，血滴进他的眼睛里。这令矮人无法忍耐，他把双手从风箱上挪开了一瞬间，好将虫拍飞。伊

布洛克继续鼓动风箱，锻炉当中出现了一件非凡之物 —— 一头长着金色鬃毛的野猪，它能比战车更快地穿越天空，还能用它闪耀的皮毛照亮道路。

特里正在打造那柄著名的锤子——妙尔尼尔，但是因为鼓风停了片刻，所以锤子的柄十分短。

这三件物品被交付给众神之时——戒指属于奥丁，金野猪归于弗雷，锤子交给托尔，大家一直认为，即便有些小瑕疵，但妙尔尼尔仍是所有珍宝中最好的，因为它能极大地帮助众神在争斗中对付巨人。布洛克赢了，现在洛基遇到麻烦了——他必须把自己的脑袋献给矮人作为报酬。"换成和我体重一样的金子怎么样？"洛基建议说，他知道矮人们喜欢贵重之物，但是布洛克拒绝了，他想要的，正是这位骗子神明所许诺的。

洛基要求独自待一会儿，然后抓住机会跳出窗外，穿着魔法鞋飞过天空和大海。就在洛基以为自己已经溜出了套索，他耳后传来洪亮的声音，那是托尔的大嗓门："嗨，洛基，这儿的空气怎么样？我现在带你回家吧，去履行你的诺言。"他用他的新锤子捅了捅洛基的后背。"可是……可是我都把希芙的头发还回去了啊，"洛基结结巴巴地说，"而且你还得到了这把锤子！这就是你对我的报答吗？你们这些神都是一样的！"

"欠债还钱。"托尔只说了这一句话。他将洛基塞进自己的战车，紧紧抓着他，直到抵达阿斯加德的城门。然而洛基一路都在飞快地动脑子，当他们飞过天空时，他眼中闪烁着淘气的光芒。他跳下车，昂首挺胸地走进大殿。

矮人正坐着用皮带磨刀，看到洛基走进来，他咧开嘴笑了。然而，这个骗子步态当中的某种东西，很快抹去了布洛克脸上的笑意。"布洛克，欢迎你按照约定拿走我的脑袋，不过，有一件事你务必记得——我可没答应把脖子也给你。小心点儿，别违背诺言，否则众神会杀了你。"布洛克拿着刀，围着洛基转来转去，可

丹麦斯纳普通出土的灶台石，描绘了洛基被缝住的嘴。

是无论他怎么想，也想不出如何才能在不伤到脖子的情况下砍掉洛基的脑袋。矮人意识到自己被骗了，他非常愤怒。在回瓦特阿尔海姆之前，布洛克拿了一根皮带和一把锥子，在他兄弟的帮助之下，给洛基的嘴上打了几个洞，缝住了他那张聪明的嘴巴。洛基嘴里的这根皮带被称为瓦塔瑞，为了洛基带回阿斯加德的那些珍宝着想，众神可能希望布洛克将皮带拉得更紧些，永远封住洛基的嘴。

洛基冒犯众神

　　洛基对众神的敌意日渐增长，而最能清晰暴露他意图的行为，莫过于他破坏了本应是最欢乐的时刻——在埃吉尔的光辉圣殿中举办的由阿萨神族和精灵共同参与的盛宴。在这所大殿中，麦酒自由自在地流淌着，大量的黄金餐具替代火光照亮四周。所有出席的宾客都称赞埃吉尔的仆人活儿干得好，每个人都对宴会感到十分满意——除了洛基，他怀着纯粹的恶意杀死了一个仆人。洛基如此不尊重主人，毁了这样一场愉快的盛宴，众神为此愤怒。他们以暴力相威胁，将洛基赶进了森林。可是洛基并未停止他的恶作剧，他在森林的冷风之中漫步，花了足够多的时间去回忆自己听说过的关于每个神祇最糟糕的事。他返回大殿，发现宴会又开始了——麦酒在流淌，众神轮流讲述他们的伟大胜利，相互拍打对方的后背。然而，他们很快就安静下来，因为发现洛基正站在门口注视着他们。

　　"走了这么远的路，我渴了——给我拿点喝的来！"洛基要求着，可迎接他的只有沉默。"怎么？你们这些自命不凡的神，一句话也没有吗？我觉得，你们可以有两种选择：强迫我离开并亵渎这个神圣的地方，或者给我找个座位。"

　　作为众神的代言人，布拉奇第一个做出回应："众神自有准则需要遵循，我们不会再在埃吉尔的大殿中为你倒酒。你走吧，保持安静。记住，众神今晚对你很慷慨，给你留着两条腿走路。"洛基装出一副受到伤害的模样，他转向高座，眼中却闪烁着恶意，"奥丁……难道你不记得我们是血亲兄弟吗？不记得我们曾经发誓，如果对方不在，另一个人绝不独自饮酒？我还以为，你是一洛基如此不尊重主人，毁了这样一场愉快的盛宴，众神为此愤怒。他们以暴力相威胁，将洛基赶进了森林。

个会尊重这种神圣契约的人呢。"

奥丁用他那只完好的眼睛盯着杯子。"好吧……给他喝一杯吧，免得他又在我们面前卖弄口舌了。"没人愿意把杯子递给洛基，于是洛基自己动手，并站在桌上开始祝酒："敬男神，敬女神，敬所有最神圣的力量……"他假装真诚地向房间里鞠了一躬。"敬所有神圣力量，"他继续说，"……除了那个不知该如何表示欢迎的神——布拉奇，他现在正打算把自己藏起来。"

布拉奇面带恳求地看了这个骗子一眼，说："听着，洛基。如果你坐下来，不再惹得大家不高兴，我就给你一匹马和一件臂环作为礼物。"

"马和臂环！"洛基冷笑着，"假如你真有哪怕其中一样可以拿来送人，都会让我觉得惊讶。在座所有的神和精灵当中，你总是最后一个为黄金而战，还是射箭射得最慢的那一个。"

"如果我们不是在这座圣殿里，洛基，我会因为你的诽谤杀了你。"

"在你坐着的时候，你是个强大的战士，布拉奇。但是当你站起来，你只不过是一个翩翩起舞的诗人。不得不面对一个真正男人的时候，你会跑开。假如你觉得生气，那就来做点什么吧！"

这时候，伊登试图插手："布拉奇，别中了他的圈套。不要在这座大殿当中跟洛基对骂，给你的家人带来耻辱。"可是洛基也有话要对她说："闭嘴，伊登。现在让我告诉你：众神当中，你是最疯狂渴求性的那一个。我清楚得很，因为你曾经用你那散发着香气的手臂，搂住了杀死你兄弟的凶手。"

众神都只能低头盯着自己的杯子。他们知道洛基所说的都是事实，可是他们没有资格评判。接下来，洛基在埃吉尔的圣殿当中，依次侮辱每一位神。他毫不害怕会打破长久以来缄默的默契，更不畏惧与那些他曾称作朋友的人成为敌人。洛基指责葛芙琼和弗丽嘉不忠，说芙蕾雅是众神之妓，还说芙蕾雅和她兄弟有染，并在欢好结束后突然放屁。他管奥丁叫女巫、老变态，嘲笑尼约德曾经被巨人的女儿在嘴里撒尿，还说田野女神是个沾着粪便的侍女。他说他是许多神之子的真正的父亲——或者他只是这么说说而已。直到托尔从约顿海姆回来，威胁要在那神圣之所用他的锤子把洛基砸个粉碎，劳菲之子才最终住口。但是托尔来得太晚了，破坏已经造成。洛基说了太多不能说出口的话，他将众神的弱点全部公之于众，所有人都互相知道了。而最糟糕的是，他对弗丽嘉所说的残酷言辞中，暴露了他自己在无辜的巴德尔之死中所扮演的角色，而这是众神最无法原谅的罪行。

被束缚的洛基

埃吉尔的宴会结束后，众神发现彼此很难正视别人的眼睛，但在同一件事上他们达成了共识——那就是洛基必须受到惩罚。他们跑遍九大世界追捕这个骗子，洛基的好运终于到头了，众神在约顿海姆的一个瀑布旁找到了他。因为害怕至高王座上的奥丁发现他，洛基已经习惯了以鲑鱼的形态洗澡。由于过于多疑，他成日里都在研究可能会被用于抓住他的精巧工具。某一天，他编织了一张渔网，并坐在他的小屋里盯着这个新发明看，突然，他

拿着渔网的洛基，摘自冰岛 18 世纪手稿《SÁM 66》。

察觉到众神的到来。洛基将渔网扔进火里，然后迅速跳进水中，可是渔网那网格状的灰烬向众神泄露了他们所需的信息。他们造了一张网，在山里的所有池塘进行打捞，很快洛基就被逼进了死角。他试图朝着上游猛地跳跃，但是托尔比他的速度更快——托尔的手像老虎钳一样紧紧抓住了鲑鱼的尾巴。这就是为什么鲑鱼的尾部逐渐收窄，而是它们总是想往上游跳。

洛基一落入众神手中，就遭到了可怕的报复。首先，众神在洞穴的地面上竖起三块石板，并在上面钻洞，之后他们将洛基的儿子纳尔弗变成一只狼，并放他去咬他的兄弟纳里。洛基的儿子被开膛破肚，众神将他的肠子从石洞中穿过，绑住了洛基——那些肠子变成了坚固的铁链，紧紧缚住洛基的肩膀、腰和腿。女神斯卡蒂，一面回忆着洛基在杀害她父亲一事中所扮演的角色，一面找来一条蛇，将它悬在洛基的脸上方，让毒液滴入他的眼里和嘴中。洛基忠诚的妻子西格恩无力使丈夫从魔法束缚当中解脱，她坐到了他的头边，用一个碗来接毒液。她必须时不时将碗拿走倒空，每当她这么做的时候，毒液会滴在洛基脸上，洛基会因为痛苦而扭动，导致整个地球都在震动。这是对洛基的惩罚，但是当诸神黄昏降临时，他将趁机逃脱。他会驾驶一艘船，把火巨人的儿子们从巨人之地带往众神的居所，摧毁一切。所以，在最终时刻，这个了不起的捣乱者将实现他的报复。

提尔

对页图：《被束缚的洛基》，玛腾·艾斯吉尔·温吉绘（1890年）。

提尔是战争荣耀之神，众神之中最为勇敢的一位。他的父亲

巨狼芬里尔咬住提尔的手，摘自 18 世纪冰岛手稿《SÁM 66》。

可能是个巨人，但是众神相信提尔的忠诚，他和洛基可不一样。提尔最为出名的事迹，是他牺牲了自己的右手来制住巨狼芬里尔。那是众神喂养的一头怪物，但它长得太大了，超出了众神的掌控。众神当中，提尔是唯一一位敢于靠近巨狼，给它喂食的神。当众神用皮带捆住巨狼的腿，他也是唯一一个敢上前一步，将手放进芬里尔嘴中的神。当然，等巨狼意识到自己中了圈套，提尔失去了他这只手。为了保护众神不受伤害，提尔甘愿做出如此巨大的牺牲——不仅放弃了自己的手，还放弃了自己的名声，这充分说明了他的忠诚。

提尔常常被喊为"独手神"，或是"狼吃剩的残渣"，不过这些绰号并非侮辱。诸神黄昏之时，提尔将与另一只狼——被锁在格尼帕洞穴中的加姆——展开搏斗。那场战斗非常激烈，独手的提尔丧失了性命，同时，他也杀死了对手。这样一个英雄主义的结局对于他来说再合适不过，而那些在战斗之中毫无畏惧、昂首阔步走在战队前列的战士，据说都拥有这位神的勇气。有一个如尼字母以提尔命名，据说在开战前向神祇献祭武器，或者仅是将这个字母雕刻于刀刃上，就可以获得好运。"星期二"这个词来自提尔，这一定是个发动战争的好日子。

海姆达尔

海姆达尔被认为是众神的守夜人，阿斯加德的护卫者。海姆达尔是扬波九姐妹所生，她们是海洋巨人埃吉尔的女儿。他在世界的边缘长大，那里的肥沃土壤、冰冷海水，还有以野猪血液为食的生活令他变得强壮。海姆达尔居在一个叫作希敏约格[1]的地方，它位于天空之下，俯瞰着连接中庭与众神之家的彩虹桥。海姆达尔在这个偏僻的地方一边喝着蜜酒，一边守护着通往阿斯加德的道路。世界之树的枝干紧挨着希敏约格，海姆达尔靠着世界之树，永不休息地守护在这里，白泥从树上滑落，覆盖他的后背。由于这个缘故，他被称为最白的神，而最为引人注目的是，这位守卫者的牙齿全都是闪亮的黄金。

1　意即"天卫之宫"。

《海姆达尔吹响戈拉尔》，卡尔·埃米尔·多普勒绘（1905年）。

工作之时，海姆达尔永远不会打盹——他总是很警觉，他需要的睡眠比鸟儿还要少。无论白天还是黑夜，他都能看到百米之外的东西。他的听觉甚至比他的视觉还要好。传闻说他可以听见草钻出地面的声音，还有羊毛在羊背上生长的声音。任何比这大一些的声音，海姆达尔都很容易听到，所以没有人能踏上彩虹桥而不被他发觉。和奥丁一样，为了获得这些非凡的天赋，海姆达尔也曾在密弥尔的井中献祭。为了获取内心的智慧，奥丁牺牲了一只眼睛，而海姆达尔则将自己的一只耳朵留在了井里。海姆达尔最为出名的财产是戈拉尔号角，诸神黄昏降临之时，他将吹响这支号角来警示众神：巨人正在靠近。他还拥有一匹名为"金门鬃"的马儿，并携带一把叫作"人头"的剑。海姆达尔对洛基怀有特殊的敌意，他指责洛基在埃吉尔的宴会上醉酒，还曾因为芙蕾雅的项链与洛基发生冲突。这场争斗将持续到诸神黄昏，那时候，两位神注定要在最后的战斗中展开对决。

海姆达尔和社会各阶层

与奥丁一样，海姆达尔也有很多个名字，他被称为"金牙""风之护卫""洛基的死敌"。某一次，他以"雷葛"这个名字，前往人类世界历险。雷葛去往海边，沿着绿色的道路向前走，来到一间小屋。门开着，于是这位神祇走了进去。他发现壁炉中生着一堆火，一对头发花白的夫妻穿着旧衣服蜷缩在火堆旁。这对夫妻被称为曾祖母和曾祖父，他们用粗面包和煮熟的肉招待客人。雷葛在这户穷人家中住了三个夜晚，睡在两夫妻之间，在满是跳蚤的床上给他们出主意。九个月后，曾祖母生下了一个丑陋的孩子，她喊他"奴隶"。他整日搬运木头，驼背又双手粗糙。后来他娶了一个胳膊晒黑、脚上沾满泥，名叫"仆人"的姑娘，他们在一起生了许多长相粗野的孩子——从他们开始，奴隶阶层出现了，他们在田间施肥、割草，照看动物。

雷葛再次上路，然后来到一个大厅。门没有上锁，于是他走了进去，发现壁炉中生着一堆火，旁边有一对夫妻正忙着干活。男人留着整齐的胡须，穿着合身的衬衫，正在做木工。女人穿着

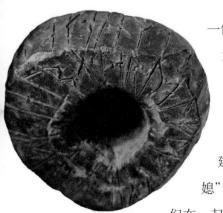

维京时代的纺锤轮，来自林肯郡索尔特弗利特比。其特征是刻有向奥丁和海姆达尔祷告的如尼文字。

一件扣有胸针的羊毛连衣裙，正坐着纺纱。这对夫妻被称为祖母和祖父，他们用最好的食物款待客人。雷葛在那户人家住了三个夜晚，他睡在两夫妻中间，躺在干净的床上，为他们提供建议。九个月后，祖母生下一个眼睛明亮的男孩，她喊他"农民"。他耕种田地，搭建谷仓，他长得健壮并且面色红润。他娶了一个叫"儿媳"的姑娘为妻，她有自己的嫁妆，腰带上挂着钥匙。他们在一起生了许多正直的孩子——从他们开始，就有了农民阶层，他们驯养动物，安置田地。

雷葛又一次踏上旅途，他来到了一个朝南的华丽殿堂。门上有个门环，他推开门。屋内地板上铺着新鲜的稻草，一对夫妻正坐在那里，凝望彼此，享受属于他们的闲暇时光。男人穿着考究，正在给弓装弦、把箭头削尖，为狩猎做准备。女主人穿着华丽，胸前挂着一个吊坠，她正坐在那里整理衣袖，欣赏自己美丽的手臂。这对夫妻被称为母亲和父亲，他们用烤肉和精致的白面包宴请客人，酒被盛在精美的杯中，摆在绣花桌布上。雷葛在这户精致的人家住了三个夜晚，和这对夫妻共享一张高边床，为他们提供建议。九个月后，母亲生下一个眼神锐利的男孩，她喊他"领主"，用丝绸将他包裹起来。他背着弓箭、带着猎犬去狩猎，他长大了，会游泳、能挥剑。等他成年的时候，雷葛回到这个儿子身旁，教他如尼文字，将他的来历告知于他。雷葛鼓励这个儿子为自己争夺土地，于是领主骑着马，高举枪，去往邻近之处，对周边的部族发起战争。领主统辖着十八个殖民地，给他的追随者分发戒指和马匹。他娶了一个妻子，她是由另一个国家的使者带到他身边的。她很聪明，容光焕发，有一双优雅漂亮的手。她的名

来自马恩岛朱比的10
世纪的十字板，描绘
的很可能是海姆达尔
吹响戈拉尔。

字叫作娥娜。他们彼此相爱，共同建立了一个王朝。从那些后裔
之中产生了贵族阶层，他们进行统治，并且深谙战争的艺术。那
些孩子里最小的一个，知道如尼文字和隐秘的知识，他甚至比领
主知道得更多。他获得了和雷葛一样的资格，被称作神——或是
国王。大洋领土正等待着他的征服。从最卑贱的奴隶，到最好战
的国王，人类所有的阶层都能追溯到雷葛，或者说海姆达尔那里，
因此，众神的守护者也被称作人类的祖先。

尼约德和斯卡蒂

尼约德是为数不多的华纳神，也是弗雷和芙蕾雅的父亲。第
一次神族之战后，他作为人质来到阿斯加德。但他是在华纳海姆

《斯卡蒂对群山的憧
憬》，W.G.柯林伍德绘
（1908 年）。

长大的，在那里，对家庭成员之间恋爱的伦理约束要宽松得多。
洛基指控他和自己的姐妹生下了弗雷和芙蕾雅，而且还允许巨人
的女儿往他嘴里撒尿，很难说这些辱骂中的哪些更为可耻。尼约
德以他的财富而闻名，他的领土似乎会源源不断地流出财富。他
将诺奥通的围船之地称作自己的家，他被认为是掌控着开放水域、
风、海鱼和海中财富的神。他能够随心所欲地平息风暴和火灾，
水手和渔夫经常念叨着他的名字。

　　尼约德对海洋的爱，如同他妻子斯卡蒂对群山的爱一样出
名——斯卡蒂将群山称作自己的家。斯卡蒂的父亲是一位著名的山
巨人，名叫夏基。斯卡蒂在父亲身边长大，与他十分亲密。众神因
为夏基绑架伊登一事而杀死了他，于是斯卡蒂全副武装前往阿斯加
德索要赔偿。为了弥补她的损失，众神允许她通过婚姻加入阿萨一
族，但是，她只能靠观察对方的脚来选择自己的丈夫。斯卡蒂希望

斯卡蒂想住在她长大的山中，而尼约德则想住在他钟爱的海边。

《尼约德对大海的渴望》，W.G.柯林伍德绘（1908年）。

能够得到最漂亮的神巴德尔作为丈夫，于是挑选了一双最闪亮的脚。然而，这双脚却属于华纳神族的尼约德，他的家在海边，他常常在附近的海中漫步，海浪将他的双足冲刷得极为干净。

斯卡蒂和尼约德的婚姻并不幸福，他们之间存在的分歧，对于任何一对伴侣而言都极难克服。斯卡蒂想住在她长大的山中，而尼约德则想住在他钟爱的海边。他们试图将时间分配到两个地方，九个夜晚住在高山之上的雷鸣之家，三个夜晚住在水花拍打海岸的诺奥通。可是，尼约德觉得山里太过压抑，狼群的嗥叫刺痛他的耳朵。斯卡蒂则无法忍受大海不断翻腾，海鸥的尖叫声令她难以入眠。他们决定各行其是。

斯卡蒂很喜欢待在她父亲的故乡——大山之中，她大部分时间都在那里滑雪、追踪野生动物，所以她也被称为"滑雪之神"和"弓箭狩猎之神"。据说奥丁曾前往山中拜访她，挪威某个强大家族的血统可以向上追溯至这段风流韵事。斯卡蒂很难被逗笑，而洛基必须想办法让她露出笑容，这是她与众神和解的另一个条件。这个骗子最后把自己的睾丸绑在山羊胡子上，玩起了一场尖叫连连的拔河游戏。微笑在斯卡蒂脸上绽开，而当山羊使劲地拉扯洛基的睾丸，以至于他跌到她腿上，斯卡蒂忍不住放声大笑。尽管如此，斯卡蒂从未原谅洛基在她父亲死亡这件事中所扮演的角色，当洛基被众神束缚之时，是她决定将一条蛇挂在他脸上的。斯卡蒂可不是个让人随意摆弄的女神。

乌勒尔

乌勒尔是另外一位与狩猎和穿行冰雪相关的神祇。乌勒尔喜欢滑雪和滑冰，他的盾牌就是雪橇。乌勒尔是希芙的儿子，托尔的继子，他长相英俊，动作潇洒，射箭技术很有名气。他住在一处名为耶戴尔斯的地方，那里出产最好的制弓木材。决斗时向他祈祷会非常有用。

来自瑞典博克斯塔的如尼文石碑（U 855），上面描绘着一个踩着滑雪板的弓箭手，可能代表着乌勒尔。

布拉奇和伊登

布拉奇是诗歌和雄辩之神，他是世上第一位吟游诗人。"诗"这个词，也称为布拉奇，就是以他的名字命名。他将掌握智慧和精通诗歌的能力赐予尊敬他的那些人。他有一种特别的说话方式，据说他的舌头非常迷人，他的胡子比其他神的更长。因为他的口才，他有幸在集会时负责招呼进入大殿的诸神，他也是第一个在埃吉尔的宴会上对洛基发起挑战的神。在相互侮辱的过程中，洛基指责布拉奇是个懦夫，此时，布拉奇的妻子伊登介入其中。于是她又被指控为了男人发疯，甚至拥抱过杀害自己哥哥的凶手。

伊登这个名字意味着"永远年轻"，她正是以"永恒年轻的金苹果"的守护者闻名。她将金苹果放在一个小箱子里，箱子所使用的木材和世界树是一样的。诸神本该妥善地照看伊登和她的苹果，因为他们依赖这种可以防止衰老的水果，但他们有两次险些失去这力量的源泉：一次是伊登和她的苹果被巨人夏基夺走；另一次是斯基尼尔将十一枚苹果送给葛德作为结婚礼物。失去伊登，众神将变得衰老干瘪，只要她短暂失踪，他们就会体会到这种变化。

葛芙琼

葛芙琼——施予者——以犁技而闻名。她还和许多有权势的女性一样，预见力极强，她像奥丁一样清楚男人们的命运。据说，她会在来世接纳所有以处子之身死去的女性，她自己也保有童

贞——尽管众神对这种说法将信将疑。洛基指责她向赠予她珠宝的年轻人献媚，还有故事说，她曾经和瑞典国王春风一度，只为换取土地。

葛芙琼将自己伪装为一个精于世故的女人，然后来到了古鲁菲国王的国家。古鲁菲拥有大量肥沃的土地，他对这些毫不在意。为了回报葛芙琼的陪伴，国王给了她瑞典的一部分土地——只要是四头牛在一天一夜之内能犁完的地都归她。这是一桩愚蠢的交易，葛芙琼给了他一个事关王权的教训：她将自己四个健壮的儿子从巨人之地领出来，将他们变成公牛帮忙犁地——他们比中庭的任何公牛都更为巨大。得益于儿子们的帮助，她翻耕了土地，并将这些地向西带往附近海域，它们成为了西兰岛。古鲁菲国土中缺失的那一部分蓄满水，成为了瑞典的梅拉伦湖，它的港湾与葛芙琼所创新的土地的轮廓相吻合。古鲁菲试图拜访阿斯加德，以便更多地了解众神和众神的诡计，可是他又被奥丁愚弄，再也不曾收回那些土地。

密弥尔和海尼尔

密弥尔最为著名的是他的头颅，以及以他名字所命名的那口井，除此之外，大家对他知之甚少。密弥尔意味着"铭记者"，当他的脑袋还留在脖子上的时候，他每天都要去以他名字命名的井中饮水。密弥尔之井位于约顿海姆，在世界树的树根之下，那是可以获得伟大知识的地方——只要你付得起代价。密弥尔之井深处藏着奥丁的眼睛和海姆达尔的耳朵，甚至还有更多其他东西。

对页图：布拉奇坐着弹奏竖琴，伊登站在他身后。尼尔斯·布罗摩尔绘（1846 年）。

阿萨神族和华纳神族的战争结束后，密弥尔作为人质之一被送往华纳神族。他是和长腿的海尼尔一起去的，海尼尔漂亮得仿佛一幅画，但是却不善言辞。华纳神族很快意识到，如果没有密弥尔的建议，海尼尔无法自己做出任何决定。他们意识到自己在人质交换这件事上受到了欺骗——他们将族中最重要的神送给了阿萨神族，可是对方却换给他们一个喜欢自作聪明的家伙，另一个则一声不吭。他们砍下了密弥尔的脑袋，并将这颗被砍下的头颅和海尼尔一起送还给阿萨众神。奥丁用草药和咒语保存密弥尔的头颅，以便它可以继续向他提供建议。从这位被复活的朋友那里，奥丁学到了许多如尼文字和神圣知识，还知道了诸神的命运。长腿海尼尔的命运被谈到的不多——即使被问及，他也可能不会说出他的故事。不过，这位安静的神有幸成为诸神黄昏之后为数不多的幸存者，是他从最初的年代带来了知识，那时候，他曾和奥丁一起巡游世界。

诸神之子们

　　年轻一代的神并不如自己的父母那样享有盛名，但他们的时代总会来到。维达和瓦利是奥丁之子，他们的母亲都不属于阿斯加德。曼尼和摩迪是托尔的儿子，他们非常强壮。凡赛堤的父母——巴德尔和南娜在同一个柴堆上被火化，而他活了下来。这些神祇中的每一个都与复仇和重生紧密相连。瓦利是为巴德尔之死复仇而生，他在出生第一天就完成了这项壮举——杀死自己同父异母的哥哥霍德。据说奥丁为了成为瓦利的父亲而强暴了他的母亲琳德。维达的母亲则是一名女巨人，不过她对众神很友好。维达是一个魁梧的小伙子，几乎和他的兄弟托尔一样强壮，他曾陪同家人一起参加埃吉尔的宴会。维达的主要任务是为父亲在诸神黄昏的死亡复仇。还是个小孩子的时候，他得到了一只铁鞋，伴随着他的成长，从世界上所有的鞋上割下的皮革不断加固着这只鞋子。他将穿着这只鞋踩住芬里尔的下颚，撕开这头狼贪婪的

10世纪哥斯福斯十字架（局部），通常被认为描绘的是巨狼芬里尔口中的维达。

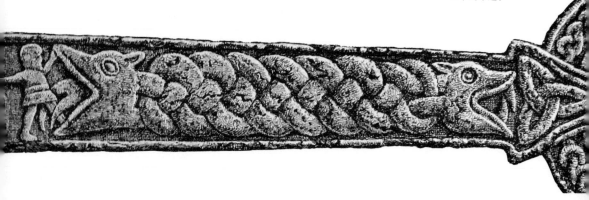

嘴。据说，为了帮助维达战胜芬里尔，从鞋子上剪下来的革带都应当扔掉，不能重复使用。维达杀死巨狼为自己的父亲报了仇。虽然维达被称为沉默之神，但他曾在马背上宣告已做好准备对付巨狼，令众神为之震惊。

凡赛堤是巴德尔和南娜的儿子，他掌管着一个熠熠生辉的大殿，大殿的天花板是银质的，柱子则由黄金铸成。凡赛堤以干预冲突的能力闻名于世。诸神黄昏之后，他将和父母重聚。彼时，世界将获得重生，巴德尔将在南娜的陪伴下，离开海拉，沿着道路返回故地。曼尼和摩迪是托尔的儿子，分别继承了他的强大力量和暴脾气。摩迪是继承暴脾气的那一个，他将在父亲死后，和兄弟一起拥有父亲的锤子。曼尼则是继承力的那一个，在三岁时他就证明了自己——他从父亲的身体上抬起了巨人的一条腿，而其他的神都无法做到。托尔对这种力量的展现感到极为高兴，他不惜违背奥丁的意愿，答应将金鬃马送给这个男孩。曼尼和摩迪不需要为他们的父亲报仇，因为托尔与中庭巨蛇耶梦加得将在最后一战中相互厮杀，同归于尽。

这些年轻的神祇都有一个共同点，他们注定会在诸神黄昏一役中幸存，重返已成废墟的阿斯加德，他们将在那里继续生活，并且见证这片永恒绿地的重生。不过问题在于，这些复仇者虽然强壮，可是否能够胜过他们的先辈？当怪物们折返，他们能够保护这个世界吗？是否需要新的神——一个至高无上的神——来统治这个新生的世界？

《诸神黄昏——众神的陨落》，木刻画，卡尔·爱伦伯格（1887年）。

约顿族

我们已经见过几位巨人，从粗鲁的索列姆，到手臂闪闪发光的葛德，他们的故事很难与众神的故事完全分开来讲，因为这两个部族的命运通紧密交织在一起——通过血统、婚姻以及他们之间永无休止的宿怨，而这最终导致了诸神黄昏。自从第一个巨人伊密尔被杀之后，约顿一族一直是众神的敌人，然而在许多方面，阿萨神族又依靠巨人维持生存。奥丁与他的兄弟是包尔和女巨人贝斯特拉的儿子，霜巨人波尔斯隆是奥丁的外祖父，而众神之父所知晓的强大咒语是由他的巨人舅舅所传授的。迎娶巨人为妻的模式在九大世界诞生之前就已开始，约顿族还被迫向阿萨神族交出了许多传家宝，比如被众神用来酿酒的大锅，还有诗歌蜜酒——它被巨人苏图恩偷去，又在苏图恩之女格萝德的保护之下被骗了回来。巨人的血统可以追溯到创世之初，奥丁也曾试图发掘他们对于遥远过去的所知，并学习那种比众神更古老的原初智慧。甚至连地球本身也是由伊密尔的骨肉构成，这位巨人是所有巨人的先祖，他的鲜血淹没了史前世界的山谷。众神也许是人类

对页图：根据斯诺里的说法，远古生灵伊密尔是所有巨人的祖先。

的创造者，然而，如果没有巨人，就没有海洋、天空、山谷，更没有建立在巨人肥沃躯体上的中庭。

伊密尔的孙子贝格尔米尔和他的巨人妻子，在那场淹死了整个部族的洪水中幸存下来，所有的约顿族都是他们的后裔。奥丁和他的兄弟创建了中庭之后，幸存的巨人被放逐至世界边缘，山巨人生活在约顿海姆的悬崖峭壁之上，霜巨人待在极寒之地，火巨人居住在燃烧之境穆斯贝尔海姆。所有这些蛮荒之地——黑暗的森林，荒凉的平原，贫瘠的山脉——都被称作乌德加德，即"外域"，它们处在保护人类世界的界墙之外。前往这些区域很危险，进入约顿海姆，必须跨过汹涌的河流或者穿越火焰屏障。巨人们有时也会去阿斯加德，三位神秘女巨人的到来，终结了众神的黄金时代。

从在世界边缘拍打翅膀卷起飓风的老鹰赫拉斯维尔戈，到待在大海深处研磨细盐的巨人女孩，这些维持或打击中庭的众多力量都来自巨人们。众神又为这种混乱加上了某种秩序。他们保护中庭免于约顿族的过度侵害，并将原始的知识和原材料转化为一个稳定的世界体系。和巨人打交道时，在道德上没什么可含糊的。众神曾经作弊、欺骗，甚至从约顿族偷窃，但人类永远与奥丁和阿萨神族站在一边，由众神提供保护，对抗敌对的世界。无疑，众神给了巨人太多彼此敌对的理由：谋杀他们的祖先伊密尔，绑架女性巨人，还有撕毁誓言。巨人们终将取得最后的胜利，因为诸神黄昏之时，混乱的力量将扫除众神的那些充满缺陷的秩序。这是一场毁灭的狂欢，世界必须从毁灭中重获新生——这是众神一直试图推迟的命运，这也是为什么冲突并不仅仅是两个部族之间的战争。

赫鲁格尼尔与赛马

奥丁有一匹八条腿的马叫作斯莱普尼尔，众所周知，所有马匹之中它最为优秀。它跑得极快，几英里不知不觉就消失在蹄下，它还能在生者和亡人的土地之间穿行。斯莱普尼尔这样的马儿需要时不时活动一下腿脚。某天，奥丁决定带它出门好好逛一逛，然后他们一路跑到约顿海姆。这一次，奥丁并非乔装出行，而是戴着金头盔，公然骑马穿过天空。其他的神目送他离开，好奇"老独眼"到底想干什么。

不久之后，奥丁来到赫鲁格尼尔在山间的家。见到奥丁骑马从他家上空飞驰，这个凶猛的巨人惊讶地又看了看。他伸长脖子，冲着天空大喊："如果不报上你的姓名，就休想通过赫鲁格尼尔的大厅！告诉我你是谁，你从哪儿找到那匹好马的？"

巨人伸长脖子，冲着天空大喊："如果不报上你的姓名，就休想通过赫鲁格尼尔的大厅！告诉我你是谁，你从哪儿找到那匹好马的？"

奥丁骑着马，悠闲地靠向赫鲁格尼尔。斯莱普尼尔的马蹄还未着地，他已经开始激怒巨人。

"无须介绍，"奥丁说，"不过我敢拿自己的脑袋打赌，这匹马比你们在约顿海姆养大的那些畜生都要好。斯莱普尼尔比它们当中最好的跑得还要快。"

赫鲁格尼尔立马上钩了。他有一匹很好的马，叫作金鬃，而他想给这位趾高气扬的神一个教训。奥丁已经开始慢跑，赫鲁格尼尔跳上金鬃，一边跟在他的身后，一边大声辱骂众神之父。斯莱普尼尔扬着它的八只蹄子飞快地穿过这片土地，它的速度太快了，以至于它的腿看上去似乎根本没有动过。赫鲁格尼尔鞭打自己的马，咒骂着催促它向前，却总是与奥丁相差几步远。奥丁和巨人一路狂奔直至阿斯加德，赫鲁格尼尔气得完全没意识到自己已经将约顿海姆远远抛在身后，一头扎进了敌人的据点。

奥丁终于让斯莱普尼尔停了下来，马身上不见一滴汗。赫鲁格尼尔在奥丁身后噗的一声停住脚步，金鬃屈下了膝盖。

"欢迎来到我们的大殿，伟大的赫鲁格尼尔！"布拉奇一面说着，一面牵起金鬃的缰绳，安抚那匹颤抖的马儿。"过来和众神喝杯酒吧。"

赫鲁格尼尔勉强接受了对方的欢迎，然后冲进大殿里，用递给他的布擦去额头的汗水，大声喊着来一杯酒。芙蕾雅取出了托尔的杯子，为巨人端上一杯酒，赫鲁格尼尔喝光杯中的酒，又要了更多。他很快就喝得醉醺醺，开始和布拉奇吹嘘，说自己是个强大的巨人，他会将瓦尔哈拉连根拔起，拖去约顿海姆；他会埋掉阿斯加德，杀死所有的神——除了闪闪发光的芙蕾雅和金色头发的希芙，她们会成为他的姬妾。众神为他们殷勤款待这个来自约顿海姆的粗人感到后悔，但是，尽管他说了那么可耻的话，芙蕾雅仍然继续招待这位客人。当她为赫鲁格尼尔斟酒时，巨人抓住她的手，色迷迷地说："首先，我会把阿萨神族的酒喝光，然后再把其他的事儿干完。"

善待客人是神圣的职责，但是众神最终厌倦了这个满口污言秽语的巨人，他们派了个使者去找托尔，告诉他有麻烦了，赶紧回家。托尔回来的时候，赫鲁格尼尔已经完全无法控制自己，他还在叫嚷着再来点喝的。托尔走进大殿，"一个巨人，"他沉声说道，"一个巨人在我们桌边！一个巨人由芙蕾雅服侍着！"赫鲁格尼尔又喝了一大口酒。"一个巨人在用我的杯子喝酒！"雷神气得要炸了，"是谁搞出这么疯狂的事情！我要把他们打个粉碎！"

赫鲁格尼尔打了个嗝，摇摇晃晃地转向托尔。

"你知道的，是奥丁，那个大个子男人，他给了我安全通行许可，在你那个小得可怜的宫殿里，我跟你说，雷神……"赫鲁格尼尔停顿了一下，眨了眨眼睛，又试了试，"……我跟你说，雷神，如果你现在杀了我，你得不到任何荣耀，我根本没带武器。"巨人朝着托尔的大致方向摇了摇粗壮的手指，"如果我带着我的磨石，还有大石盾，你就会从这儿逃掉，带着你的锤子，让它在你的小腿之间晃来晃去。"

托尔走进大殿，"一个巨人，"他沉声说道，"一个巨人在我们桌边！一个巨人由芙蕾雅服侍着！"赫鲁格尼尔又喝了一大口酒。"一个巨人在用我的杯子喝酒！"

托尔简直不敢相信自己所听到的一切，尽管令人怒不可遏，但也确实令他深刻印象。以前从来没人胆敢这样和他说话。等赫鲁格尼尔清醒后，提议打上一架，托尔的眼睛立即亮了。他打算以重击回馈每一句侮辱，那重击将粉碎山脉，让巨响传到约顿海姆的每个巨人耳中。"你要记得信守承诺，"当巨人挣扎着爬上马背，托尔在他身后喊道，"如果你没在指定的时间出现，失约的耻辱将传遍全世界！"赫鲁格尼尔骑着可怜的金鬃，以最快的速度回到了巨人之地。在他返回途中，这位巨人勇士将与托尔决斗的消息传遍四面八方。赫鲁格尼尔是山巨人当中最强壮的一位，即便是面对强大的雷神，他也有实力一搏。

这场战斗将在约顿海姆边界一块用榛树杆标识出的平地上进行。为了备战，巨人们挖开河床，用沉重的黏土造出了一个巨大的生物——他高达九英里，宽达三英里，云彩飘在他的头顶，仿佛是他的头发。巨人们以为，当雷神从阿斯加德前来此处，这样一个怪物能够将他吓住，可是他们犯了一个基本的错误——他们把一颗母马的心给了这个怪物。母马的心脏无法提供充足的血液唤醒这个巨大的黏土造物，更别提让他做好战斗的准备。当他见到托尔带着雷霆般的怒火前来，便已浑身湿透。巨人赫鲁格尼尔却并非如此：他的心是一块凹凸不平的石头制成的英灵结[1]，他的脑袋像打磨过的岩石一样坚硬。他的盾牌也是石制的，他以一块磨刀石作为武器，把它像棍子一样挂在肩上。赫鲁格尼尔不畏惧燃烧的天空，当托尔拿着那把杀戮巨人的锤子飞奔而来，翻滚在

---

1 Valknut，源于古斯堪的纳维亚语，valr 意为"被杀的勇士"，knut 意为"结"，是三个相连三角形组成的符号，暗示着"大地－地狱－天堂的相互关联"，有来世和重生等含义，也是女武神识别英灵战士的符号。这个符号发现于北欧石刻上，这个石刻也被称为"赫鲁格尼尔的心脏"。

群山之间的雷鸣和闪电也不能令赫鲁格尼尔害怕。他像岩石一样坚定地等待着。战斗开始了！

　　两个对手踏入决斗场，雷云汇聚上空，群山不断晃动。赫鲁格尼尔将黏土巨人带上战场，于是托尔也带上了他的随从提亚尔费——这样才公平。战斗开始之前，提亚尔费跑去给赫鲁格尼尔提建议。

　　"听着，赫鲁格尼尔。我想看一场公平的决斗，所以我得给你一个提示。我的主人打算挖个地洞攻击你的痛处，从而妨碍你的行动。做点什么吧，保护好你的屁股！可别说我没警告过你！"

　　听到这些，赫鲁格尼尔从手臂上取下石盾，然后在石盾上站稳，双手紧握磨刀石，无论雷神从何处现身，他都将予以痛击。他没等太久。托尔已积蓄所有的力量准备战斗，他突然爆发，举着他的锤子直冲向赫鲁格尼尔。他奔跑时，连天空都噼啪作响。

---

1 发掘于瑞典哥得兰岛的维京时代文物，被认为描绘了血鹰仪式。

锤子猛烈地击中了赫鲁格尼尔的太阳穴，将巨人石头一样的脑袋砸成了大大小小的碎片，它们像燧石雨般落在地上。

赫鲁格尼尔以为雷神会钻进地底，但是对方离他越来越近，丝毫没有改变方向的迹象。巨人开始后悔将盾牌放在了脚下，而托尔将胳膊一甩，抡起锤子砸向巨人的脑袋。赫鲁格尼尔看到雷神之锤从空中飞来，他几乎来不及做出反应，不过他信赖自己武器的威力。赫鲁格尼尔直接以磨刀石迎上锤子，两件武器在半空中相撞，发出一声巨响。一时间，巨人与雷神的力量似乎相互抵消了，但是雷神之锤的铸造材料比石头更为坚固，它击碎了磨刀石，继续朝着目标冲过来。一块磨刀石碎片落在了地上，这是世上所有磨刀石的源头。但另一块碎片击中了托尔的太阳穴，将他击倒在地。锤子猛烈地击中了赫鲁格尼尔的太阳穴，将巨人石头一样的脑袋砸成了大大小小的碎片，它们像燧石雨般落在地上。赫鲁格尼尔的无头尸体瘫倒在地，一条粗壮的腿砸在了头昏脑胀的托尔身上，将他压住了。

　　与此同时，托尔的随从提亚尔费也料理了那个黏土怪物，他的战斗要容易多了。他跑向已经醒来、正在呻吟的托尔。"把这玩意儿拿开！"托尔咆哮着。但是赫鲁格尼尔的腿太重了，就像是根柱子，提亚尔费根本挪不动。其他的阿萨神也赶来帮忙，他们也无能为力。即便是奥丁都不知所措，直到托尔年幼的儿子曼尼从母亲的怀中爬出来，举重若轻地挪开了那条腿。"爸爸，如果我能早点到这里，就可以帮你揍那个巨人，省掉大家很多的麻烦。"托尔拨弄着儿子的头发，将赫鲁格尼尔的马奖励给他。"现在，怎么才能把这块磨刀石从我脑袋上弄下来？"

对页图：奇装异服的托尔用锤子重击赫鲁格尼尔。卡尔·埃米尔·多普勒绘制的版画（1882 年）。

曼尼也许是个强壮的小伙子，可是要将卡在托尔太阳穴里的碎片弄出来，需要的不仅仅是力气。一位掌握强大治愈魔法的女先知被召来移除这块碎片。她的名字叫作格萝亚，她的丈夫名为奥帆迪尔，他已经失踪了好几个月。格萝亚花费了很长时间对托尔念咒，他终于觉得那块磨刀石开始从自己的脑袋里向外钻了——这感觉就像是从一个已经过去的痛苦梦境中醒来。托尔松了一口气，和女先知谈到自己最近从北方返回时所经历的旅途，他在路上遇到了一个需要帮助的男人。"这个人轻得几乎没有重量，于是我把他放在背上的篮子里，带着他一起渡过了冰冷的埃利伐加尔河，然后在中庭的边界将他放了下来。"格萝亚不明白托尔为何要和她讲这个故事，它令人有点分心。"他是个好人，唯一受到的伤害是从篮子里戳出来的大脚趾有点冻伤。我就啪的一下把它扔到了天上，现在它被喊作晨星。"格萝亚被托尔的话吸引住了。"你可能想用一个更熟悉的名字来称呼这颗星星——奥帆迪尔的大脚趾。"听到这里，格萝亚扔掉她的法杖，尖叫起来。"你找到我丈夫了？他还活着？而且几乎是安然无恙？我想我得坐下来。"格萝亚为这个消息高兴得不知所措，以至于把咒语的结尾完全忘掉了，于是磨刀石碎片最终留在了托尔的脑袋里。每当有人不小心让磨刀石滚过地板，托尔的半边脑袋就会嗡嗡作响——要是想让托尔站在你这边，最好别这么干。

斯克里米尔和大手套

奥丁曾经隔着水面嘲笑他的儿子："你蜷在巨人手套里的样子

我可忘不掉。你吓得又打喷嚏又放屁。"

这羞辱背后有个故事。

托尔将提亚尔费和萝丝卡瓦这两个孩子收作仆从后不久，他的山羊还在适应怎样跛着一条腿走路，于是奥丁之子决定步行前往巨人之地。和他同行的有这两个新仆从以及洛基，那时候，洛基跟众神的关系比后来要好得多。他们一直走到环绕大陆的海边，然后继续在水面上前行，直到抵达世界的边缘。这里有一条通向东方的小路，不久后，他们来到一大片森林。夜幕降临，是时候

托尔从手套中出来，发现了睡着的巨人。卡尔·埃米尔·多普勒绘制的插画（1905年）。

现在，他必须要想办法让这个斯克里米尔永远保持沉默，趁着这个故事还没传遍约顿海姆——强大的雷神，竟然藏在一个巨人的手套里。

安营扎寨了。提亚尔费提着托尔的包裹在前面蹦蹦跳跳，在幽暗的光线下发现了一座废弃的殿堂，它的门道几乎和屋顶一样宽阔。大家认为这是个还不错的栖身之所，便很快安顿好并且睡下。

刚过午夜，他们便被地震惊醒。地面晃得厉害，大殿似乎快要坍塌。"往这边走！"托尔大喊道，"那里有一个侧室，看起来好像比其他地方坚固，我们去那里更安全。"提亚尔费、萝丝卡瓦和洛基躲在暗处，托尔则把锤子放在膝盖上，守卫着入口。地面继续隆隆作响，整个夜晚大殿都在不停震动，托尔不曾合过眼。

天刚刚亮，雷神离开大殿走了出去。晨光之中，托尔见到了他们在夜晚没能看到的东西：他们原以为是低矮山脊投影的，其实是一个巨大的巨人的背影，他正背向他们躺着。巨人的胸膛起起伏伏，鼾声巨大，震得地动山摇。托尔觉得，趁着这个大个儿还睡着的时候对付他会比较容易。托尔靠近巨人的脑袋站定，将锤子高高举起，正当他准备落锤的时候，巨人坐了起来，问道："已经到早上了吗？"托尔被对方庞大的体形吓了一跳，以至于忘了动手，只是举着锤子呆站着。过了好一会儿，雷神才恢复平静，他清了清嗓子，尽可能小心翼翼地放下锤子。"你叫自己什么？"他冲着面前的巨大身影大声喊。"我是斯克里米尔，"巨人答道，"我不需要询问你的名字——阿萨神族的托尔。我认得你的锤子。不过你得告诉我，托尔，你看到我的手套了吗？我敢肯定，睡觉的时候我还戴着它。"托尔朝着同伴们仍藏身的大殿看去，他从远处认出了那到底是什么。他们曾经睡过的那间侧室正紧贴着巨人的大拇指。托尔的脸涨得通红。现在，他必须要想办法让这个斯克里米尔永远保持沉默，趁着这个故事还没传遍约顿海姆——强大的雷神，竟然藏在一个巨人的手套里。

"你和我走的是同一条路吗，阿萨神族的托尔？"巨人问道，"如果是的话，咱们一起旅行吧——对于小个子来说，这是个很艰难的国度。"托尔同意让斯克里米尔加入自己的队伍，但只为了将这个巨人留在身边，以便有更好的计划杀了他。解决此事之后，斯克里米尔解开他巨大的食物袋，开始享用早餐。托尔和他的同伴们也打开了提亚尔费携带的包裹。巨人建议他们可以把物资集中在一起，托尔欣然同意——因为他们的食物快见底了，而巨人似乎有许多东西可以分享。斯克里米尔将包裹合二为一，轻松地甩在肩上，大步走上小道，远远地走在队伍最前面。等后面众人追上他，他甚至已在一棵巨大的橡树下搭起了帐篷准备过夜了。"我已经吃过了，"他对托尔说，"你还是自己去食物袋里拿东西吧。"麻烦来了，托尔解不开袋子，他鼓起全部的神力跟那个结搏斗，还是失败了。此时巨人已经熟睡并发出响亮的鼾声。托尔越来越生气，他无法解开巨人打的结，最后他的暴脾气发作了。他大步走向睡着的巨人，用自己的锤子重重地击打巨人的脑袋。斯克里米尔醒了过来，看起来有点吃惊。"有叶子落在我头上吗？"他抬起头看着树冠问道，"你吃得好吗，我的朋友？"托尔瞪着巨人，然后只能去附近的一棵树旁坐下，去梦里享用啤酒和烤羊。

　　午夜时分，托尔从断断续续的睡眠当中醒来。斯克里米尔的鼾声太大了，他每一次吸气，森林的地面都会随之颤抖。托尔蹑手蹑脚走到巨人身边，高高举起锤子，往他前额正中重重地来了一锤。这是托尔所能给出的最猛烈的一击，锤子深深地陷进了巨人肥硕的脑袋里。斯克里米尔猛然坐起。"现在发生什么事了？一颗橡子掉到我头上了吗？"他一边抬头看向树枝，一边问，"你怎么醒着？"托尔告诉巨人，自己只是在伸伸腿，这会儿还是半夜。

托尔蹑手蹑脚走到巨人身边，高高举起锤子，往他前额正中重重地来了一锤。这是托尔所能给出的最猛烈的一击，锤子深深地陷进了巨人肥硕的脑袋里。

巨人咕哝一声，很快又睡着了。

托尔感到震惊。假如他还有第三次机会击中巨人，那必将是致命一锤，无需任何神祇补上一击。奥丁之子假装休息，实际却坐在那里掂着手中的锤子。即将天明之时，他听到斯克里米尔又发出了鼾声，于是纵身一跳，扑向俯卧的巨人，用尽全部力量将妙尔尼尔挥了出去。锤子要多深有多深地砸了进去，可是巨人却坐起身，看起来很困惑。"是鸟儿把树枝从树上弄下来了吗？刚才好像有几根小树枝落在我头上。"斯克里米尔站起来伸了个懒腰——虽然被妙尔尼尔在一夜之间砸了三次，但他并未受伤。"如果你休息好了，咱们最好现在出发，我的小家伙。"雷神揉了揉他挥锤的那只胳膊，眼中噼啪闪着雷电火花。

现在距离托尔在这个蛮荒之处所寻找的巨人大本营已经不远了。旅人们即将各奔东西：几位神要前往巨人之王乌特迦－洛奇的据点，而斯克里米尔要往北边去。巨人给了托尔一些忠告。"我听到你们这些小东西悄悄讨论我的身高，不过你得知道，在你面前的这片土地上，我的个头只算中等。如果我是你的话就会打道回府，假如你能进入乌特迦－洛奇的大殿，最好还是不要吹嘘你阿萨神族的力量。"巨人对着托尔眨了眨眼睛，捡起没被打开的食物袋子，大步走进树丛中。托尔从来没想过他的锤子竟然会对一个巨人完全无用，他也不急着再见到这个斯克里米尔了。

对页图：巨人斯克里米尔和托尔。路易·华德绘制的插画（1891 年）。

乌特迦 – 洛奇与力量较量

托尔和同伴们继续旅程，他们进入约顿海姆，并很快来到了据点。正如斯克里米尔告诉他们的那样，这是一座为巨人所建的巨型要塞。如果想看到上方的天空，几位神祇不得不把脖子使劲向后仰，以至于有仰面摔倒的危险。这个据点的门也非常巨大，即使拥有强大力量的托尔也无法推开。最终他们几个不得不从铁栅栏间挤过去——那些铁栅栏原本是用来阻挡比神大得多的生物。据点内有一座大殿，几位神祇进去之后，找到了两个巨大的长椅，上面坐着无论如何都跟"小"不沾边的巨人。他们走到高座旁边，对着乌特迦 – 洛奇进行自我介绍，不过巨人没有立即看到他们，他们看起来太小了，而且无关紧要。当巨人终于开口说话，被逗乐了的表情浮现在他脸上。"嗯，好吧，这个小家伙真的是托尔吗？那个了不起的车夫？我希望你比看起来更强壮点儿！听着，如果你们能一直听到接下来的话。我有一条所有来访者都必须遵守的规定：只有证明自己是某方面的佼佼者，你才有可能受到款待。比赛什么都可以——你只需要打败那个被我选出与你对抗的巨人就行了。"洛基是第一个站出来的。他饿了，于是提议举办一场吃东西的比赛，并补充说："我实在太饿了，我会比任何一个巨人都更快吃空盘子！"

乌特迦 – 洛奇点了点头，能在这场比赛中战胜他心中所选的挑战者，的确得有点本事。他将名为洛吉的巨人喊到长椅边，然后在两个参赛者之间的桌子上放了一个装满肉的大槽。洛基和巨人洛吉从大槽两端开始，边吃边向对面前进——谁走得远谁就能赢得比赛。洛基和他的对手以最快的速度吞下食物，他们在那个槽的正中间相遇了。然而洛基只是吃掉了骨头上的肉，巨人洛吉却把骨头也吃掉了，他甚至还吃了半个槽！大家都认为在这场比赛中，洛基输给了巨人，不过至少这个大骗子不再觉得饿了。

接下来轮到托尔的随从提亚尔费。"我以速度快著称，"他说，"我会跟你选出的人赛跑。"乌特迦－洛奇对这个提议非常满意——跑步是很好的技能——不过乌特迦－洛奇警告提亚尔费，他必须非常快才能战胜被选出的巨人。一伙人来到户外赛跑，在一片平坦的地上画出了一条赛道。乌特迦－洛奇挑出了一个个子相当小的巨人——修吉参加比赛。但是在第一场比赛中，这个巨人远远领先于男孩，当他转身往回跑的时候，提亚尔费还在赛道上向前冲。"如果你想有胜出可能的话，最好更努力一点，孩子。"乌特迦－洛奇说。尽管如此，他必须承认提亚尔费并不算太慢。第二场比赛时，修吉又一次抵达赛道终点，并还有时间折返，这一次，提亚尔费只比他落后了一箭之地。这个男孩的能力给乌特迦－洛奇留下了深刻印象，但是他知道男孩没有机会抓住修吉。第三次比赛，修吉在提亚尔费跑到一半时就已抵达终点。大家都认为提亚尔费输掉了比赛。

现在轮到托尔加入比赛了，乌特迦－洛奇很想知道雷神会选择比赛什么——他的功绩众所周知。托尔决定向巨人发起挑战，进行一场饮酒比赛。这对乌特迦－洛奇来说是再简单不过的安排了，他喊人把一只角杯拿到大殿中来。一个仆人过来将角杯放进托尔手中。"乌德加德最好的饮者能一口气将角杯中的酒喝光，有

现在轮到托尔加入比赛了，乌特迦－洛奇很想知道雷神会选择比赛什么 ——他的功绩众所周知。托尔决定向巨人发起挑战，进行一场饮酒比赛。

些小巨人得分两口。不过这儿绝没有人差劲到需要三口才能喝完。准备好了就开始吧，伟大的雷神。"托尔估量了一下角杯的大小：它的长度非比寻常，而且盛得很满，里面的液体几乎要溢出边缘。托尔看别人的比赛时已经觉得很渴了，他大口地吞咽着角杯中的液体，相信自己定能一下喝完。虽然他尽可能地喝了许多，放下角杯时却发现杯中液体的位置只比刚开始低了一点点。"你喝了几大口，托尔，"乌特迦－洛奇说道，"不过我觉得你没什么进展。再来一次。"托尔再次举起角杯，尽可能地屏住呼吸猛饮杯中之物。想将角杯倾斜成他想要的角度实在太难了，啤酒泡沫落在他红色的胡子上。托尔放下角杯，大口喘气，他似乎没能喝掉多少杯中酒，不过现在至少里面的液体不会满得要洒出来了。"强大的山羊王，你敢再喝一口吗？"巨人嘲弄着。"如果你再来一口的话，那得是这世上最大的一口——而且你必须在其他比赛中表现得更好些，否则你可没法维持自己作为强大雷神的声誉了。"一想到自己会在巨人面前丢脸，托尔就勃然大怒。这一次，他毫不停歇地喝着角杯中的酒，直到满面通红，一滴也喝不下。他放下角杯，猛打了一个嗝，发现自己对杯中的液体量造成了一些影响，但远远不够将角杯清空。他将角杯还给乌特迦－洛奇，觉得自己彻底输了，而且还有点反胃。

"好吧，托尔，我很清楚你的力量并没有我们听说的那么强大。不过你还能用另一种力量考验来挽回声誉吗？"托尔喘了口气，然后才回答，他怀疑这是不公平的比赛。"众神可不觉得这么喝酒微不足道，不过，我会再来一次力量试练。"

乌特迦－洛奇离开大殿，然后带回来一只巨大的灰猫。"约顿海姆的小男孩们喜欢玩一种游戏——把猫从地上举起来。我本来不想用这么简单的方式来测试阿萨众神中最强大的一位，但是我觉得你需要增加一点自信，毕竟你在饮酒游戏中的表现太糟糕了。"托尔打量着那只猫。他会把这个巨人的宠物扔上天花板，给他们一个教训。托尔将指关节掰得啪啪作响，然后将双手放在了猫的身侧。这只动物算不上特别重，但是当托尔举起猫的时候，它拱起了背——无论托尔举得有多高，猫的爪子都牢牢地抓在地板上。最终，托尔拉紧全身肌肉，设法让猫的一只爪子离开了地面。这项任务并未像托尔预测的那样轻易完成，而乌特迦－洛奇又说了很多轻蔑的言辞。"正如我所料！这只猫太大了，而托尔又太矮小。"

托尔现在非常愤怒，他向聚在一起的巨人提出要进行摔跤比赛，他不在乎自己在他们的面前显得有多渺小。乌特迦－洛奇将视线投向巨人们，然后摇了摇头。"在这个大殿当中，我看不到有谁会觉得和这么一个弱者相搏是有尊严的。不过，把我的老保姆伊里喊过来吧——也许托尔能有机会和她摔一场……尽管她曾经打败过似乎比这位小不点雷神强大得多的人。"当伊里弯着腰走进大殿时，巨人们让出了一块地方，托尔开始和这位老妇人摔跤。他抓得越紧，她的脚掌抓地越稳，很显然她耐力极强。没过多久，托尔足下不稳，被老妇人强迫着单膝跪倒。看到这里，乌特迦－洛奇对比赛叫了停。他说，经历了和老妇人的这一场比试之后，托尔再去和任何更强壮的人摔跤都毫无意义。现在已经很晚了，巨人在长椅上找了个地方让他们睡觉，接下来的时间都待他们很好——尽管他们没能证明自己是最优秀的。

第二天早上，乌特迦－洛奇为他的客人们准备了一顿丰盛的早餐，然后领着这几个旅人回到大门口，护送他们离开他的领土。

托尔试图举起巨人的猫，但是失败了。凯瑟琳·派尔绘制的插画（1930年）。

他们沿着小道走了一段路之后，乌特迦－洛奇问托尔觉得这次拜访怎么样。"我无法掩饰事实——在你大殿中所见到的那些令我们感到羞愧，我希望自己不曾踏入那里，"托尔说，"最糟糕的是，我知道这个消息会扩散开来，全世界都会嘲笑我。"

北欧神话：众神与英雄的故事

乌特迦－洛奇回头看了看，发现他们离据点已经很远了。"现在你们已经安全地离开了我家，我可以告诉你一些真相。如果我对你的力量有所了解的话，我不会让你靠近我的大殿，因为那几乎会给所有的约顿族人带来灾难。首先，我要告诉你，你在来这里的路上，在森林之中遇到的那个巨人——斯克里米尔，就是我。你试图解开我带的背包，但却解不开，那是因为我用魔法而不是绳子将它系牢。你用锤子在我脑袋上砸了三下，如果不是有先见之明，将前面的山移过来挡住攻击，我敢肯定，那三锤中的任何一下都会砸碎我的脑袋。你在远处看到的那座山，两侧有三个山谷——那就是三次锤击的结果。在大殿当中进行技能考验的时候，我也骗了你们，你们所面对的巨人并不是他们看起来的样子。第一场比试，洛基赶上了洛吉——也就是野火的速度，洛基吃肉的速度和大火烧毁木槽的速度一样迅猛。提亚尔费和修吉赛跑，其实是在与我的思想赛跑，他跟不上不足为奇！托尔，当你用宴会的角杯喝酒时，它的另一端沉在海中，而你竟然改变了海平面的位置，这是一个奇迹。等你回到水边时，你会发现那三次豪饮清空了多少海水。从现在起，人们会将之称为潮汐。你举起那只猫的时候，我几乎要被你折服——事实上，那是环绕整个世界的大蛇耶梦加得，你勉力将它举到空中，几乎触到了天国。你在你的摔跤对手——老妇人伊里面前坚持站了那么久，也令我甚是惊诧。你实际上是在和衰老搏斗，众所周知，无人能战胜这一对手——但是你看上去似乎与她势均力敌。我不想再见到你了，如果未来你到我的大殿来，会发现大门紧闭，巨人们都做好了自卫的准备。我会用同样的魔法来隐蔽我的据点，就如我在力量考验中欺骗你那样。"

"我无法掩饰事实——在你大殿中所见到的那些令我们感到羞愧，我希望自己不曾踏入那里。"托尔说。

听到自己被骗，托尔越想越生气，他的手紧紧握住锤柄。然而，当他举起妙尔尼尔想要攻击乌特迦－洛奇时，他所能见到的只有岩石，以及一片荒芜的土地。巨人不见了。托尔转身跑回据点，他发现据点也消失了，只留下一片空旷的熔岩地。托尔一路怀着满腔怒火返回森林，穿过环绕的大海，发誓要为自己的耻辱报复，尤其要向耶梦加得寻仇。

埃吉尔，澜以及扬波九女

尼约德可能是海神，也是水手的保护者，然而，大海另有狂野的一面，海员们害怕的不仅仅是巨蟒耶梦加得。女巨人澜有一张网，她用这张网将人们从船上拖入大海深处。如果渔夫在海上迷路，人们会传说他被拉进了澜的怀抱。澜在黑暗的大海之中统治着溺水者，她的女儿们继承了母亲的天性。她们是波浪的化身，分别名为：升起、卷浪、映空、激浪、浪涌、波涛、血浪、巨浪，寒潮。出海航行时，澜的九个女儿可以成为水手们的同伴，却也很容易背叛船员，她们激动起来会冲击海岸，将船像玩具一样甩来甩去。

澜的丈夫是埃吉尔，他与海洋密切相连，他的名字可被用来指代海洋本身。船只被称为是埃吉尔的马匹，如果一个诗人提到"埃吉尔的女儿们"，很显然，他（或她）指的是波涛。埃吉尔是

一个海巨人，正如大海向居住在海岸上的人类提供食物一样，埃吉尔负责承办众神的盛宴。埃吉尔曾作为客人拜访过阿斯加德，询问关于众神以及创造世界的故事。据说，阿斯加德的雄伟壮丽以及所受到的款待都令巨人印象深刻：酒水，畅所欲言的故事，布拉奇以最恭敬的语气回答了埃吉尔的所有问题。他以客人的身份想待多久就能待多久，作为回报，这位海巨人邀请诸神以及精灵们前往他海岛的家中参加宴会，他将回馈十倍的盛情款待。埃吉尔拜访阿斯加德时，大殿被抛光的剑所照亮，而在巨人的大殿当中，代替火焰用来照明的是散落在地板上的黄金，至今黄金仍被称为"埃吉尔之光"。埃吉尔还承诺，众神想要的食物和酒应有

《水精灵与埃吉尔的女儿们》，尼尔斯·约翰·奥尔森·布洛默绘（1850 年）。

尽有。众神拜访埃吉尔大殿的日期已经定下来。但只有一个问题还未解决——太多客人想参加宴会，埃吉尔却没有足够大的锅酿酒，于是要求众神找一口锅来。他很清楚，众神只能去约顿海姆搜寻，而这将令他们的生命置于危险当中。埃吉尔也许是个慷慨的主人，但他仍然是一个巨人，怀有巨人的怨恨。

希密尔和大锅

托尔收到了来自独臂提尔的消息——他听说有个大锅应该能用得上。提尔的母亲名为赫萝德，她和一个既聪明又凶狠的巨人住在一起，巨人名为希密尔，他们的住所靠近天空的边缘和环绕陆地的大海。在巨人一族中，希密尔因两件事情闻名：一是他的头骨非常厚实；二是他有一口用来酿造蜜酒的锅，锅深达一英里，或者更深。提尔觉得这个锅能为埃吉尔的盛宴提供源源不断的酒，但是托尔知道，如果他们想从巨人希密尔那里赢得这口锅，必须动用他们所有的力量和狡诈。

众神乘坐托尔的车驾从遥远的阿斯加德出发，跨过太古时就流淌着的冰冷河流。在巨人之地的边缘，托尔和提尔将车驾留给了一个名为埃吉尔的农民，然后继续步行深入乌德加德，最终抵达巨人希密尔那被大风侵袭的居所。他们在那里遇到的第一个人是提尔的巨人祖母，被她的长相吓了一跳：她的脑袋比寻常人要多得多，确切地说，有九百个。提尔的母亲赫萝德则长得比较亲切：她全身金光闪闪，皮肤光洁，并且为她长途跋涉的儿子及时地送上了一杯酒。"别客气，我的孩子，还有你那面容凶狠的朋友。

我们没料到会有客人来访，不过，你来了我很高兴。"赫萝德显然很紧张，她在桌子和窗户之间来回踱步，看着夜幕降临。"希密尔很快就要从地里回来了，"她沉思着，咬着已经被啃破的指甲。当赫萝德听到巨人丈夫的脚步声从门外传来，便领着两位神躲进一个挂在横梁上的浴桶里。"如果他带着情绪回家，你们在那里会更安全一些。"

巨人像冬天的寒风一般冲进房间。希密尔看上去非常可怕：他严厉的脸上布满从海上吹来的白霜，面颊上的胡子形成了冰柱，叮当作响。"你在和谁说话？"他问道。赫萝德回避了这个问题。"欢迎回到温暖的家，我的丈夫。"赫萝德将希密尔的斗篷挂好，然后深吸一口气。"我有个消息要告诉你，你听到一定会很高兴：提尔来做客了！顺带说一声，他还带了个朋友，奥丁的长子。被客人吓一跳不也挺好吗？"

对于这个消息，希密尔并没有给出什么好的反应。事实上，他冷冷地瞪着两位神的藏身之处，然后打碎了挂着盆和罐的横梁，它们全摔在了地板上。唯一没有破成碎片的是提尔和托尔藏着的那个结实的浴桶。他们爬了出来，掸了掸身上的灰尘，低声问候了一句。托尔大为恼火，想拿锤子敲巨人的脑袋，不过他还记得自己来到此处的原因。

"伟大的希密尔！我们前来此处寻求你的帮助，等你把家里收拾好再考虑此事吧。我们想借你那口著名的大锅来举办宴会。"希密尔继续瞪着客人们。他很清楚，托尔是巨人的敌人，但是他却

希密尔看上去非常可怕：他严厉的脸上布满从海上吹来的白霜，面颊上的胡子形成了冰柱，叮当作响。

在这里请求帮助。真是个胆大妄为之人！然而，希密尔受到待客之道的约束，他对妻子咕哝了几句："他们今晚可以留下，你最好祈祷他们别惹麻烦。早晨我会对他们进行试验，看看他们的力量如何。"他让仆人从地里宰了三头最肥的牛，迅速煮熟了，留作晚餐。"让我们看看这位伟大的神有多大的胃口！"希密尔喃喃自语道。见托尔独自一人吃下了两头牛，他多少有点吃惊。雷神背靠座椅，说道："我现在吃得很饱了，我的巨人朋友——如果你不介意的话，我打算去躺一会儿，在比赛开始前先休息一下。"希密尔瞪着他。他们不得不在早晨去寻找更多食物，而雷神已经证明了自己不是一个容易被打败的对手，尤其是跟巨人较量的时候。

关于托尔和希密尔钓鱼之旅的故事，以及他们与巨蟒耶梦加得的相遇，也许是所有神话当中最著名的篇章，不过现在并不是讲述它们的时候。这么说吧，当震惊的巨人和雷神回到岸上，他们有了充足的食物，但是彼此的关系一点儿也没有改善。希密尔比以往任何时候都更为坚定地认为，托尔应当空手而归，并满怀失败的耻辱。他首先要求雷神将捕到的鲸鱼拖上岸：托尔一手拖着鲸鱼，另一只手将他们的船拉到希密尔的大厅里。他甚至懒得清空舱底，沉重的船头在田地上划出了一道沟。这一显示力量的壮举令巨人印象深刻，不过他肯定没有表现出来。"你觉得自己很强壮，但是真正的力量考验只有一种方式——那就是像你这样一个小不点儿能不能打破我的玻璃酒杯。我会让你试试，假如你能成功，欢迎你带走我的大锅。假如你失败了，你得滚出我的大殿——而且下次我见到你，或者是那个被人认为是我儿子的独臂神，我会打烂你们的脑袋。"

"这是多么奇怪的要求，又是多么容易的任务啊！"托尔这么想着。他拿起那只玻璃酒杯，用手掂了掂，然后把杯子扔到希密尔大殿的一根石柱子上，这期间他甚至没有从座位上站起来。柱子碎成一片片的，但玻璃酒杯却完好无损地躺在瓦砾中。希密尔大笑，继续吃着东西，托尔的心情一点也好不起来。

　　席间，当希密尔忙着扫荡他的盘子，提尔的母亲走了过来，给托尔提供了一些建议。"你是众神当中最为强大的一位，但是，如果不用上我丈夫的头骨，你永远也找不到打碎杯子的方法。他的头骨远比柱子更为坚硬，而且比任何东西都厚实。"托尔听从了赫萝德的建议。他一直等着，直到希密尔吃饱以后从餐桌边向后

托尔和希密尔一起钓鱼。维京时代石雕（局部），圣玛丽教堂，哥斯福斯。

仰，托尔使出全身力气将酒杯重重地摔在希密尔的额头上。巨人倒了下去并弄翻了桌子，提尔放声大笑。巨人的脑袋仍然完好无损，但是杯子已经哗啦一声变成了碎片。现在，雷神的力量已毋庸置疑，或者说，他已经通过了最后的力量试练。希密尔非常伤心——他不但失去了心爱的酒杯，而且还不得不履行自己的诺言，把那口大锅交给众神。它按照指令酿酒，失去它可不是一件小事。希密尔为托尔准备了最后一场测试。"拿着！"他一边说，一边揉着额头，嘴中的铁腥味未消。"大锅是你们的了……如果像你们这样的小个子能够设法把它搬走。"提尔想将这口巨大的锅举起来，可是试了两次都没有成功。尽管提尔并不弱，可是它纹丝不动。不过托尔有个不一样的办法。他晃动大锅的边缘，将锅翻了过来，于是他站在了锅里。托尔用脑袋顶住大锅底部，脚后跟踩住地面，成功地将大锅从地上抬了起来，然后走出屋子，锅环在他脚边叮当作响。

托尔和提尔以这种方式将大锅运到了巨人之地的边缘，直到希密尔的人赶上了他们。山巨人出现之前，托尔和提尔先看到了熔岩地上扬起的尘土。托尔叹了口气，将大锅从肩膀上滚下来，然后把妙尔尼尔抓在手里。锤子飞了起来，独臂提尔的每一次挥剑也都没落空。两位神把希密尔的家族打发去了冥府，这些巨人横七竖八地躺在平原上，被诗人称为"熔岩之鲸"。强大的希密尔就这样失去了性命，而众神则得到了一口足够大的锅，能够放在埃吉尔的大殿中酿酒。

希密尔的妻子，金光闪闪的、曾经帮助托尔和提尔用计谋打败自己丈夫的赫萝德，可能带着她的儿子回到了阿斯加德。但是希密尔的女儿们代表父亲挑起了争斗。故事是这样的，这些年轻的女人曾经轮流趁着尼约德在海边打盹的时候，往他张开的嘴中撒尿。巨人和众神之间不可能和解。

吉尔罗德和他的巨人女儿们

巨人的女儿可能像她们的父亲一样凶猛。如同很多巨人的故事一样，吉尔罗德和他女儿们的故事，始于洛基。那是个夏天，白昼漫长又慵懒，洛基感到无聊。他决定前往约顿海姆，看看那里是否有热闹可看。为了这次旅行，他还向芙蕾雅借来了猎鹰羽的斗篷。乔装打扮之后，洛基飞向了巨人吉尔罗德占据的山头。这个洞穴一般的大厅当中一定会有什么事情发生吧？而洛基不曾察觉的是，这一次自己即将成为被消遣的对象。

洛基并未胆大妄为到直接飞入大厅，而是停在了贴近高窗的悬崖上，并窥视下方的洞穴。洛基的眼睛花了点时间适应黑暗，等适应之后，他发现巨人吉尔罗德正在望向自己。看起来约顿海姆也没有发生什么。"爬上岩石去把那只奇怪的猎鹰给我捉过来！"吉尔罗德对他的人下命令。对此，洛基并没有太过惊慌。站在这么高的岩壁上，他觉得十分安全，并决定继续待在原地，观看巨人们艰难地爬上悬崖向他靠近——那一定非常有趣。他着实喜欢在最后一刻逃离时观察对方的脸。不过，当他试图飞起，却发现已经太迟了——自己的脚被卡住了。他被塞进一个袋子里，然后被扔到了吉尔罗德面前的洞穴地板上。

洛基没有脱掉羽毛斗篷，从外表看他就是一只猎鹰。但是吉尔罗德凝视着他的眼睛，发觉那并非鸟的眼睛，而是属于人。"告诉我你是谁，否则事情会变得更糟！"他说道。然而洛基一言不发，于是巨人将他扔进一个箱子里饿了三个月。巨人年纪很大了，可以像石头一样有耐性。洛基原本觉得待在阿斯加德很无聊，可是比起在箱子里关上三个月，那可真算不得什么了。他被拉出来的时候，眼神闪烁、衣衫褴褛，散发着坟墓一般的臭气——他现在想开口说话了。洛基透露了自己的身份。"我会饶你性命，"吉尔罗德说道，"假如你做点什么作为回报的话。找个借口把托尔带来我家，而且要确保他没带那把锤子。""那可不容易，"洛基说，"不过，如果你能把我从这脏箱子里放出来，我会尽力而为。"

"你发誓！"吉尔罗德说道。

洛基对着许多神圣之物发了许多誓，最终吉尔罗德被说服，放了他。

洛基回到阿斯加德，没告诉任何人他曾去了哪里。和托尔交谈时，他很快找到了实现自己对巨人承诺的机会。"听着，托尔。我听说有一个地方，离这里不远，那里的人都在谈论你的力量，说令人难以置信。那里有两个漂亮的女孩，只要提到你的名字就会脸红。我想想，你在那个华丽的大厅中，一定会受到最热烈的欢迎。"托尔迫不及待准备出发，他将锤子挂在了腰带上。"还有最后一件事——如果你不带妙尔尼尔，能更好地展现诚意——他们会知道你是为了和平而来。"一道阴影掠过托尔的脸，不过他还是按照洛基说的做了。

两位神沿着绿色的小径朝着约顿海姆行进。托尔带上随从提亚尔费作为旅伴，根据洛基的指示向东而行。在约顿海姆的边境，他们遇到了名为格莉德的女巨人。和许多女巨人一样，她夹在两个世界之间：对约顿族忠心耿耿，然而，她是沉默之神维达的母托尔现在回去取锤子已经来不及了，不过格莉德给了他一条力量腰带，还有一副铁手套，这对托尔应付巨人大有帮助。

亲，她的儿子将为了奥丁向巨狼复仇。在所有女巨人之中，格莉德是最倾向于帮助众神的那一个：她领着托尔和提亚尔费度过黑夜，当壁炉中的火焰慢慢燃尽，她将关于吉尔罗德的真相告诉了托尔。"他曾经是我的丈夫，他并不是一个容易被玩弄的人。我知道那个狡猾的巨怪之子，你将要落入陷阱了。"

托尔现在回去取锤子已经来不及了，不过格莉德给了他一条力量腰带，还有一副铁手套，这对托尔对付巨人大有帮助。格莉德还给了托尔一根粗棍子，名为格瑞达沃尔，可以用来杀死吉尔罗德的女儿们。托尔和提亚尔费就这样武装起来，穿过冰冷的河流埃利伐加尔，前往吉尔罗德的据点。进入约顿海姆的旅程本身就充满故事性：托尔背着提亚尔费跋涉于冰冷的水中，他必须仰依靠格莉德给的棍棒才能在汹涌的湍流之中撑住自己，以免两人被河水卷走。雷神束着力量腰带，对这一片混乱大声喊道，如果水流不肯停歇，他将怒火高涨，直达天庭。然而，随着他们向前行进，河水不断上涨，看起来不像是普通的山洪。等他们抵达回旋的激流中心，托尔见到了导致了水面上涨的肇事者。吉尔罗德的女儿——格嘉普正跨在山间的峡谷上，往冰冻的水面撒尿。"必须堵住河流的源头。"托尔说道。他从河床上摸出一块石头，瞄准目标，将它扔向那个叉着腿的女巨人，石头击中了目标，堵住了河流。这之后，渡河变得容易多了。托尔拽着长在水边的花楸树从水中脱身，自那时起，花楸树就被称为"托尔的救生索"。

等他们抵达吉尔罗德在山间的据点，身上已经干透了，却像托尔背着提亚尔费跋涉于冰冷的水中，他必须仰依靠格莉德给的棍棒才能在汹涌的湍流之中撑住自己，以免两人被河水卷走。

插画用一种比较文明的方式，描绘了托尔和提尔费亚正在与吉尔罗德之女引起的上涨河水抗争。卡尔·埃米尔·多普勒绘（1905年）。

山羊一样散发着臭味。他们没被邀请进入大厅，而是被带到一个小一些的关牲口用的洞穴中。房间中央只有一把椅子，之前在河中耗尽全力的托尔急切地想坐下休息，但是他刚刚坐下，椅子就向着洞顶升起，托尔眼看着自己就要被挤碎。幸运的是，托尔还带着格莉德给他的那根棍子，他用棍子紧紧撑在房顶和椅子之间。

众神之中最强壮的托尔用尽全力向下推，直到听见一声巨响，伴着可怕的尖叫——吉尔罗德的两个女儿，格嘉普和格蕾普都在椅子下方，而托尔折断了她们的脊梁骨。这就是洛基所谓的"提到他就会脸红的女孩"吗？托尔的胡须都立了起来，眉毛在脸上投下阴影。

吉尔罗德装得若无其事，将托尔和提亚尔费迎进温暖的大厅中。巨人们正忙着大吃大喝，无数火坑贯穿整个洞穴：浓烟滚滚，令人几乎看不见屋顶，巨大的石笋伸入黑暗之中。"托尔，欢迎你来到我的大殿。我们迫不及待想要见识你究竟有多么强壮，所以让我们开始比赛吧？"吉尔罗德俯身用一把大钳子从火里抓出炽热的铁块，将它扔向托尔的脑袋。在与巨人的女儿们搏斗之后，托尔已经做好了准备：他戴上了格莉德给他的铁手套——这也是件好东西，让他能在半途截住那发亮的铁块。吉尔罗德跳到了一个石笋之后，但是托尔用力将嘶嘶作响的铁块扔了回去，它笔直穿过岩石，然后洞穿了巨人的胸膛，将他砸进洞穴的墙壁中。将那个地方所有大吃大喝的巨人都收拾完，托尔才离开，大伙都见识到了格莉德棍子的威力。站在所有这些破碎的头颅当中，托尔也许已经忘记了是洛基提议他前往吉尔罗德的大殿的——还不让他带锤子。

夏基和伊登的苹果失窃

众神和巨人之间的许多争斗，是因为其中一个部族拥有另一个部族所觊觎之物。而约顿一族最想从众神那里得到的，莫过于

他们的女人，还有令阿萨诸神青春永驻的苹果。伊登是这些苹果
的守护者。她像自己分享给众神的水果那样，也拥有再生的力量。
阿萨众神非常清楚她的重要价值，因为她一度被夏基绑架，寥寥
数天后，她的魔力开始消退，众神就像古老的苹果树一样，被年
龄压弯了腰身。

　　夏基的先祖涉及到一长串的山巨人，他的父亲名为奥尔瓦迪。
奥尔瓦迪从山上开采黄金，因而非常富有。他死后，财产分配方
式是每个儿子轮流获取一口黄金：因为这个缘故，黄金也被称为
"夏基的讲话"。夏基作为滑雪之神斯卡蒂的父亲闻名于世，在他
所管辖的索列姆海姆山区，雷声绕着峭壁滚动，他总是以大鹰的
形象出现。正是这只鹰偷走了伊登和她的苹果。

夏基提着被吓坏的洛基。洛伦兹·佛罗里奇绘制的插画（1906年）。

　　有一日，奥丁、海尼尔和洛基在离家很远的地方旅行，途经一片贫瘠之地。那荒芜的地方没有多少东西可供食用，等他们下到山谷中，遇到一群围着老橡树转来转去的牛群，不禁觉得自己非常幸运。他们抓住一头牛杀掉，将它的尸体放进一个炉灶中烤，但是，他们打开炉灶时却发现肉根本不熟，于是不得不将灰烬掏出来换上新木头，然后重新封住炉灶。等他们再次打开炉灶，发现肉还是没熟烂到脱骨。几位神想知道究竟是什么魔法或者诡计阻碍了烹饪的火势，一个声音从树上传来，回答了他们的疑问："你们的肉之所以不熟，是因为我。"几位神抬头向上看，只见一只巨鹰立在树枝上。"如果你们先让我吃饱生肉，我就让炉灶给你们把肉热好。"几位神同意了，于是鹰振动翅膀，从树上飞下，用锋利的喙撕咬尸体。它有着巨人一般的大胃，一下子就将牛的两条大腿和肩膀吞了下去。洛基对此无法忍受，在享用那些被剩下的晚餐之前，他朝着鹰挥了一棍子。夏基跳着躲开这一击，不过棍子被羽毛绞住了。在洛基察觉之前，鹰已经高高飞上了天空，而那位诡计多端的神只能死命抓住棍子不敢松手。鹰向谷底俯冲，飞得又低又快，洛基的脚在草丛中呼啸而过，触到石头和树根时又被弹回来。他以为自己的手臂很快就会从关节之中扭出来，可是他不敢松手，生怕以这样的速度撞上地面。他向夏基求饶，那只鹰给了他一个建议："呆头呆脑的洛基，我会放你走，但前提是你得为我做点事情当作回报。""你想干什么我都会照做，"洛基说道，"只要你放我走，趁着我的手脚都还留着能为你办事！""你得想个办法把伊登和她的苹果给我带来，"夏基说道，"这可不是一件小事。"洛基眼见自己就要高速撞上一块凸起的锯齿形岩石，立即发誓他会帮助老鹰。夏基拍打着翅膀，绕回橡树，然后放下洛基，让他回到同伴身旁。这个骗子不肯说出刚才发生的一切，奥丁和海尼尔笑着用餐的时候，他只是坐在那里摩挲自己的肩膀。

洛基天生知道如何令诸神动心起意，他很快找到一个借口引诱伊登离开阿斯加德。他告诉这位女神，自己在阿斯加德之外的一个森林中发现了一棵树，他觉得这棵树上的苹果似乎比那永恒的青春之果还要美丽。"那不可能，洛基，没有任何水果比我的苹果更值得拥有。"她说。不过洛基捕捉到了她声音中的怀疑。"如果你不相信我，为什么不亲自去看看？带着你那些著名的苹果，这样我们就可以比较一下。"洛基领着伊登离开阿斯加德，他们一走出城墙，巨人夏基就以鹰的形态出现，用双爪抓住伊登，将她掠回自己位于约顿海姆的巢穴之中。山巨人将此事视为一次伟大的胜利。

阿萨诸神醒来时发现自己白发苍苍，牙齿脱落，原本光滑的皮肤布满皱纹，他们意识到伊登被绑架了。"我最后一次见到伊登，"她的丈夫说道，"她正在和洛基说话。"于是众神找到洛基，并且将他拖到集会地点。洛基忍不住笑了。"你们打算用拐棍打我吗？"他问道，"还是用牙床夹死我？"然而众神以强大的咒语威胁他，将他逼得快疯了，他发觉众神从未像现在这样严肃认真。"我知道伊登和巨人夏基在一起，欺骗他可不是件容易的事。不过，芙蕾雅，如果你把猎鹰斗篷借给我，我就飞到约顿海姆去。在我把伊登带回来之前，你就别想用它做爱了。"

洛基以猎鹰的样子飞到了夏基在山间的落脚处。正巧，他抵达之时，夏基正在山上的湖中捕鱼。洛基找到了伊登，她独自待着，情绪很坏；当她看清来救她的那个人，心情并未好转。"现在没时间聊天！"洛基说道。他飞速将伊登变成了一颗坚果，用嘴叼住，并拿爪子抓住她的苹果，以最快速度飞向神界。此时，夏基正带着他的猎物划船回家，见到一只猎鹰匆忙地飞出自己的大殿，他即刻变身雄鹰，带着满腔怒火追赶洛基，徒留小船在湖心荡漾。巨鹰每一次拍打翅膀的声音都在空气中回响，远在阿斯加德都能听到他的愤怒。

阿萨诸神以他们衰老之躯所能达到的最快速度做出了反应。他们在阿斯加德堆起柴，拿着燃烧的火把跌跌撞撞地爬上楼梯。洛基看上去似乎想直接飞越城墙进入阿斯加德，然而，最后一刻他急转弯改变了方向并沿着城墙飞行。巨鹰却没那么敏捷，他继续笔直地飞过了城墙——众神在那里烧起了篝火。巨人的羽毛烧着了，他试图飞得更高，但是最终从空中坠落，摔在城墙之内，被等候着的诸神殴打致死。这是一桩著名的杀人案，因为它导致

对页图：磨盘旁的芬娅和门娅。卡尔拉尔森和冈纳福赛尔所作的插画（1893年）。

斯卡蒂为自己被谋杀的巨人父亲寻求赔偿；还因为夏基的眼睛被抛上天空，从此成为两颗最明亮的星辰。而最重要的是，众神从巨人手中夺回了伊登——和她一起回归的，还有他们的青春和活力。雷神活动自己的肌肉，挥着大锤；芙蕾雅摩挲着手上的皱纹，感到血液开始回暖；布拉奇捋了捋胡须——他感到有一首诗即将诞生。伊登也非常高兴自己从坚果变回人形了。

弗洛迪和巨人女孩

　　人类很少与巨人打交道，他们偶尔前往阿斯加德，也显示出他们没什么对付巨人的本事。弗洛迪国王是斯科尔登王朝的一位王者，其血统传承来自于奥丁。他统治着现今的丹麦，是北方最强大的国王。他的治下是如此太平——金戒指留在荒原上也不会被人偷走，没有人想要伤害别人。因为这个缘故，弗洛迪这个名字与北方的和平紧紧相系。一年夏天，弗洛迪应福约尼尔国王之约，前往瑞典。在那里，两个身体强壮的女奴引起了他的注意。这两个奴隶女孩叫芬娅和门娅，而那时弗洛迪并未意识到，她们是约顿海姆巨人的后裔。他从福约尼尔手中买下了这两个女奴，让她们去丹麦干活。有两块巨大的磨盘需要她们去推动，那磨盘太大了，以至于整个国家没一个人能让它们动起来。这块名为葛罗迪的磨盘有个特点，它能磨出主人想要的任何东西，而弗洛迪想要之物即是他对国家的要求——和平与繁荣。不过弗洛迪给两位女巨人的劳役太过繁重了，只有当布谷鸟默不出声的时候，她们才会被允许在树林中短暂地休息。女巨人认为这样的状况无法

女巨人认为这样的状况无法持续太久。一天夜晚，她们围着磨盘反复吟唱一首歌。磨盘开始磨出一支军队，和她们的主人对战。

持续太久。一天夜晚，她们围着磨盘反复吟唱一首歌。磨盘开始磨出一支军队，和她们的主人对战。海王迈辛率领这支被施以魔法的军队，当晚就杀死了弗洛迪，将丹麦的财富据为己有。弗洛迪的和平统治就此结束了。但是迈辛对巨人女孩并没有好到哪里去。他将她俩和葛罗迪磨盘都带上了船，并且要求她们磨出盐来——那时候盐非常稀少，如同黄金一样珍贵。两姐妹整个夜晚都在转动石磨，到半夜里她们已经在甲板上磨出了一大堆盐。她们询问迈辛是否应该停下来，再磨点其他什么东西，可是对方愤怒地让她们继续，并且警告她们，注意自己算个什么地位。巨人女孩只得加倍努力，很快船只就被盐压沉，最终陷入海底。巨人女孩和船只一起沉没了，没人喊她们停止，于是她们仍在海底推动磨盘。从那时候开始，大海一直是咸的，因为两个巨人女孩，以及人类的贪婪。

苏尔特尔和穆斯贝尔的儿子们骑马去烧毁众神的家园。

苏尔特尔

　　神话当中还有很多其他巨人的名字，比如好战的赫列姆，还有神秘的贝利——弗雷以鹿角代剑杀死了他。此外还有很多女巨人，从铁林的老女巫安格尔伯达，被奥丁骗走珍贵蜜酒的格萝德，到给早期世界带来不和的神秘巨人女孩。有人甚至将与洛基有关的巨人称为怪物，不过这些生物有些不同：巨人的力量可以被利用，他们的身体被众神掠夺，而怪物是另一种独立的力量。他们可以吞噬日月，指挥死亡军团，令世界瓦解——他们的力量只能用于毁灭，他们的胜利就是死亡。

　　还有一位巨人必须被提及，他是最后一个被提到的。苏尔特尔是最强大的火巨人，他统治着穆斯贝尔海姆王国。这片炙热的土地位于遥远的南方，是众神也无法抵达之处。焦黑的苏尔特尔守护着这个王国。他有一把名为"引火咒"的燃烧之剑，它仿佛太阳一样燃烧。苏尔特尔对于众神的敌意，和这个世界一样古老，他将带领他的子民——穆斯贝尔的儿子们——在诸神黄昏之时发动战争。届时苏尔特尔将拔出他的燃烧之剑，燃尽面前的一切，只留下焦黑的土地和烟雾。他将在最后一战中对敌弗雷，尽管弗雷会在死前灭掉苏尔特尔的火焰，但彩虹桥将成为一片废墟，世界将会覆灭。

对页图：诸神黄昏之时，火巨人苏尔特尔挥舞他的燃烧之剑。约翰·查尔斯·多尔曼所作的插画（1909年）。

怪物和超自然生物

Monsters and Supernatural Beings

众神和巨人之间的争斗是一切发生的基础，从世界的创立直至终结。然而，众神和巨人并非神话世界中仅有的原动力。那些栖息于世界树上的生物，有的具有破坏性，有的却很无害；有居住在岩石里的矮人；有生活在明亮天空中的精灵；女武神潜伏于战场，等着带走最勇猛的亡者；女先知能够预见到神灵都无从窥探的未来。还有洛基的孩子们，芬里尔、耶梦加得和海拉——三个永远不会被驯服，不会屈从于奥丁的怪物，他们威胁着世界的根基。不过这正是洛基的典型特征嘛，他创造了好的，同样也带来了坏的，让我们以魔法天马斯莱普尼尔的故事作为开始吧。

斯莱普尼尔

奥丁将阿萨神族所拥有的马匹都列了一个清单，它们的名字——金喜、银簇、迅蹄——清晰地表明了众神对它们的珍视。雷神的马匹能够在水中和空中奔跑，速度与在陆地上一样迅猛。

对页图：维京时代的哥得兰岛商维德[1]石画，右上方是八条腿的斯莱普尼尔。

---

1 瑞典地名。

弗雷的马儿可以穿越火焰，并且毫发无伤。不过，有一点不容置疑，"马中之王"的称号属于斯莱普尼尔。它是奥丁的坐骑，拥有非常好认的八条腿。它比所有的马儿都跑得快，它能在生死两界穿行。正如尤克特拉希尔是世上最好的树，斯基德普拉特尼是最好的船，奥丁是最重要的神，而斯莱普尼尔是最好的马。

建筑大师

斯莱普尼尔的母亲是最不可能成为母亲的一位，这位的故事还关联着某个巨人族建筑大师与众神的艰难交易。那是在很早的时候，阿斯加德的城墙在阿萨神族与华纳神族的争斗中被摧毁，并一直未能修复。奥丁极为担心，如果约顿族发起攻击，阿斯加德将被迅速占领。他在破损的土垒旁徘徊，思考着什么样的城墙才能抵御得了巨怪和山巨人。有一天，一位神秘的旅行石匠带着答案跨过了彩虹桥。他提议，建造一堵既高耸又牢固的石墙，使众神的家园坚不可摧，而且完成这堵墙只需要三个季节的时间。

众神之父召集诸神，一同考虑建造师的提议。这个人要价太高——他不仅想得到太阳和月亮，还想要女神芙蕾雅和她的黄金眼泪——而众神不愿意付出这样的代价。可是，听到这个消息的洛基，看上去若有所思。"我们都知道那个建造师不可能完成他给自己设置的任务，"他说，"那么问题出在哪儿呢？为什么不观察一下他的工作，赌一赌他能干到什么程度？到时候，他不可能赢得芙蕾雅，而我们的城墙至少也能修起来一部分了。"劳菲之子所说的似乎是个双赢的局面。于是诸神回复建造师，决定给他这份工作：他可以得到太阳、月亮，还有芙蕾雅，但是他必须在夏季的第一天完成城墙的建造。"至少让我用自己的马帮忙，可以吗？"建造师问。众神同意了，奥丁和建造师在众多证人面前相互宣誓。双方都对达成的协议感到满意。

就像众神所怀疑的那样，一个人不可能在如此短暂的时间内筑起这么高的城墙，即便他是一名巨人也不成。不过他们没想到，建造师固然既强壮又踏实工作，而他的马——斯瓦迪尔法利更是加倍强壮，并且从不需要休息。冬季的第一天，建造师开始工作：白天他将石头铺好，夜里斯瓦迪尔法利将巨石拖上墙；冬季和春季过去了，工作进展非常快。正如建造师所承诺的那样，城墙高大又宽阔，坚不可摧。距离夏季的开始只剩三天，城墙几乎快够到阿斯加德的城门，于是众神开始惊慌失措。他们不可能将芙蕾雅交给建造师，更不用说交出太阳和月亮——天空会因此毁掉的。但是他们也曾庄严宣誓过。毫无疑问，众神陷入了困境了。他们坐在那里就此事相互指责，忽然记起洛基才是促成他们与建造师交易的罪魁祸首。奥丁将这个骗子拉到身旁，对他说："你最好想出一个计划，洛基，否则你所遭遇的将比芙蕾雅和月亮所等待的命运更加糟糕。"他用大量细节描绘了阿斯加德的缓慢死刑将如何展开，而洛基发誓他会把事情办妥。

斯瓦迪尔法利身体强壮，没有任何疲惫的迹象，不过洛基知道所有的公马都有一个弱点。众神看着劳菲之子走进森林，然后又见到一匹美丽的母马，像他步入森林时一般走出来，并且甩着尾巴，呜呜地叫着。看见这匹母马的斯瓦迪尔法利无法抗拒自己

建造师固然既强壮又工作踏实，而他的马——斯瓦迪尔法利更是加倍强壮，并且从不需要休息。

洛基引诱公马斯瓦迪
尔法利离开，多萝
西·哈迪所作的插画
（1909 年）。

的本能，从马具中挣脱而出，在未完工的城墙下追逐洛基。这令
众神觉得非常有趣。洛基领着斯瓦迪尔法利在平原上翩翩起舞，
显然，筑墙工程要干不完了。建造师意识到如果没有斯瓦迪尔法
利，他无法完成这项工作，于是勃然大怒，众神这才确定了他的
身份——这是山巨人所独有的怒火。众神抛弃了不得伤害建造师
的庄严誓言，从东方召回托尔，让他对付这个愤怒的工匠。

　　妙尔尼尔只一击，巨人的头骨就碎成了千片，他就这样被送
入地狱。托尔以这种方式向建造师支付了报酬，而众神则逃过了
一桩可怕的交易——它可能会让整个世界毁于一堵坚不可摧的城
墙。只是这堵墙不曾修完，也永远修不完了，于是众神的大本营

有了一个弱点，这一弱点将在诸神黄昏时产生影响。至于洛基，那匹巨大的公马斯瓦迪尔法利令他怀了孕，几个月后，他生下了一匹拥有八条腿的漂亮灰色小马。这就是关于斯莱普尼尔的故事——它是如何成为最好的马的。

洛基骇人的孩子们

斯莱普尼尔是奥丁所珍爱的动物，而且众神为洛基帮助他们战胜了巨人建造师而感到庆幸。然而，洛基其他的孩子在这个世界并不怎么受欢迎。与忠诚的西格恩结婚并未使洛基得到满足，他会定期探访安格尔伯达——一位居住在狼群出没的铁林之内的巨人老妇。洛基造访之后，安格尔伯达生下了三个孩子——海拉、芬里尔和耶梦加得，他们令九界畏惧。当阿萨诸神发现这些骇人的孩子在约顿海姆被抚养长大，并且被教导着憎恨诸神，他们觉得应当采取一些措施。奥丁带走了那个凶狠的女孩海拉，将她送往阴间去统治亡者。耶梦加得——虽然还未成为盘踞世界的怪物，但在这个时候它已是一条巨蛇——被扔进了环海的最深处。名为芬里尔的狼是最让奥丁感到害怕的孩子，他预见到自己的命运与其紧密相系。他认为芬里尔应该在众神身边成长——还有什么办法比将邪恶控制在自己手中更好呢？

海拉

洛基的女儿看上去极为可怕。她的身体有一半就像沼泽中的

洛基的女儿看上去极为可怕。她的身体有一半就像沼泽中的干尸一样黑，另一半则苍白如同肿胀的腐尸。

干尸一样黑，另一半则苍白如同肿胀的腐尸。她的情绪与尼福尔海姆的细雨和黑暗融为一体，她是死亡国度的统治者。她在艾尔嘉德尼尔那被暴雨冲刷的大殿之中接受朝拜，她有义务接待所有因疾病或年迈而离世之人。海拉的统治范围极广，被她视作客人的死者包括巴德尔和他的妻子南娜。南娜跟随着那位闪闪发光的神祇来到世界之树的根部，坐在他身侧的主座上。海拉拥有一头可怕的狼，名为加姆。它被拴在冥界城门外一个山洞的洞口，时刻警惕着，以防有死者试图逃离。加姆将为诸神黄昏的降临而狂吠，并挣脱束缚，届时冥界所有的居民将和他们的怪物兄弟一起列队出发。海拉不与任何人为友，她捍卫着自己的死亡之域，然而即便是她，也对巴德尔的过早到来表示了同情。海拉给了众神一个机会将奥丁之子从她的王国中解救出去，可是并非所有的生物都肯为巴德尔落泪，她提出的条件也未能被满足，这一事实提醒我们，要改变死亡法则是多么困难。

芬里尔

海拉有时会被称为巨狼的姐姐，巨狼是洛基和女巨人安格尔伯达的第二个孩子。芬里尔是最可怕的狼。他的儿子斯科尔在天空中追逐太阳，诸神黄昏之时，它会将太阳全部吞下。他的另一个儿子哈迪则追赶着月亮，并最终将它捉住。芬里尔自己，这大名鼎鼎的巨狼，将在最后一战中杀死众神之父：这一举动实在骇

人听闻——正是奥丁在众神的居所养大了这只怪物。

奥丁习惯在餐桌上喂那只最凶猛的狼，然而，被众神抚养后，芬里尔迅速地清楚意识到自己并非一头普通的狼。它的成长速度令众神感到震惊，没过多久，就只剩下提尔一人有勇气接近这头

赫尔墨德骑马前往冥界，恳求巴德尔的回归。18 世纪冰岛手稿《NKS 1867 4º》中的插画。

洛基三个可怕的孩子，海拉、芬里尔和耶梦加得，它们在铁林之中由安格尔伯达抚养长大。卡尔·埃米尔·多普勒所作的插画（1905 年）。

众神询问芬里尔，是否愿意用这条令人印象深刻的铁链来进行测试，从而为自己的力量赢得无尽的声名。那是一件华丽的铸铁物，每一环都重若巨石，大如人头。

来自铁林的怪物了。众神决定在芬里尔变得无法控制之前采取措施，他们想出了一个计划——用一条铁链将他铐住拴起来。这条锁链被众神称作"雷锭"，他们询问芬里尔是否想借此测试一下自己的力量。芬里尔看了看那根铁链，断定它无法控制自己。狼只需站稳脚，活动一下腿上的肌肉，锁链就断成了两截。众神需要更为牢固的镣铐，他们锻造了第二副桎梏，强度是之前的两倍，它被命名为"德洛米"。众神询问芬里尔，是否愿意用这条令人印象深刻的铁链来进行测试，从而为自己的力量赢得无尽的声名。那是一件华丽的铸铁物，每一环都重若巨石，大如人头。不过，狼认为自从挣断"雷锭"之后，它的力量一直在增长，如果这一壮举可令声名远扬，它愿意进行尝试。狼让众神用铁链缠住自己的脚，等到一切固定之后，便拉紧这沉重的铁链，将它往地上拍，同时用尽全身气力扭动四肢。铁链猛地被挣开，碎片带着巨大的力量飞向远处。因为这一壮举，我们在完成一项艰巨任务时，总会说是"从雷锭之中解放自己"，或者"打破德洛米以获自由"。

倘若众神想要制造一副枷锁令世上最强壮的生物也无法挣脱，那么必须得到一些协助。于是众神转而求助于世上最伟大的金属匠人——矮人族。弗雷的侍从斯基尼尔，从世界树的根部进入瓦特阿尔海姆，找到正在幽暗的工坊之中挥动铁锤的杜林的先祖。矮人同意制造一副名为"格莱普尼尔"的镣铐，它由六种极难寻觅的材料制成。第一种材料是猫的脚步声，第二种是女人的胡须，第三种是山的根系，第四种是熊的力量，第五种是鱼的呼吸，而

对页图：巨狼芬里尔注定将在最后一站中杀死奥丁。多萝西·哈迪所作的插画（1909 年）。

流下唾液的芬里尔被格莱普尼尔绑住。摘自17世纪冰岛手稿《AM 738 4to》。

最后一种材料是鸟的唾沫。从此猫走路变得悄无声息，鱼失去了呼吸，女人没有了胡子，因为这些东西被矮人拿去制造魔法镣铐了。格莱普尼尔的结实程度胜过在它之前和之后所造出的任何东西，而且它像丝绸一样光辉且具有弹性。众神为此十分高兴。

奥丁选中了一个特殊地点来对芬里尔的力量进行最后的考验：那是一个叫作林格维的岛屿，位于漆黑湖泊的中心。诸神将格莱普尼尔传递了一圈，并进行了测试，评价说它看起来很强大，但是又鼓励芬里尔说，它也并非不能被打破。"假如我没法挣脱呢？"芬里尔问。"我们不需要害怕一头连丝带都咬不断的狼，自然会放你走。"布拉奇用他柔软温和的声音说道。芬里尔并不相信：如果像它所怀疑的那样，这条丝带由于强大的魔法而变得牢固，那么它很快就会发现自己将被遗弃在这个湖中小岛上。然而，拒绝会让自己的勇气和力量遭到质疑，于是芬里尔提出了一个要求——当它被绑住时得有一位神将手放在他的嘴里。"这能表明你们的诚意，因为我担心自己被骗了。"

诸神面面相觑，似乎没有谁愿意做出如此牺牲，最终提尔走上前，将他的手伸入狼锋利的牙齿之间。诸神将格莱普尼尔缠绕在芬里尔的腿上，狼越是想要挣脱，就越是被紧紧束缚。诸神都嘲笑着芬里尔的挣扎，只有提尔例外，他的手已从手腕处被咬断了。自那时起，为了纪念这位献祭出自己一只手的神，人的手腕也被称作"狼骨"。诸神确定芬里尔无法逃开格莱普尼尔的束缚，便松开链条的另一端，将它拴在一块名为吉欧尔的石头上，并将这块石头深埋地底。当芬里尔猛扑向奥丁时，众神中的一位设法将一柄剑插入了它张开的嘴中。剑笔直地嵌在芬里尔的嘴中，将它的嘴撑开，使它再也没法伤人。唾液源源不断地从它张开的嘴中流淌到地面，这是瓦恩河的源头，承载着芬里尔的复仇期望穿过世界。芬里尔被锁链束缚，直至末世，彼时一切锁链都将被挣断，它将重获自由，向诸神复仇。

耶梦加得

洛基第三个令人恐惧的孩子是耶梦加得，也被称作"尘世巨蟒"。奥丁将耶梦加得扔进环海的最深处，尽量将这条大蛇放逐到一个能把它的破坏性降低最低的地方。然而，耶梦加得在广阔的深海中得以自由自在地生长，它沿着海底舒展，最终成为能够环绕整个世界的庞然大物。当大蛇移动时，大海波涛涌动，众所周知，当耶梦加得拉直身躯，从海洋深处立起，海水将淹没大地，世界将从连接处解体。不去惊扰大蛇是明智的决定。可是，托尔知道，诸神黄昏之时，自己注定与耶梦加得狭路相逢，他迫不及待地想以大蛇庞大的身躯来测试自己的力量。

托尔用力地拉动绳子，以至于他的脚从船体穿了过去。来自瑞典阿图纳维京时期的如尼石（U 1161）（局部）。

托尔的钓鱼之旅

托尔在乌特迦－洛奇的大殿中接受力量考验时曾一度被戏耍，他无法举起耶梦加得，并且将它从海底拖走。托尔觉得受到了羞辱，由于乌特迦－洛奇的幻术，他以为自己是在努力将一只猫拎起来，可实际上他是在拉动耶梦加得的身躯。命运注定他们二者将在诸神黄昏到来时狭路相逢，然而托尔另有打算。他想用自己的方式去见那条蛇。

当托尔拜访霜巨人希密尔时，他发现了一个机会。托尔吃光了希密尔家中的食物，巨人大声抱怨说，自己必须去钓鱼才能满足得了这样一位贪婪的客人。听闻此言，正在清盘子的托尔突然停了下来。"我和你一起划船去环海吧，"他说，"在船上，有两双手总是好些。"希密尔不确定雷神在划桨这件事上有什么独到之处——他个头那么小，于是巨人说："如果你走得太远，到了巨人们经常去的地方，可能会冻僵。"当希密尔对托尔说出这番话，托尔的眼睛里闪出了火花：他想当场以铁锤痛击巨人，然而，此时他有更重要的事情要办。"我俩当中的哪一个会掉转船头还不一定呢。"他咬着牙回答。巨人让托尔到田野中去找能当饵料的东西，只要能用来钓鱼，什么都可以。第二天清晨，托尔大步走进牧场，从希密尔的畜群之中选出最令人印象深刻的动物———一头黑玉色的公牛。托尔抓住它的角，干脆利落地撕下了它的脑袋，然后拖着这个鱼饵回到岸边。显而易见，他并不打算钓小鱼。希密尔的船已经下水了，托尔不得不蹚过浅滩赶上他。两个人怒视彼此，希密尔不得不承认，托尔划船很在行。船只在水中疾驰，离岸越来越远。希密尔望向清澈的深水处，确信托尔很快就会停住，然而雷神却一直在划船，希密尔沉下了脸。"这是个放线的好地方。"巨人最后说道，"在这个渔场，我抓到过最大的鲸鱼。"可是托尔置若罔闻，愈发奋力划桨。希密尔开始担心，假如他们继续前行，进入更广阔的海域，可能会有风险——渔线也许会骚扰到耶梦加得。

最终托尔停下了手中的桨，船现在已经离陆地非常远了。希密尔甩出渔线，很快就钓到了两头鲸鱼。但是托尔比他狡猾。他将牛头拴在一个沉重的钩子上，然后将渔线沉入海底。果然，沉睡在海底的耶梦加得爬了起来，于黑暗之中睁开眼睛，将牛头含进嘴里。说时迟那时快，托尔立即用力拉紧渔线。大蛇感到钩子带来的疼痛，意识到自己上当了，便摇晃起脑袋，于是雷神的胳膊猛地撞在船舷上。托尔真的生气了，他鼓起自己非凡的力量，双脚抵住船底，竭尽全力拉住渔线。这力量太过强大，以至于托尔的双足踏破了船底的木板。但他牢牢抓紧渔线并开始收线，最终将那条大蛇拖到了翻腾的海面上。耶梦加得从水中直起身，两位对手互相盯住对方。他们离得很近，几乎可以碰触到彼此，中间只隔着那条被托尔紧紧拉住的颤抖的渔线。海水摇曳，海床颤动，大地发出呻吟。托尔举起身后的锤子想给出致命一击——然而就在此时，巨人希密尔向前伸出他的鱼刀割向渔线，"啪"的一声过后，渔线断开，大蛇立即沉入水面，海水恢复了平静。

返回岸上的旅途算不上愉快，希密尔一言不发，专注地划桨。托尔差一点就杀死了耶梦加得，改变了预言所说的事件。然而，谁又能说，耶梦加得的死亡之痛不会使得所有造物更加纠缠纷乱，

果然，沉睡在海底的耶梦加得爬了起来，于黑暗之中睁开眼睛，将牛头含进嘴里。说时迟那时快，托尔立即用力拉紧渔线。

并且令诸神所恐惧之事加速出现呢？在这样的情形下，或许正需要一个巨人来平衡雷神那鲁莽的心。

命运女神

凌驾于怪物之上，甚至凌驾于众神之上，比世界树的枝丫更居高临下的，是命运。命运掌控一切，命运总是掌握在女人手中。

女武神是持盾的女子，勇士们在战场之上的命运取决于她们。她们决定谁能活下去，谁该死去并加入英灵的队伍。这些女子头戴钢盔、身着锃亮的铠甲在天空穿行。她们像食腐鸟一样扑向战场，手中的长矛闪闪发亮。她们被称作"胜利风暴""战斗呼声""挥长矛者"以及"冲突铠甲"，这些名字展现了她们对于战争的热爱。大多数时候，这些女战士都听命于奥丁。众所周知，她们在混战中也会加入敌对方，甚至夺去获胜一方英雄的性命，从而让众神之父得到他想要的战利品。据说战争之王哈肯在击败敌人后，浑身血迹被带入奥丁的大殿——他以胜利者的身份死去，英灵们用清凉的麦芽酒款待他，并且喊奥丁一起欢迎这位不败的勇士加入瓦尔哈拉的荣誉席位。奥丁以炽烈的热情迎接了这位国王。

芙蕾雅是最著名的女武神，她拥有一件羽毛斗篷，可以像鸟儿一样飞速穿过九大世界。服侍芙蕾雅和奥丁的女武神们也穿着能将她们变为白颈天鹅的衣服，这种伪装使她们常常被男人认出来。有时候，女武神会爱上人类英雄，然而她们往往不愿意自己被婚姻束缚、放弃决定人类生死的权利。女武神布伦希尔德曾违

对页图：《托尔在希密尔的船上与耶梦加得搏斗》。约翰·海因里希·菲斯利绘（1790年）。

芙蕾雅是最著名的女武神，她拥有一件羽毛斗篷，可以像鸟儿一样飞速穿过九大世界。

抗奥丁的旨意，众神之父以婚姻惩罚她，她长眠多年，直至一位英雄将她唤醒。

尽管奥丁统治着瓦尔哈拉的女武神，但是还有其他执掌命运的女性，奥丁必须向她们追问自己的命运。沃尔娃女巫——那些被权杖标记为拥有不凡力量的女性，尤其擅长做出预言。奥丁曾拜会一位太古时期由巨人抚养长大的女先知，向她打听古老的过

《女武神》，彼得·尼克莱·阿尔伯绘（1864年）。

去，并试图窥探未来。女先知明了历史开始之前那片巨大的空白；她知道月亮会被吞没，太阳将失去光辉；她很清楚，倘若世界重生，巴德尔就能归来。

女先知还提到那些被称作命运女神的女人，她们决定所有一切，无论好的还是坏的。命运女神名为"过去""现在"和"未来"，她们坐在命运井之侧，照看着世界树，编织着世界上每一个生物的命运。倘若命运女神手中的丝线耗尽，那么任何人与神灵都无力对这一命运进行干涉。命运无法被改变。

大战前，有时可以看到女武神们在自己的织布机上织布。当乌鸦盘踞于爱尔兰的土地上，一个名叫多鲁德的人见到十二位骑士在一所建筑物的废墟上汇合。他透过窗户向里看，见到女武神们一面编织，一面吟唱，织布机上系着内脏，还缀有人头。由箭矢做成的杼梭上鲜血淋漓。女武神们拔剑编织，将勇士们的姓名织成一张战争之网：她们手中杼梭翻飞，天空变得昏暗，云彩染上血色。当这些女人吟唱完毕，她们将经纬线撕碎，骑上自己的马，六个向北而去，六个往南而行。

当两军在清晨薄雾之中对峙，战士们心知肚明，女武神为他们每个人所作出的决断即将兑现。

世间还有其他掌控命运的女人，她们帮助女人将孩子带来这个世界，她们为所有婴儿的顺利诞生而祈祷；还有一些女性神灵，

维京时代的权杖——经常与沃尔娃女巫相关联。丹麦福尔德比与瑞典葛富勒的墓地出土。

来自齐斯[1]的维京时代银胸针，上面可能描绘着坐在马背上的女武神。

从死亡之地出现在人类的梦境中，蛊惑他们投身伟大事业，或者与邪恶为伍。这些操纵命运的女人被称为狄丝，她们不属于任何种族，她们游走于众神、巨人和精灵之间。血祭应当献于狄丝，倘若献祭之物无法令她们满意，不久后她们将自己攫取祭品。

精灵

世上所有的超自然生物当中，精灵最接近众神，并且也最为神秘。他们生活在光明之域亚尔夫海姆，他们就像天宫一样闪闪发亮。假如一个人拥有发光的肌肤和明亮双眸，或者一个人美丽

---

1 瑞典地名。

得仿佛不属于这个世界，就会被认为和精灵有所关联。传闻弗雷是亚尔夫海姆的统治者，人们经常会发现精灵们在阿斯加德与众神欢聚一堂。他们是埃吉尔宴席上的宾客，他们是洛基羞辱众神的见证。他们是属于光和天空的生物，所以很少会与人类互动，即便他们接触到人类，也往往不会提供帮助。精灵以智慧和美貌闻名，但是，与精灵交流，或者前往森林、隐秘的山谷去找寻他们，是非常危险的行为。精灵会蛊惑人心，令人发狂，对人类以及他们的牲畜造成无形的伤害。精灵的魔法极为强大，被认为不亚于众神，那些祭祀用的祭品，既献给阿萨众神，也献给精灵。

铁匠沃伦德

精灵当中只有少数几位的名字为人所知，沃伦德是其中之一，他是所有工匠中最伟大的一个。沃伦德和他的两个兄弟在明亮的雪地上狩猎，他们在结冰的湖水之畔建了一栋狩猎小屋，不久后，三位神秘的女子来到湖边。她们是化身为白颈天鹅的女武神。天鹅姑娘们在闪闪发亮的三兄弟之中各自选了一个作为情人：被称为"奇异生物"的女武神勾住了沃伦德的脖子。三兄弟和天鹅姑娘们在湖畔一起生活了七年，然而当第八年到来时，女武神们变得焦躁不安，她们听到了战争和命运的召唤。第九个年头，她们走了，如同来时一般，无声无息地飞走。沃伦德的两个兄弟为此心烦意乱，离开小屋去寻找他们的恋人——弟弟埃吉尔是个著名的弓箭手，他自认为可以追回天鹅姑娘们——但沃伦德留在了湖边，全心全意投入到他的工作中。铁砧日夜响声不断，沃尔德将烧红的金子扭曲成蛇形，他在为情人制作明亮的戒指，希望她能回来。

尼都德是当时的瑞典国王，他听说有湖畔一位神秘的工匠，在锻造坊中日夜不停地工作。国王派人前往沃伦德家中，残月当空，他们持着锃亮的盾牌进入湖畔的空地。他们对悬挂在沃伦德大厅的明亮戒指极为赞善，并拿走了其中一枚。沃伦德从湖上回到家中，他数了数戒指，发现少了一枚——他久久凝望着炉火，希望是自己的情人回来了，慢慢地，他睡着了，醒来时发现自己被尼都德的人包围着。

士兵们捆住沃伦德，将他拖进国王的大殿。这个精灵被带到国王面前，目睹那枚遗失的戒指被尼都德国王送给了女儿博薇尔德，而沃伦德的剑也被尼都德别在了自己的腰带上。每当精灵见到属于自己的财产，就会龇出牙齿，眼神如同蛇一般冰冷可怖。王后对这个凶狠的男人感到害怕，她请求丈夫割断精灵的脚筋，使他无法逃脱或者伤害他们。沃伦德膝盖后的肌腱被切断，他因

制作于8世纪初的弗兰克斯棺材（局部），描绘着铁匠（沃伦德）和他的兄弟埃吉尔为了制作翅膀收集羽毛。

禁于离岸不远的某个岛屿。国王强迫他在岛上的工坊内锻造贵重金属，并让他造出能够令周边部族都视为奇迹的珍品。

沃伦德不眠不休地工作，对抓捕他的人怀恨于心。尼都德公然佩着沃伦德的剑，本该属于沃伦德情人的戒指被戴在博薇尔德公主的手上，这两件事将他伤得最深。某一天，尼都德的小儿子们跑来围观匠人工作。他们问沃伦德在做什么，精灵让他们瞥了一眼各色珍宝，并且邀请他们明早偷偷地再次光临工坊——他会为他们每个人都准备一件特制的宝物。第二日，孩子们没有带随从，早早地来到工坊。当他们往装着金戒指的盒子里看，沃伦德将他们的脑袋从细长的脖子上砍了下来。精灵将孩子们的尸体埋在铁砧下，但留下了他们的脑袋。沃伦德有一个计划——他将银子镶嵌在孩子们的头骨上，为尼都德制作了两个精致的杯子；他将孩子们的眼睛变成怪异的宝石，然后送给尼都德的王后；他用孩子们的乳牙做了一个漂亮的手镯，作为送给博薇尔德的礼物。

很快，沃伦德有了一个机会进一步报复——国王的女儿博薇尔德来找他修理坏掉的精灵之戒。沃伦德请她在工坊中坐下，并端酒给她喝，直到她醉得站不起身。沃伦德的兄弟埃吉尔一直在为他收集羽毛，让他可以在工坊之中做出一对翅膀。精灵挥动翅膀，代替瘫痪的双腿上站了起来，强奸了那个拿走他戒指的女孩，将她留在岛上哭泣，然后孤身一人飞向天空。

前往云端之上的亚尔夫海姆之前，沃伦德拜访了尼都德的大殿。尼都德想知道他的孩子们究竟出了什么事，悲伤几乎将他击垮。沃伦德要求国王发誓不会伤害博薇尔德公主，并说出她怀孕的消息——那是他的孩子。之后，沃伦德让国王前往铁匠工坊，在那里他会见到血迹斑斑的铁砧，王子们的尸体被掩埋在泥土之沃伦德将他们的脑袋从细长的脖子上砍了下来。精灵将孩子们的尸体埋在铁砧下，但留下了他们的脑袋。沃伦德有一个计划……

中。他还透露说，国王一直用来喝水的银杯，与一个小男孩的头颅大小相仿；王后欣赏她的珠宝，其实是在欣赏无法视物的眼睛；每当博薇尔德摇动手腕上精致的手镯，她兄弟们的牙齿仿佛银色泪珠一样叮当作响。对于尼都德而言，再没什么比这些更令人难以接受，可是，博薇尔德的处境甚至比这更加糟糕——因为她戴着为天鹅姑娘准备的戒指。沃伦德完成了可怕的复仇，他飞走了。

矮人

被众神赐予意识之前，矮人不过是伊密尔尸体上盲目蠕动的蛆虫。众神所创造的第一个矮人名为莫索尼尔，第二个名为杜林——他记录了矮人长老尼伊、尼提、德瓦林、纳尔、奈恩，和所有后来者的名字。与生命火花相伴而来的，还有智慧以及对于制作珍宝的热爱。矮人们铭记着自己起源于大地，他们更喜欢居住在地下洞穴、岩底，还有世界树脚下的洞室。瓦特阿尔海姆的黑暗之地被视为矮人的家园，但人们也可以在中庭的山脉之下找到他们。矮人们在山底开采贵金属，在岩间滴水的大厅中定居。矮人们是著名的铁匠和珠宝商，他们所制造的器物，能将生命注入普通金属中。希芙那顶能像真发一样生长的金色假发，正是由矮人伊瓦尔迪的儿子们制作的。奥丁的长矛冈格尼尔，还有弗雷的船斯基德普拉特尼也出自他们之手。洛基曾向矮人工匠伊特里

矮人们正在制作芙蕾雅的项链——布里希嘉曼。路易·华德（1813—1874）所作的插画。

挑衅，打赌伊特里取得不了前面那样的成就，于是后者造出了雷神之锤妙尔尼尔，弗雷的金鬃野猪，以及能够自我复制的戒指德罗普尼尔。矮人制作了束缚芬里尔的锁链——它超越了众神自己所能设计的任何东西，芙蕾雅那条著名的项链也是如此。矮人甚至对于人类的创造也有所贡献，被众神赐予生命的木料，是由他们雕刻成形的。矮人们总是愿意为众神提供帮助，但是偶尔也会为自己的工作索取高昂代价：矮人布洛克希望得到洛基脑袋作为报酬的要求被拒绝后，他缝住了这个骗子的嘴巴，留给他一张歪嘴。矮人兄弟法亚拉和戈拉，杀死了智者克瓦希尔，将他做成诗歌蜜酒。

　　一个面色苍白、名为阿尔维斯的矮人甚至有勇气宣称要迎娶托尔的女儿，而且他差一点就成功了。如果阿尔维斯能够回答托尔提出的所有问题，那么托尔将尊重这一桩没能获得他祝福的婚姻。托尔不徐不疾地问起太阳、月亮、黑夜、白天、风、海和火在世间不同生物中的称谓。托尔并未忘记，矮人被创造于世界早期，他们的智慧众所周知；但是他也很清楚，这些以岩石为家的生物有一个致命弱点。阿尔维斯没有辜负他的"全智"之名，他回答了托尔能够想到的每一个问题，但是矮人太过于专注如何证明自己的智慧，当太阳升起之时，他忘记寻找地底的掩体，于是他很快变成了石头——矮人们习惯于生活在黑暗中，他们不适合暴露于阳光之下。除了最著名的矮人——譬如在世界的四个角落撑起天空的北方、东方、西方和南方的，更多的矮人只有名字被人记住。诗人们能记起甘道夫和文达夫，索林和橡木盾，可是他们的故事细节都被遗忘了。

赫瑞德玛的儿子们和安德瓦里的黄金

　　有一个关于赫瑞德玛和他儿子们的故事流传了下来。手握权柄的赫瑞德玛生活在世界早期，他有三个儿子，分别叫作奥托、雷金和法夫瑞，他们可以改变自己的外形。有一天，奥托变成水獭的样子在附近的瀑布抓鲑鱼。彼时，奥丁、海尼尔和洛基正在旅行，他们穿越中庭，探索隐秘之所，以便更多地了解世界。几位神顺着河流走进山中，来到了奥托捕鱼的池塘。他正在岸边打盹，脚边扔着一条鲑鱼。瀑布发出轰鸣，他没注意到众神正在靠近。洛基捡起了一块石头砸向奥托，一击致命。他们捡起奥托和被吃掉一半的鲑鱼，打算找个地方过夜。

越过山岭就是赫瑞德玛的家，众神自暮色中望见熊熊燃烧的火焰。他们走进大厅，请求主人接待他们。洛基骄傲地将他的战利品交给赫瑞德玛，殊不知他手中所持的正是主人儿子的尸体。赫瑞德玛喊来另外两个儿子，雷金和法夫瑞。"你们知道这些客人给我带了什么作为礼物吗？你们认出他的皮毛了吗？"赫瑞德玛和他的两个儿子冲向众神，将他们制伏，并夺走了奥丁的长矛，还有洛基的魔法鞋。众神得知洛基杀死的水獭竟是赫瑞德玛的儿子后，提出愿意支付对方要求的任何赎金。赫瑞德玛提出了一个极高的价格让众神换取自己的性命："我会剥下水獭的皮，用兽皮做一个袋子。你们用金银珠宝装满袋子，并且将它盖起来，让我目所能及的全是黄金，而非我的儿子。这是达成和解的唯一办法。"

洛基必须对奥托的死亡负责，他被派去寻找赎金，而奥丁和海尼尔留下作为人质。洛基前往矮人之地瓦特阿尔海姆，那里可以找到大量的黄金。洛基听说过一个叫作安德瓦里的矮人，他拥有一个巨大的宝库，足以帮助三位神向赫瑞德玛支付债务。洛基发现安德瓦里的时候，他正以长矛的形态在家的附近游泳。身手敏捷的洛基轻而易举抓住了矮人，把他带回洞穴。安德瓦里别无选择，只能告诉洛基自己的财宝藏在哪里，并将它们全交了出来。不过洛基从眼角瞥见矮人把什么东西装进了口袋里。他做了个手势，让矮人交出他藏起的东西。多次抗议无效后，安德瓦里摊开了手，露出一枚黄金戒指。他恳请洛基别拿走它，这枚魔法之戒能够自我复制，使他重获财富。可是洛基毫不留情地夺走了戒指，还有其他的黄金。这枚戒指被称作安得华拉诺特——来自安德瓦里的礼物，然而，它并不是一个善意的礼物。

当洛基离开的时候，矮人喊住了他，并诅咒那些黄金。"它会害死所有拥有它的人，"他喊道，"你会为踏入安德瓦里的大厅而一生悔恨！"洛基耸了耸肩，反正这些金子也不是给他自己用的。

洛基回到奥丁和海尼尔身边，向他们展示那些宝藏。奥丁很喜欢那枚戒指，他决定自己戴上安得华拉诺特。之后，他们在水獭皮的袋子里装满黄金，并将安德瓦里其余的宝藏堆积在袋子上，把水獭皮盖住。赫瑞德玛前来查看众神的赎金，他注意到有一根胡须从金子当中伸出来。如果这根胡须不能被盖住，他不会考虑给众神自由。奥丁拿起安得华拉诺特，用手指转动着，用它出生的黄金盖住了胡须。他盯着赫瑞德玛，眼中闪着金光。"现在我们的债务已经还清。"奥丁说道。赫瑞德玛的儿子们将长矛还给奥丁，魔法鞋还给洛基。等众神脱离危险后，洛基非常愉悦地告知赫瑞德玛——那些黄金受到了诅咒，它将毁灭拥有它的人。

赫瑞德玛将黄金和安得华拉诺特戒指锁起来妥善保管——假如黄金曾受过诅咒，那么将它们安置在自己眼皮底下就更加地理所当然。然而，不久之后，赫瑞德玛的儿子们来向他们的父亲要求瓜分赎金，毕竟他们是奥托的兄弟。可赫瑞德玛连一枚硬币也

安德瓦里摊开了手，露出一枚黄金戒指。他恳请洛基别拿走它，这枚魔法之戒能够自我复制，使他重获财富……

不打算放弃。"奥托是我的儿子，现在金子也是我的。除非我死了，否则它们绝不属于别人！"两兄弟发现无法说服父亲，便抓住他，割断了他的喉咙。雷金认为现在两兄弟可以将黄金平分，然而法夫瑞却嘲讽雷金杀死了自己的父亲，并告诉他，他一分钱也拿不到。法夫瑞戴上了赫瑞德玛的魔法头盔——所有看见它的生物都会产生恐惧，雷金也无法避免。他逃去了丹麦，留下法夫瑞和那被诅咒的遗产。至于法夫瑞，他深入荒原之中，将自己变成一条龙，这样他就能够护卫自己的宝贵财富，永远不落于他人手中。矮人的黄金留在了法夫瑞的身边，诅咒也随之被埋藏于石楠丛中。不过，未来将有一位英雄前来认领宝藏，安德瓦里的黄金会进入人类的世界。这位英雄就是伏尔松格家族的齐格鲁德，他的故事是最为著名的北方传奇。

11 世纪的如尼石（U 1163），出土于达威尔，上面雕刻的细节被认为是拿着安得华拉诺特戒指的矮人安德瓦里。

众神以安德瓦里的黄金支付了奥托的赎金后，债务得以清偿。他们的注意力转移到了其他事物之上。然而，奥丁没有忘记与赫瑞德玛所做的艰辛交易，雷金也没有忘记他被剥夺的遗产。巨龙的命运并非平静地躺在它的金库之中，只不过，前来挑战它的也不是一位神或者一个矮人——这个任务将留给来自人类世界的英雄。有关伏尔松格家族的故事里，众神退居幕后，一个家族在奥丁的注视中崛起，一位人类英雄站在了舞台正中。神话变为传说。这就是齐格鲁德的故事，他来自伏尔松格家族。这个故事始于一个伟大王朝的兴起，以一场可怕的姻亲之争结束。这其中包含着无数的人间好戏，不仅是齐格鲁德的屠龙故事。

伏尔松格的家族谱系

像许多传奇英雄一样，齐格鲁德的先辈可以追溯到众神。希

---

1 约 13 世纪建于挪威的教堂，在 19 世纪被拆毁。它的大门保存于奥斯陆的一家博物馆中。门上的雕刻展现了齐格鲁德传说中的场景。

对页图：许勒斯塔木板教堂[1]的木雕门（约 1200 年），刻画着齐格鲁德传说中的场景：齐格鲁德杀死他的养父雷金。

格是齐格鲁德的曾曾祖父，传闻他是奥丁的儿子。某一天，希格带着另一个人的奴隶出门打猎。夜间两人将逮到的猎物摆出来，奴隶显然是比希格更优秀的猎人。希格杀死了奴隶，并将他的尸体埋在雪堆里。希格对自己的所作所为避而不谈，这件事变成了谋杀。尸体被发现后，依照惯例，希格被宣告为罪犯。假使奥丁没有出现，希格可能活不了多久。奥丁指示他的儿子离开故乡前往海岸边，那里有战船正在静静等待。奥丁又给了希格一队勇士以供差遣，于是这位英雄在许多战役中都取得了胜利。

希格对周边部族不断征战，直至建立起一个名为胡纳兰德的伟大国家。他统治这个国家多年，有一个儿子叫作雷瑞尔。雷瑞尔强壮能干，和他父亲年轻时一样热爱战争。当希格变得年老体弱，他的姻亲们谋杀了他，想要取而代之。但是年轻的雷瑞尔集结一支军队展开了报复：他杀死了所有谋害自己父亲的仇人，即便那些人是他的舅舅。雷瑞尔继承了父亲全部的财富与权力，可是他和的王后却一直没有孩子，希格和雷瑞尔这一支系眼看要后继无人了。

雷瑞尔向女神弗丽嘉祈祷，她非常同情他的困境。在奥丁的祝福下，她派出了一个名为霍约德的女武神。霍约德化身为乌鸦，将一个苹果丢在雷瑞尔的膝上，国王抬头看了看乌鸦，明白了这份礼物的意义。他吃下苹果，与王后同床共枕。很快，所有人都得知王后怀孕了。这对夫妻热切地期盼孩子的诞生。可是，整整一年过去了，没有任何迹象表明孩子即将出世。实际上，孕期持续了很长一段时间，以至于雷瑞尔未能见到孩子就已死去，王后愈来愈绝望。怀孕六年后，王后求人剖开她的子宫，把孩子取了出来。这个硕大的婴儿被命名为伏尔松格，他只来得及吻了吻母

对面图:《伏尔松格大殿中的奥丁》，卡尔·埃米尔·多普勒绘（1905 年）。描绘了一个陌生人闯入宴会，将一把剑插入巴恩斯托克。

尽管失去了双亲，在人生道路上，伏尔松格却走在了前面：他一出生就能走路，并且迅速成长为一名令人敬畏的战士。

亲的面颊，她便离世了。

尽管失去了双亲，在人生道路上，伏尔松格却走在了前面：他一出生就能走路，并且迅速成长为一名令人敬畏的战士。他拥有和父亲一样的昂扬斗志，很快脱颖而出，成为了胡纳兰德的统治者。他参与了许多战役，捍卫了自己的领土。当他的统治地位得到稳固，伏尔松格下令修建一座宏伟的大殿作为权力的象征。这座大殿因为矗立在正中心的大树而闻名于世。大树的枝丫开满了花，从大殿椽条之间伸出去，人们称它为巴恩斯托克（意为幼树）。伏尔松格的权势到达巅峰之时，那位送来苹果的女武神霍约德再次来到胡纳兰德，嫁给伏尔松格为妻。他们的婚姻幸福美满，霍约德为伏尔松格家族添了十个孩子，九个男孩和一个女孩。年轻的小伏尔松格们个个都出类拔萃，其中最优秀的是头生子：一对叫作西格蒙德和西格尼的双胞胎。

树中剑

双胞胎长大后，伏尔松格为女儿西格尼安排了一桩婚事，对方是个颇具权势的国王，名为希戈尔，统治着耶阿特人的土地。可是西格尼对这桩联姻并不满意。伏尔松格的大殿中准备了一场盛大婚宴，许多随从陪伴希戈尔漂洋过海参加婚礼。傍晚时分，巴恩斯托克树巨大躯干周围的火焰逐渐暗淡，一个灰胡子老者走进了大殿。他身着一件脏兮兮的斗篷，兜帽拉低，盖住了一只眼睛。他向大殿中央走去，客人们发现他双足赤裸。没有人知道是否应该欢迎他的到来。这神秘的老者从斗篷下抽出一把剑，径直将它刺进树中。他转过身对客人们说，无论是谁，如果能将剑从树干之中拔出，就可以获得它作为礼物。然后，这位神秘的客人离开了，就像他来时一样不拘礼节，消失在殿外的黑暗之中。

许多人争前恐后想将这把剑从树干中拔出来。那些英雄先试了手，无名之辈紧随其后，可是，他们都失败了。伏尔松格的大儿子西格蒙德走上前去，他刚刚触碰到那把剑，剑就自己松动了，他轻易地将剑拔了出来。每个人都认为这是他们见过最好的剑。希戈尔向年轻的伏尔松格提出，想以三倍于宝剑重量的黄金将它买下。西格蒙德拒绝了——显然，这把剑属意伏尔松格而非希戈尔。耶阿特人的国王愿意付出他所喜爱的一切，包括他所有的财富和土地，可是西格蒙德绝不肯放弃这把剑。希戈尔被伏尔松格家男孩的无礼所激怒，尽管看起来他一笑置之，实际却已经计划要对这样的侮辱进行报复。第二天，希戈尔宣布自己将离开。伏尔松格夫妻对此大吃一惊。"我一早就会带着我的新娘离开，不必再麻烦你们。不过耶阿特人很快会将请柬送回来，这场婚宴还会继续，但由我来承担。"

西格尼警告她的父亲，如果他听凭自己前往耶阿特人的国土，那么未来几年，他们的家庭将为此产生纠纷。可是伏尔松格不理会她的忧虑，同意在三个月后拜访希戈尔。国王的固执很难解释。

伏尔松格之死

伏尔松格和他的儿子们依照约定，乘坐三艘人员满载的船只，在暮色初临时抵达耶阿特国的岸边。他们下船时，西格尼迎了上来，说希戈尔召集了一支庞大的军队，准备以枪林弹雨而非美味珍馐款待客人。她催促父亲和兄弟们乘船回家，再带着军队前来。"胡说八道，"伏尔松格说，"我曾经发誓，绝不躲避炽热的战火和冰冷的兵器，我宁愿所有的儿子都战死沙场，也不愿回家被人嘲笑懦夫。每个人都必须在命定之时倒下，伏尔松格家的人绝不会乞求任何怜悯。"

他让西格尼回去和丈夫待在一起，伏尔松格和儿子们则在船的旁边安营扎寨。没过多久他们就等来了战斗：破晓时分，一支庞大的军队扑向了他们，伏尔松格一家穿上铠甲，迎上前面对进攻。他们这一小队人作战英勇，那一天，据说他们曾八次冲垮希戈尔的军队，但是最终寡不敌众，伏尔松格被堆积如山的尸体挤压致死，他的儿子们成了俘虏。西格尼来到她的丈夫面前，恳请他为她着想，不要立即杀死她的弟兄们。"庆祝一下你抓捕了这些高贵的俘虏，并给我一点时间去接受他们的死亡，这样不是更好吗？"希戈尔觉得他的妻子恐怕疯了，竟然不允许伏尔松格家人死得痛快，不过他很乐于羞辱他的敌人——在他们的腿上压上巨大的树干作为临时刑具，并将他们公开示众。小伏尔松格们被树干困住，从白昼一直到夜幕低垂。当他们准备睡觉的时候，一只巨大的母狼从森林中跑出来，将最靠近森林边界的一个人吃掉了。这简直轻而易举。每个夜晚，这只母狼都会袭击众兄弟中的一位，九个夜晚过后，只剩下最年长的伏尔松格——西格尼的孪生兄弟

当西格蒙德意识到母狼的舌头正在他的齿间，他知道应该怎么做。他狠狠地咬下去，趁着那头野兽痛苦挣扎时紧紧抓住了它。

西格蒙德，还坐在树干旁。西格尼必须采取措施了。

王后派了一个人，在斗篷中偷藏了一碗蜂蜜去找她的兄长。那人将蜂蜜抹在西格蒙德的脸上，又倒了一些在他嘴里。母狼又来了，打算将伏尔松格兄弟中的最后一个也吃掉。她舔舐着西格蒙德的脸，还有张开的嘴，想得到蜂蜜，当西格蒙德意识到母狼的舌头正在他的齿间，他知道应该怎么做。他狠狠地咬下去，趁着那头野兽痛苦挣扎时紧紧抓住了它。即便母狼用力抵住树干，以至于树干从中间裂开，西格蒙德也没有松开。最终，他将母狼的舌头连根拔出。有人说，这头狼其实是西格蒙德身着伪装的母亲。

西格蒙德后继有人

希戈尔相信所有的伏尔松格兄弟都已死去，然而西格蒙德逃入了森林之中，谋划着复仇。西格蒙德的孪生妹妹获悉了他的藏身之处，当她的儿子年满十岁，她将这个男孩送到西格蒙德身边，想看看是否能帮上他舅舅的忙。西格蒙德热情地接待了这个小伙子，并安排他在自己捡柴火的时候去做面包。等西格蒙德回到藏匿之所，他问男孩面包怎么样了。"不太好，"男孩回答说，"面粉里有活物，我没法烤。"西格蒙德很清楚，这样一个胆小鬼对自己毫无用处。他的妹妹也认同这一点，她冷酷地回复西格蒙德："带走这孩子，杀了他。"西格蒙德照她的话做了。西格尼和希戈尔的第二个孩子也是如此，他也被送去喂了狼群。西格尼知道，假如想替伏尔松格家族报仇，她必须亲自动手。她打扮成女巫的样子，去森林中找她的哥哥。西格蒙德收留了她，他意识到自己渴望得到一位女子为伴。他们在一张床上共度了三个夜晚，等西格尼回辛菲特利十岁的时候，他的母亲将衬衫的袖口缝在他的手腕上，用针头刺穿他的皮肤，以此考验他的勇气。辛菲特利忍受着母亲的粗暴对待，默不作声。

去希戈尔的宫殿，她已怀上了哥哥的孩子。

伏尔松格双胞胎兄妹的孩子出生了，他名叫辛菲特利，他的命运与之前的男孩大不相同。辛菲特利十岁的时候，他的母亲将衬衫的袖口缝在他的手腕上，用针头刺穿他的皮肤，以此考验他的勇气。辛菲特利忍受着母亲的粗暴对待，默不作声。西格尼将袖口从他手臂上撕开，扯下长长一条皮肤，他仍然面无表情地望着她。"我的祖父伏尔松格不会退缩，"他说，"我也不会。"

西格尼将男孩送去森林里找他的舅舅，就像之前那两个孩子一样，辛菲特利也被要求去取那袋面粉，以证明自己是否能派上用场。等西格蒙德收集完柴火回来时，他闻到了烘烤面包的香味。西格蒙德问辛菲特利，是否注意到面粉有什么奇怪的地方。辛菲特利耸了耸肩说，"里面好像有什么活物，所以我把它揉进了面团。"这令西格蒙德对男孩有了个深刻的好印象，他可是将最毒的蛇扔进了面粉袋。他确定自己找到了一个配得上家族姓氏的外甥。西格蒙德并不知道这个男孩是自己的儿子——这孩子的父亲和母亲都来自伏尔松格家族。

西格蒙德和辛菲特利变身为狼

在进行报复之前，西格蒙德决定让他的外甥变得更加坚强。他俩像狼一样地生活，捕猎旅行者，杀死他们，夺取他们的财物。某一天，西格蒙德和辛菲特利在搜罗战利品的时候发现了一间小

屋，它属于一个女巫，不过他们并不知道。小屋里有两个人正在睡觉，还有两件狼皮斗篷。西格蒙德和辛菲特利披上狼皮斗篷，立即变成了狼——他们中了咒，十天之内都无法解除。于是他们各奔东西，继续捕猎觅食，但是彼此约定好，如果遭遇到七个以上的人类，就呼叫求助。不久西格蒙德就被七个猎人逼至墙角，他向男孩求救。辛菲特利伏击了猎人并将他们全部杀死。第十天到来前，辛菲特利也被一个十一人组成的小队逼入绝境，但他并未呼救，而是攻击了所有人并取得了胜利，尽管他为此添了许多伤口。西格蒙德找到伤痕累累的辛菲特利，很生气对方竟然没有呼救。可是辛菲特利却嘲笑了年长的战士，他只是一只小狼崽就能打赢十一个人，可成年的西格蒙德却害怕对付七个人。西格蒙德不由得火冒三丈，袭击了辛菲特利，咬住他的喉咙，将他伤得很重。十天过去了，英雄们还是没能摆脱狼皮的束缚。

西格蒙德将他的儿子拖回他们的巢穴，可他不知道要怎么治疗他的伤口。幸运的是，一只乌鸦出现了，它带来一片树叶。叶子被放在辛菲特利的身上，他的伤口立即愈合了。西格蒙德望着乌鸦飞向树梢，怀疑奥丁又一次出手帮助了他们这个家族。几天后，两人终于能够脱掉狼皮斗篷了，他们用火烧掉了斗篷，以免其他人再被魔法所惑。辛菲特利已经完全长大成人，他尝到了人类的血，已经做好了报仇雪恨的准备。

伏尔松格的复仇

伏尔松格父子从森林中的藏匿之处离开，潜入希戈尔的大殿中。他们躲在一间储藏室里，为接下来的作战进行准备。希戈尔两个年幼的孩子正在大殿内玩黄金臂环，其中一个臂环碰巧滚进了房间，而西格蒙德和辛菲特利正在里面。孩子们发现了两位勇士，便跑到父亲那里警示他，可是西格尼却叱责他们，说他们在编故事。西格尼将孩子们赶出大殿，直接送进西格蒙德手中。她告诉兄长，这两个孩子是背叛者，他们应该死。西格蒙德不想再杀害西格尼的孩子，可是辛菲特利却毫不犹豫，他就地杀害了自己的兄弟，将支离破碎的尸块拖去希戈尔的大殿，面前。伏尔松格父子与希戈尔的扈从展开了激烈搏斗，然而，他们无法靠近希戈尔，反而被活捉了。

由于给他的家人造成了如此可怕的伤害，希戈尔希望伏尔松格父子以最惨烈的方式死去。他决定将他们活埋进土堆，并在土堆中间立一块巨石隔开他们，令他们困于其中，并且无法彼此相伴。在西格蒙德和辛菲特利被埋下去的时候，西格尼设法偷偷往土堆中塞了一包稻草。辛菲特利摸了摸那包稻草，发现了一块猪肉，里面藏着西格蒙德那把著名的剑——多年前他从树中拔出的那件礼物。他们从巨石的两侧握住剑，慢慢地将石头锯穿。伏尔松格父子团结一心，从土堆中挖出了一条路，然后径直来到希戈尔的大殿——他们身上还带着结块的泥土，那本来是埋葬他们的坟墓。伏尔松格父子在大殿中纵火，并拦住了唯一的出口。西格尼来到门口迎接她的哥哥和儿子，但却不肯与西格蒙德一同离去。她坦白了自己为了替父亲复仇所做出的努力：与双胞胎兄长乱伦，杀死自己的孩子，现在又烧死他们的父亲。她说自己不能在耻辱之中苟活：她会向她的丈夫希戈尔展示最后的忠诚，在烈焰之中和他一同死去。说完这些，她转身回到了烟雾中。

辛菲特利中毒

传说西格蒙德返回胡纳兰德，夺回了父亲伏尔松格曾经统治过的国家。他娶了一位名叫博格希尔德的女子，生下一个儿子，取名为赫尔吉。赫尔吉在他父亲的王国中指挥军队，他追随辛菲特利做了许多大事。征战邻近部落时，辛菲特利一直与父亲同仇敌忾，战争大大提升了他的声望。然而，他爱上了一个女人，一个曾经被许配给博格希尔德兄长的女人。不仅如此，辛菲特利还和博格希尔德的族人为敌，杀死了博格希尔德的兄长，将死者的新娘带了回来。博格希尔德假装对辛菲特利赔偿给她的黄金感到满意，可在葬礼上，她坚持要亲自端上麦芽酒。博格希尔德走到辛菲特利跟前，请她的继子喝下她奉上的酒以示诚意。辛菲特利看得出来那杯酒被人动过手脚，他让父亲帮他喝掉——西格蒙德的胃就像钢铁一样结实。博格希尔德又端来第二杯酒，并且嘲笑辛菲特利——不应该由别人帮他喝酒替他盟誓。辛菲特利见到酒很浑浊，于是又请父亲帮他喝掉。等博格希尔德第三次出现时，辛菲特利很清楚这是一杯毒酒，但是西格蒙德已经酩酊大醉了。"喝掉它！"他劝自己的儿子。辛菲特利将杯中酒饮尽，然后倒地而亡。

《奥丁带走辛菲特利的尸体》，约翰尼斯·盖尔茨绘（1883 年）。

西格蒙德悲痛欲绝，几近发狂。他想将儿子的尸首送往他们曾经一起生活和狩猎的森林。西格蒙德让一位老者划船穿过峡谷去往另一端的荒野。可是船上只能载一个人，尸体消失在迷雾中，由戴着宽檐帽的陌生人领航。这是西格蒙德最后一次见到他的儿子。不久后，西格蒙德放逐了博格希尔德，并以一无所有之人的冷漠统治着他的王国。

西格蒙德的失败

西格蒙德年老时找了另一个妻子，一位能够匹配他的伴侣。她叫作赫奥迪丝，她的父亲是一位强大的国王，名为艾力密。艾力密邀请西格蒙德和他的扈从参加宴会，当伏尔松格们抵达时，遇到了另一个求婚者——林格维，他是洪丁之子。艾力密意识到，无论自己选择哪一个，伏尔松格家族或洪丁部落都会找他麻烦，于是他让赫奥迪丝自己做决定。她选择了西格蒙德，尽管他已经年迈，头发花白，他们举行了盛大的婚礼。而那个被抛弃的求婚者林格维，集结了一支庞大的军队征讨西格蒙德，意图彻底击垮伏尔松格家族的荣光。老伏尔松格并没有逃跑，而是和艾力密国王一起迎战。战况激烈，尽管西格蒙德指挥的部队规模比敌军小许多，可他如同一头猛兽般冲在他的战士前面与敌人搏斗，吹响伏尔松格的号角，粉碎入侵者的队伍。长矛和箭矢如雨滴般落下，但是命运女神庇佑西格蒙德，使他免于被攻击，而无数的人伤在他手中。西格蒙德似乎能够战胜一切困难，直到一个人走进这场混战中。来人只有一只眼睛，戴着一顶宽檐帽，他手持长矛穿过屠戮之地时，没有任何武器碰到他。他来到战场的中心，举起他西格蒙德指挥的部队规模比敌军小许多，可他如同一头猛兽般冲在他的战士前面与敌人搏斗，吹响伏尔松格的号角，粉碎入侵者的队伍。

的长矛迎上西格蒙德的宝剑，那把著名的剑就此裂为碎片。西格蒙德意识到自己的好运已经结束了，不久后，战争的巨浪涌向伏尔松格一族。西格蒙德，与他并肩作战的艾力密，还有他们的追随者相继倒下。

战争期间，西格蒙德的妻子赫奥迪丝躲进了森林。夜幕降临后，她在垂死之人和死者身边徘徊，直至找到自己的丈夫。西格蒙德受了致命伤，但还能说话，能够安慰她。他对她说，奥丁使他在许多战役中获胜，那也意味着现在他要前往瓦尔哈拉，加入圣选之列了。他还告诉赫奥迪丝，她怀着伏尔松格家的孩子，她应当把那柄断剑的碎片保存好，以便未来将它重铸：有了它，他们的儿子可以完成闻达于世人的伟业。

赫奥迪丝和她的丈夫在一起待了一整夜，翌日清晨，她仍坐在尸体中间。一支庞大的船队向战场驶来，她很快与侍女交换了衣服，等士兵们靠近时，她假装自己是个女奴。这些士兵是丹麦国王赫尔普雷克所派遣的突击队成员，国王的儿子掌管着这支部队。他们善待女性。赫奥迪丝和她的侍女将丹麦人领到伏尔松格家族藏匿财富之所：那里堆积的珍宝胜过士兵们多年来的所见。她们被带回了丹麦，不过赫奥迪丝的伪装没能持续多久。对比那个穿着高贵的侍女，她更美丽，举止也更为得体。某天清早，她来照料火堆的时候，国王问她，如果天空中看不到星星，她该如何判断回家的时间。赫奥迪丝回答说，她的父亲给了她一枚金戒指，天光破晓之时，戒指的表面会变冷。她并非侍女一事就此暴露。不过，她的高贵血统被人知晓，只会增加她在丹麦人当中的地位。

齐格鲁德的成长

赫奥迪丝生产后，孩子被带到赫尔普雷克身边，国王注意到他有一双敏锐的眼睛。他被取名为齐格鲁德，当他还是个孩子，就在各方面都显示出了卓越的天分。他的养父服务于赫尔普雷克的王庭，那是另一个被流放者——矮人雷金。雷金曾与众神发生冲突，当奥托的赎金被他的兄弟法夫瑞夺走后，雷金逃到了赫尔普雷克国王身边。这位矮人是个熟练的铁匠，他教给年轻的英雄许多有用的东西，譬如语言，还有书写如尼文字的技巧。但是雷金总是盯着被偷走的黄金，没过多久，他就开始催促齐格鲁德帮他找回遗产。雷金计划让齐格鲁德对自己被收养的命运感到不公，于是骑着马去对抗巨龙，从而提升自己的地位。可问题在于，齐格鲁德觉得没有任何必要对自己的地位感到不满。毕竟赫尔普雷克总是满足他的一切要求——为了证实这一点，齐格鲁德向国王索要一匹适合他身材的马，还要配得上伏尔松格的血统。"小英雄，你的要求不值一提，"赫尔普雷克说，"到田野中去，选任何一匹你喜欢的马。"

第二天一大早，齐格鲁德出发了，他遇到一位长胡子的老者坐在河边。老者建议他们将所有的马匹从荒地赶到河里去，他们照做了，可是有一匹马固执地逆流而上。那是一匹从未被人骑过的灰色野马。老者让齐格鲁德将那匹马收为己用，因为它是斯莱普尼尔的后代，再找不到比它更好的马了。经历过许多个冬季的他告诉齐格鲁德，自己的父亲被法夫瑞杀死，贪婪令法夫瑞变成了一条巨龙，而黄金就藏在巨龙位于格尼塔荒原的巢穴中。

人能辨别出那个老流浪汉的真实身份。齐格鲁德刚抓住那匹马，老者就消失了。齐格鲁德给这匹灰色的马取名格拉尼，正如奥丁的预言，它是最好的一匹马。

雷金继续哄骗齐格鲁德去对付巨龙法夫瑞，并要求得到巨龙守护的黄金宝藏。矮人还承诺会在适当的时候将遗产传给齐格鲁德。齐格鲁德觉得雷金对他提出了过高的要求——鼓励他在这么小的年纪就去面对一个如此令人生畏的对手；而且他想知道，为何他的养父对宝藏如此了解。雷金将整个故事告诉齐格鲁德：洛基杀死了他的哥哥奥托，众神从矮人安德瓦里手中夺走黄金作为赎金，他告诉齐格鲁德，自己的父亲被法夫瑞杀死，贪婪令法夫瑞变成了一条巨龙，而黄金就藏在巨龙位于格尼塔荒原的巢穴中。雷金告诉齐格鲁德，自己失去了遗产，被迫离开祖宅去给赫尔普雷克国王当铁匠。他对男孩说了很多，却并未详述与黄金相伴的，还有来自于安德瓦里的诅咒。

雷金重铸残剑

齐格鲁德对养父的境遇感到同情，他请求矮人为他锻造一把能够胜任屠龙重任的剑。雷金送出的第一把利刃，被齐格鲁德在铁砧上敲成碎片。他告诉自己的养父，这种东西没有用。雷金回到他的工坊之中，低声咕哝着，又做了一把剑。第二把剑和第一把下场一样，也在铁砧上变成了碎片。于是齐格鲁德只能求助于

对页图：来自许勒斯塔木板教堂的另一块门板，刻画着雷金为齐格鲁德锻造格拉幕剑。

他的母亲：他向她要来父亲那把剑的残刃——格拉暮——多年前她从战场上将它的碎片收拢起来。见到儿子正逐渐成为一个了不起的人，赫奥迪丝将残剑传给了他。齐格鲁德要求雷金停止修修补补，打造一把真正配得上英雄的宝剑。养子的无礼令雷金非常生气，可他还是按照齐格鲁德的要求做了。他最后一次从炉中抽出剑——那把被重新锻造过的宝剑似乎在燃烧。雷金对齐格鲁德说，假如这把剑还不能令他满意，那自己就不做铁匠了。齐格鲁德第三次以剑击打铁砧，这一次，剑刃完全穿透了沉重的铁块和橡木支架，一直扎进地板。为了测试剑锋，齐格鲁德将一簇羊毛扔进河里，羊毛顺流而下，被放置于下游的宝剑干脆利落切成两半。齐格鲁德对这把剑十分满意，他答应兑现诺言，为雷金从法夫瑞手中夺回黄金。不过，他首先得完成另外一个任务——为他父亲西格蒙德的死报仇。

齐格鲁德要求继承遗产

齐格鲁德跑去找赫尔普雷克国王，请求对方协助自己向林格维，向洪丁的儿子们发起战争。他要让他的敌人们知道，伏尔松格家族的尊贵血统并未湮灭。赫尔普雷克给了齐格鲁德一支全副武装的庞大部队，并且提供船只送他们过海。齐格鲁德驾驶着其中最好的一艘船——它的帆被涂上了赭石色和血红色，以便能从远处一眼得见。起初，船队航行非常顺利，但是即将抵达陆地时，一场大风暴袭来，海水变成了血一般的颜色。狂风卷过，齐格鲁德却并没有将船帆收起，而是下令将它们升得更高，长桨帆船在汹涌的海涛中破浪前行，桅杆吱呀作响，如同人的呻吟。船队驶

过某个海角时，一个孤独的身影从悬崖上向他们招手，并称赞齐格鲁德无人能及。他请求齐格鲁德降下船帆，让他上船。齐格鲁德询问他的名字，他对着风大声地说出了一个谜语作为回答，并且用许多不同的名字称呼自己。这个人刚登上船，风暴立即停住了，船队安全地抵达洪丁之子所在的土地。当齐格鲁德发现那个神秘的老人消失时，他相信自己已经知道老人的真名了。

《维京船》，爱德华·伯恩所作的彩色玻璃作品，琼斯·莫里斯公司制造（1883—1884年）。

齐格鲁德和他的军队登陆后，一路劫掠焚烧，留下遍地焦土。从断壁残垣中逃离的人们来到林格维国王面前，告诉他有一支强大的军队正在这片土地上肆虐，队伍的领头人正是伏尔松格血脉的最后传承者——西格蒙德的儿子齐格鲁德。林格维集结军队、奔赴战场。箭矢和长矛遮天蔽日，斧头从空中掠过，劈开盾牌与头盔。双方都有无数的人倒下，而齐格鲁德和他的格拉暮剑始终立于战场中心。激烈的战斗持续了一段时间，齐格鲁德越过自己的旗帜，深入敌人的队伍之中。格拉暮剑锋利的剑刃将敌人和马匹一起砍倒，齐格鲁德的肩膀和胳膊被鲜血浸透。敌人在他面前不战而逃——他们从未见过这样的勇士。齐格鲁德一路杀到洪丁之子的面前：一击将大王子的头盔和身体劈成两半，然后将他其余的兄弟一个接一个杀光。齐格鲁德赢得了英勇的胜利和大量战利品，他完成了复仇。

齐格鲁德屠龙

　　齐格鲁德回家后不久，雷金再次提起巨龙的宝藏。"你难道不应该履行对养父的诺言，试一试那把剑吗？"齐格鲁德并未忘记自己许下的诺言，他和雷金立即动身前往巨龙栖息的荒原。他们沿着小路来到悬崖边的一个水坑，传说法夫瑞会在此饮水。齐格鲁德注意到，巨龙留下的足印非常大，他有点怀疑，雷金将自己的兄弟形容为"一条个头中等的蛇"是不是实话。雷金向齐格鲁德提出了一个计划：他应该挖一个坑并且躲进去，等巨龙从他身上滑过时，他从可以下面发起攻击，刺穿巨龙的心脏。齐格鲁德对此提出异议——假若他蜷缩在巨龙下方，那么如何才能避免被龙血腐蚀？但是雷金对齐格鲁德说，如果连这样的小事都感到害怕，那他根本不具备他祖先所拥有的勇气。于是齐格鲁德按照矮人的提议开始挖坑，雷金则跑去荒原的藏身处。当齐格鲁德挖坑的时候，一个长胡子老者走近他身边，问他在做什么。齐格鲁德将屠龙计划告诉他，老者给了他一些建议。"在你藏身的地方——这里还有那里——挖一些通道，让龙血能有地方流走。这样你的计划就很合理了。"齐格鲁德觉得老者的提议非常明智，就依照他所说的做了。等他结束埋头苦干，老者已经消失在旷野之中。

齐格鲁德首先注意到的是树上的鸟儿停止了歌唱。有一种声音，仿佛岩石从山坡滚落，巨龙滑行之时，荒原发出爆裂声。齐格鲁德正了正头盔，弯起持剑的胳膊。地坑突然变暗，英雄竭尽全力将剑从灌木丛中刺出，格拉暮锋利的剑尖扎进了巨龙腰部的软肉。法夫瑞的垂死挣扎极为壮观：它的尾巴撞碎了周边的岩石，血液喷涌而出，成为有毒的溪流，令金雀花枯萎，沉入尘土时嘶嘶作响。

巨龙引起的震颤逐渐减弱，齐格鲁德从坑里爬出来。"夺走法夫瑞生命的人，你是谁？来自哪个家族？"巨龙问道，它的声音出奇地清晰，平滑如丝。"我没有家，我被称作高贵的野兽。"一开始，齐格鲁德这么说道，但最终他还是对法夫瑞说了实话，他的名字以及血统，一条垂死的巨龙又能造成什么伤害呢？

即便身处荒原，法夫瑞也曾听闻关于伏尔松格家族的故事，它对齐格鲁德的作为大加赞扬。它说："作为一个没有父亲，被寄养的男孩，你取得了很了不起的成就。""我可能没有父亲，"齐格鲁德回答说，"可是你能看到，这并不曾妨碍我。"

法夫瑞警告齐格鲁德，虽然宝藏能令他坐拥令世人艳羡的财

富，可是那些黄金也会使他和其他任何拥有者丧命。"如果你愿意听我的话，我还要给你一个警告：既然你已经达成了目标，我的兄弟雷金一定会杀了你——我了解我的家人。你最好骑上你的马离开，不要将视线投向安德瓦里的宝藏和安得华拉诺特戒指。相信我。"齐格鲁德在巨龙身上见到了仿佛人类的眼睛。他也明白了法夫瑞临终遗言所揭示出的真相。然而，他还是拿走了黄金。他是一个英雄，每个英雄都渴望财富，直至自己生命的最后一刻。

齐格鲁德炙烤龙心

等到确定自己哥哥已经死去，雷金才从荒野的藏身之所钻出来。"你干得不错，我的养子，"他说，"你今日所为一定会赢得

11 世纪的拉姆森德石刻，描绘着齐格鲁德杀死法夫瑞。

对页图：弗里德里希·威廉·海涅（1845—1921 年）所作，描绘齐格鲁德杀死巨龙法夫瑞的木刻画。

他喝下龙血，当齐格鲁德取下巨龙的心脏，他让养子将龙心放在火上烤。

巨大声望。"但是，见到躺在地上鲜血淋漓的哥哥，雷金又惴惴不安，他两次喃喃低语道："尽管是你杀死了我的哥哥，但我对此也并非全无责任。"这令英雄极为恼火。他一边在草地上擦他的剑，一边提醒雷金：置身于危险之中的是他自己——而且还是在养父的要求之下。"如果没有我锻造的剑，没有人能杀死这条龙。"雷金厉声反驳，"那可说不好，"齐格鲁德冷冷地说，"一颗勇敢的心，无论用什么剑都做得到。"

他们结束了争论。但雷金仍然面露痛苦地盯着他的哥哥。他喝下龙血，当齐格鲁德取下巨龙的心脏，他让养子将龙心放在火上烤。

齐格鲁德将法夫瑞的心脏切成片，插了钎子放在火上烤。他一边炙烤龙心，一边用眼角余光瞥向雷金。火焰的高温让肉开始滴出肉汁，齐格鲁德将手指伸进肉里，想看看它是否熟了。肉汁温度很高，烫到了他。齐格鲁德把手指放进嘴里，当龙血沾上他的舌头，他突然能听懂身旁树上那些五子雀的对话。鸟儿们叽叽喳喳地交流着："看看，齐格鲁德坐在那里，身上溅满鲜血，正为他的养父做饭！他最好是自己把龙心吃掉，然后变聪明点。""看看，雷金坐在那里，正密谋背叛他的养子。齐格鲁德却对此一无所知——他太轻信于人！""齐格鲁德最好是从法夫瑞的巢穴中把宝藏取出来，运往希恩达菲尔，那里的女武神布伦希尔德正等待一位英雄将她唤醒。他应该多为自己着想，而不是凡事先考虑雷金。""假如他杀掉兄弟中的一个，却饶恕另一个，那他活该面对接下来的一切！""砍掉矮人的脑袋，把财富留给自己，齐格鲁

出土于马恩岛的维京时代石质十字架残片，左上角描绘着齐格鲁德用钎子炙烤切片的龙心。

德！这就是我的建议……"

齐格鲁德听到了这一切，他决定不让自己的命运结束在养父手中。于是他拔出格拉暮，砍下了雷金的脑袋。安德瓦里的黄金，矮人不曾享受多久。

法夫瑞的巢穴有一扇敞开的铁门，洞中所有的柱子都是铁铸的。齐格鲁德在里面发现了法夫瑞的恐惧头盔，一件铠甲，还有大量的黄金——多得让齐格鲁德不知道要怎么用一匹马将它们运走。他把黄金堆进两个大箱子里，装上格拉尼的马背。但是等他打算牵着马出发时，格拉尼却一动不动，再也怎么鞭打它也无济于事。直到齐格鲁德跳上马背，动用马刺，格拉尼才小跑起来——它一直在等着主人将自己的重量也加上去。从那时起，黄金就被称为"格拉尼的负担"，但那其实根本算不上负担。

齐格鲁德唤醒女武神

查尔斯·欧内斯特·巴特勒所作的《齐格飞与布伦希尔德[1]》（1909年），晚于古高地德语版本的齐格鲁德传说——《尼伯龙根之歌》。

齐格鲁德按照五子雀的建议，深入希恩达菲尔。他试图唤醒女武神，并向她请教。抵达荒原之巅后，齐格鲁德掉转马头，向

---

1 即齐格鲁德与布伦希尔德。

南前往法兰克人的领地。不久，他们遇到一个火光闪闪的堡垒。齐格鲁德走进堡垒之中，发现那里躺着一个沉睡之人。那人身披铠甲，等她的头盔被拽下后，齐格鲁德才发现那是个女人。她穿戴的锁甲极为紧绷，仿佛咬住了她的身体，齐格鲁德以剑刺穿沉重的锁甲，它像布一样裂开了。

布伦希尔德在黎明中醒来，她对西格蒙德之子齐格鲁德的到来表示欢迎。"别惊讶！"她说，"还有谁会戴着龙的头盔，并且手持法夫瑞的遗物呢？"齐格鲁德询问女武神的名字，还有她为何会被如此囚禁，布伦希尔德说出了她的故事。

"两位国王准备开战，奥丁向其中一位许诺了胜利，但是我偏向另一位国王，并让他赢得了那场战争。作为惩罚，奥丁令我陷入沉睡，宣布我的女武神生涯已经结束——我再也无法左右任何一次胜负，我的宿命就是嫁人。"布伦希尔德尖刻地瞥了一眼齐格鲁德。"在屈从于奥丁的魔药之前，我曾经发誓：只嫁给一个无所畏惧的人。"她环视四周，"我已经睡了很久。"

那时齐格鲁德最想要的是来自女武神的一些建议，她是如此睿智。布伦希尔德给他俩搞来混合了魔咒的麦酒，将关于如尼文字的起源以及如何使用的大量知识教给齐格鲁德——如何书写，如何祈求好运，如何顺利生产，还有如何在武器上刻字以获得战斗胜利。她让他提防酒杯中的毒药，远离试图伤害他的女人，还教导他如何治疗疾病，使海浪变得平静。她告诉齐格鲁德，要在发声和沉默之间谨慎抉择，因为英雄的言语和他的行动同样重要。她还告诉他很多事情：善待他的亲属；不要在会谈时卷入争论而是改日找对方的麻烦；她告诉他不要睡在路边，因为那里栖息着恶灵；别相信自己剑下亡者的孩子，即便是幼狼也会咬人；此外

她告诉他不要睡在路边，因为那里栖息着恶灵；别相信自己剑下亡者的孩子，即便是幼狼也会咬人。

齐格鲁德还必须千万小心，别触怒自己的姻亲——当然，假如他真的要结婚的话。"在我看来，"齐格鲁德说，"我最想娶的女人就坐在我的身旁，最伟大的英雄和最聪明的女武神，难道还会有比这更相配的夫妻吗？"布伦希尔德认同这个提议，他俩郑重宣誓，绝不让任何人插入彼此之间。

齐格鲁德穿戴黄金铠甲，骑着马离开了布伦希尔德，他手持一块饰有龙形图案的盾牌，于是他所遇到的每一个人都能知道他最著名的事迹。人们谈论着他闪闪发亮的武器和头盔，但更加令人印象深刻的是他展现出的姿态：他高高地跨坐在马鞍上，几乎没有人能与他犀利的目光对视。他肩膀宽阔，抵得上两个人并排的宽度；据说他个子很高，从黑麦地中走过时，他的佩剑不会触到麦穗顶端。他是人类之中最强壮的，他的作战技巧和言辞都与英雄的身份相匹配。他知晓即将发生的事，他还懂得鸟儿的语言，很少有什么能使他感到意外。而最重要的是，齐格鲁德勇敢地面对一切危险，无所畏惧——这是衡量一个英雄的标准。

齐格鲁德在不同部族之间旅居多年，他与许多首领一起狩猎、一起战斗，赢得了极大的声誉。这些年里，齐格鲁德曾再次拜访住在养父家中的布伦希尔德，他发现她正在制作一幅金色的挂毯，挂毯上描述着他的英雄事迹，旁边还有一个小孩子在看。那些了解布伦希尔德的人警告齐格鲁德，女武神更喜欢战争，而不是爱情游戏。英雄发现她确实不愿再谈论婚姻。她毕竟是一位盾女[1]，

阿瑟·拉克姆所作，描绘女武神醒来的插画（1911 年），取材自瓦格纳所作《指环王》中的一幕。

1　选择成为战士，与男人一起并肩作战的女子。

天性不允许她放弃铠甲守在勇士国王身边。此外，布伦希尔德还有先见之明——她知道他们注定不会永远在一起。对此，齐格鲁德回复道，他只会与布伦希尔德结婚，除了她，他谁也不要。为了证明誓言，他将安得华拉诺特戒指戴在了她的手上，那是法夫瑞宝藏中最珍贵的一件，奥丁也曾佩戴过。齐格鲁德与布伦希尔德一起共度了几个夜晚，相互重复着对彼此的誓言。为了保护誓言，布伦希尔德在她的大厅周围设置了一道火焰之环，只有齐格鲁德才能通过。

吉乌基家族

齐格鲁德跨过莱茵河来到吉乌基管辖的国度。吉乌基有三个儿子，贡纳尔、霍格尼和古特尔姆。他还有一个女儿，名为古德露恩，她注定要成为许多部族的女王，也注定为许多国王带来死亡。吉乌基的儿子都是久经考验的战士，比其他任何人都更加勇敢。但是，当齐格鲁德身着黄金铠甲走进位于沃尔姆斯的大殿时，所有英雄都黯然失色。吉乌基很乐于在自己的大殿里迎接这样的来客，齐格鲁德和三兄弟很快建立起友谊。他们总是并肩作战，为吉乌基的部族带来荣誉和财富。齐格鲁德告诉三兄弟，他已经和一位女武神有了婚约。可是三兄弟的母亲格里姆希尔德却希望屠龙者能够与吉乌基家族联姻，并将他的黄金带入部族。她设法迷惑了齐格鲁德，使他忘却了自己的誓言，这将为齐格鲁德迎娶她唯一的女儿扫清障碍。事情的经过是这样的：格里姆希尔德在齐格鲁德的酒中下药，令他忘掉对布伦希尔德的爱。接着，王后怂恿她的丈夫将女儿许配给齐格鲁德，并赋予他如同王子一般的权力及地位。齐格鲁德无法拒绝吉乌基的盛情，他与古德露恩很快结婚。古德露恩不仅是齐格鲁德的配偶，和她的丈夫一样，她以意志坚定为荣，而且拥有冷酷的美。他们的孩子叫作西格蒙德，他令伏尔松格的血统得以传承。齐格鲁德分了一些龙心给古德露恩，她吃完后窥见了在未来等待她的事物，因而变得愈加孤僻。贡纳尔和霍格尼对这桩婚姻十分称心：他们发誓会将齐格鲁德视为亲兄弟，并且永远支持他。

古德露恩结婚后，格里姆希尔德将转而关心儿子们的地位。她向贡纳尔提议，是时候结婚了。她心中的新娘人选是布伦希尔德——就是那位和齐格鲁德相互盟誓的女武神。贡纳尔并不反对这桩婚事，布伦希尔德是最美丽的女子，所有人——包括仍然被格里姆希尔德的魔法所控制的齐格鲁德——都鼓励他向她求婚。她应该很难拒绝像贡纳尔这样的英雄。

齐格鲁德骑马穿过火焰

众所周知，布伦希尔德只会嫁给她自己选择的男人，唯有最勇敢的英雄才能穿越火焰之环进入她的厅堂。齐格鲁德和吉乌基家的兄弟们骑马来到荒原，见到黄金的桁架从一半是火、一半是雾的围墙上升起。贡纳尔策马试图冲入火墙，可是他的马在最后一刻退缩了，再怎么哄劝也不肯迈步。贡纳尔只得借来齐格鲁德的马再做尝试，可是格拉尼却转过身来看着自己的主人：假如齐格鲁德不骑在它的背上，它才不会穿过去。

英雄们进退两难。"我们试试这样做，"贡纳尔说，"咱俩交换衣服，变成对方的样子。然后你可以代表我向布伦希尔德求婚。"

于是齐格鲁德和贡纳尔改头换面。齐格鲁德跳上格拉尼的后背，策马冲向火墙。伴随着一声巨响，地面剧烈颤动，齐格鲁德通过时，火焰升上了天空。此前从未有人胆敢跨过火墙，然而齐格鲁德是最勇敢的人，这毋庸置疑。

布伦希尔德坐在天鹅形状的高座上，手中拿着一把剑。"齐格鲁德！"当英雄牵着马儿走进大厅时，她喊道，可是又看了看。"不是齐格鲁德，而是吉乌基的儿子贡纳尔！"齐格鲁德一边说，一边摘下头盔。女武神非常生气。她想将这个莫名顶替的人从原路扔回去。"好吧，无论你是谁，"她说，"我刚刚在加达瑞吉结束杀戮，我不想改变自己的战斗生活。你最好现在就离开。"可是那个自称贡纳尔的男人一动不动。"假如你的确是最勇敢的战士，你知道你必须杀光我的所有追求者，那可不是一两个人。"她接着说。然而英雄仍不动弹。"伟大的女武神，"乔装改扮的齐格鲁德尽量让自己听起来像是吉乌基的儿子，"你不是承诺要嫁给那个能穿越火焰的人吗？难道我不是那个人吗？我竟然不是世界上最勇敢的人吗？"听到这里，他见她变得温柔了。

女武神无法否认他的逻辑，她留他住了三夜。可是英雄坚持在睡觉时将无鞘的剑摆在他们中间，布伦希尔德觉得这一行为非常奇怪。"这是命运的安排，在结婚之前，我们不应该触碰彼此，这把剑在此帮我信守誓言。"齐格鲁德这样回应了布伦希尔德的好奇。当然，齐格鲁德仍被格里姆希尔德的魔咒影响着，而布伦希尔德已经生下了他的孩子，这件事他已经忘记了。

三个夜晚过去之后，齐格鲁德从床中央拿起他的剑，准备离开。他可能认不出自己从前的情人，却认得那枚安得华拉诺特戒

来自瑞典厄兰的维京时代银吊坠，刻画了一位女性，可能是个手持号角的女武神。

"伟大的女武神，"乔装改扮的齐格鲁德尽量让自己听起来像是吉乌基的儿子，"你不是承诺要嫁给那个能穿越火焰的人吗？难道我不是那个人吗？"

指。女武神还在睡着，他将戒指从她的手上摘下，然后换上另一枚属于贡纳尔的戒指。他骑马穿过火焰，回到同伴身边。贡纳尔对事情的发展十分满意，在带着结婚的消息骑马回家之前，他们换回了自己的外貌。布伦希尔德则去见她的养父黑弥尔，她告诉他贡纳尔如何穿过火焰向他求婚，尽管她曾发誓要嫁给齐格鲁德。黑弥尔回答说，现在没什么可改变的了，她必须嫁给贡纳尔，不过他会抚养布伦希尔德和齐格鲁德的女儿，使她免受伤害。那个孩子名叫亚丝拉琪。

布伦希尔德得知被骗

婚宴的日子到了，这将是一个盛大的场面。许多人涌入吉乌基的大殿，来观看庆祝仪式，齐格鲁德也在那里，看着贡纳尔和布伦希尔德彼此宣誓。交换誓言后，这对伴侣坐在一起饮酒，耳鬓厮磨。齐格鲁德的脑子终于摆脱了格里姆希尔德的魔法，他记起了自己和布伦希尔德之间发生的一切。他面色阴沉，却不置一词。

布伦希尔德作为贡纳尔的妻子加入了吉乌基家族，吉乌基的宫廷维持了一段时间的和平。每次在大殿之中见到齐格鲁德，布伦希尔德总是咬住自己的舌头，但她很难掩饰住自己对上一任情人的轻蔑，忍不住想以此激怒古德露恩。某一天，女人们在莱茵河中沐浴，布伦希尔德走入了其他人都未涉足的河水深处。这令古德露恩非常恼火。"你是不是觉得自己很特别，布伦希尔德？你

《布伦希尔德与古德露恩》，安德斯·佐恩绘（1913年）。画作描绘了布伦希尔德惹恼了古德露恩，因为她与其他女子分开沐浴。

为什么不过来和我们一起洗呢？""我完全有权将自己和其他女人分开，"布伦希尔德回复道，"毕竟我的丈夫贡纳尔是这世上最勇敢的英雄。他骑马穿越火焰，完成了不起的壮举，可齐格鲁德却仍然是个无名小卒，只能依靠强大国王的施舍。我很幸运，不用嫁给比自己地位低得多的人。"古德露恩怒不可遏："你最好还是闭嘴，布伦希尔德，不准那样谈论我的丈夫。所有人都知道他是世上最伟大的英雄。"

然后她告诉布伦希尔德真相——齐格鲁德伪装成贡纳尔，骑马穿过火焰，他还偷回了安得华拉诺特戒指交与她。古德露恩将戴在自己手指上的戒指展示给布伦希尔德，这无疑是矮人的杰作——它闪闪发亮，像某种活物一样缠绕在古德露恩手上。布伦希尔德见到这枚沉重的戒指，脸色苍白仿佛一具尸体。她从古德露恩和其他女人身边走开，那一天，她一句话也不说。

布伦希尔德糟糕的情绪令国王吉乌基的大殿变得阴沉，古德露恩认为，这种行径对于她的身份来说极不恰当：这个女人难道不满足于拥有吉乌基家族的所有财富和声望吗？她难道不满意自己所挑选的丈夫吗？齐格鲁德警告他的妻子别再挑衅，可古德露恩并不容易被劝阻，她决心要与女武神分庭抗礼。谈话未能获得什么好结果。"我被骗了，"布伦希尔德说，"嫁给了一个不堪的男人。齐格鲁德背叛了我，自私自利的吉乌基家族欺骗了我。我恨你，古德露恩，是你夺走了与我盟誓的男人，是你分走了属于我的黄金。"

对于古德露恩来说，嫁给自己父亲挑选的男人并没有什么不妥。她觉得齐格鲁德可能只是因为找到了更好的伴侣，从而忘记了他的誓言。布伦希尔德说："我们无法解决这个问题，所以不要再说了。"然而古德露恩看得出来，言语交流无法解决对女武神的背叛。自她们在莱茵河中沐浴那一日起，不幸接踵而至。

那天夜里，布伦希尔德躺上床，不肯起身吃饭或喝水。她的哭泣声、痛苦的呼喊在吉乌基家族的大殿中回荡。齐格鲁德试着和她说话：他掀开女武神的被子，唤她醒来面对阳光。回到他们不久之前正在享受的生活并不难！齐格鲁德告诉她，他理解她的

"唯一能令我高兴的事就是将剑刺入你的心脏——那样你才能体会到我的痛苦。"

痛苦——他爱她，他也受到了欺骗。尽管如此，他们如今能够作为家人，和大家一起生活在吉乌基家族的大殿之中，他对此感到满意，他将悲伤埋在心里。他跟她讲述她现任丈夫所取得的成就，她嫁给吉乌基家族最显赫的王子是多么的荣耀，可是他说什么都没有用。"唯一能令我高兴的事就是将剑刺入你的心脏——那样你才能体会到我的痛苦。"齐格鲁德预感她的愿望很快就会被满足，可是他警告女武神，他们的命运紧密相连——若他因她而死，她也活不了太久。"活着对我毫无意义，"她回答说，"现在我只关心如何为背弃的誓言复仇。"齐格鲁德做了最后一次尝试，试图改变正在启动的命运。他愿成为布伦希尔德的爱人。他要和古德露恩一刀两断，然后迎娶布伦希尔德，履行他曾说出的誓言。为了这个家族不被毁灭，他不惜一切代价。他的胸膛因为激动而剧烈起伏，铠甲就此裂开。"你根本不了解我的个性，"她平静地回答道。"你是最出色的人，而我的誓言是神圣的，补救措施来得太晚了，我不会背叛我的丈夫贡纳尔，可我也不会背弃我的命运。"齐格鲁德只能告诉贡纳尔：他的妻子觉醒了。

布伦希尔德要求杀死齐格鲁德

不久之后，布伦希尔德给贡纳尔下了最后通牒："要么杀掉齐格鲁德，报复他对我所做的那些错事；要么失去我，代替他去死。"贡纳尔很清楚，杀死自己的结义兄弟不会有什么好处，但是他珍视布伦希尔德的爱，胜过其他一切。现在看来，吉乌基家族的荣誉岌岌可危。贡纳尔和霍格尼都曾发誓绝不伤害齐格鲁德，可是他们的弟弟古特尔姆却不受任何誓言的约束。男人们喂给这第三次，古特尔姆见齐格鲁德睡着了，便用剑狠狠地刺向他。齐格鲁德被刺穿，钉在了床上。这个致命的伤口令齐格鲁德无法起身……

个男孩一小块狼肉，还有蛇，帮他壮胆，逼迫他为了家族的荣誉去杀死齐格鲁德。结束所有关于战斗的谈话后，年轻人急切地想要宣泄暴力，然而他两次进入齐格鲁德的房间，都发现英雄睁着眼，眸子在黑暗中熠熠生辉，这令他失掉了勇气。第三次，古特尔姆见齐格鲁德睡着了，便用剑狠狠地刺向他。齐格鲁德被刺穿，钉在了床上。这个致命的伤口令齐格鲁德无法起身，可他总是和格拉暮形影不离，他将伏尔松格家的旧剑扔向正退出房间的古特尔姆，男孩被劈成两半。岁月流逝并未使格拉暮的剑刃变钝。

古德露恩从不安的睡梦中醒来，见到这可怕的一幕：婚床被鲜血浸透，她的弟弟躺在血泊之中死去，吉乌基家族的安宁被打破。齐格鲁德在临死前试图安慰古德露恩，说他并不害怕死亡，他只是遗憾自己不能穿着铠甲等待战斗，像英雄一般赴死。听到古德露恩的哭泣，布伦希尔德只是笑了笑，然而她胜利的呼喊很快就变得毫无意义。所有人都难以理解——她想杀的人死了，为何她却开始流泪。女武神不想再活下去了，她面色苍白，目光越过男人的眼睛。布伦希尔德抬起胳膊迅速地刺了自己一剑，结束了自己的生命。在鲜血流出身体之前，她告诉贡纳尔：那三个夜晚，齐格鲁德和她分别睡在剑的两边，他从未背叛过他的结义兄弟，他只是背叛了她。之后，她以女武神所独有的姿态，对吉乌基家族的命运做出了预言——死亡和暴力即将来临，他们的血脉即将断绝。

布伦希尔德的最后一个要求是和齐格鲁德一同被火葬，要像

查尔斯·欧内斯特·巴特勒对"维京勇士之死"的浪漫描绘（1909 年）。

生前那样，在他们之间摆一把剑。奴隶、随从还有猎鹰都作为祭品，摆在他们旁边的柴堆上。说完这些后，她胸前的伤口开始发出嘶嘶的声响，她的话语变得断断续续。齐格鲁德被放在巨大的柴堆上，他那还是婴孩的儿子也在他的身旁。火势最旺之时，布伦希尔德耗尽最后一点气力走进火堆，躺倒在齐格鲁德身侧。女武神布伦希尔德与屠龙者齐格鲁德的生命就此终结。可是只要人们还有记忆，齐格鲁德的名字就会在北方被永远铭记。

传闻布伦希尔德直接骑马去了冥府海拉，任何人与事都无法阻止她奔向齐格鲁德的身旁，即便是从地底冒出、挡住她去路的穴居女怪也不例外。"你为什么来这里找其他女人的丈夫？"岩石巨人嚷道，"你造成的痛苦还不够吗？"然而布伦希尔德骄傲地抓着缰绳，有所选择地对穴居女怪说了几句话。这位女武神生前可能无法得到伏尔松格的王子，可是死后却决不会被拒绝——没有人能阻隔他们相聚。

古德露恩与匈奴人阿特利

吉乌基家族如今处于何种境地？贡纳尔和霍格尼继承了安德瓦里的黄金，可古德露恩却痛苦得发疯，逃进了森林。她只想迷失在林间，成为饿狼的食物，可是，这样死去并不是她的命运。她沿着动物的足印漫无目的地游荡了几个月，最后发觉自己身处丹麦。哈尔夫王国一位名为索拉的贵族妇女收留了她。古德露恩和索拉一起编织了一幅挂毯，上面描绘着齐格鲁德和伏尔松格家族的过往。这对古德露恩的悲伤加以渲染，却也帮忙减轻了她的痛苦。贡纳尔和霍格尼耗费了七年时间才发现妹妹还存活于世。他们迅速派出了一个使团，带上红色皮草和黄金，试图对她做出补偿，是他们令她失去了丈夫。格里姆希尔德也来了，她给了古德露恩一杯掺杂着符文和苦味草药的酒，用以减轻她的哀痛。于是古德露恩变得更加容易被摆布。她同意再次结婚，嫁给匈奴人阿特利，然而，被药物所控制的她仍然意识到，用一桩婚姻来消除长久的仇恨，将是一个可怕的错误。越过水域，穿过匈奴的广袤土地，古德露恩被带到了阿特利的大殿。婚宴十分奢华，阿特利向他的新婚妻子敬酒，尽管古德露恩的脸上挂着坚定的微笑，可她的心思却不在新婚丈夫身上。

古德露恩和阿特利的婚姻从一开始就不曾有过爱情，阿特利很快就被不祥的噩梦侵扰。他见到神圣的芦苇从他祖先的领土上格里姆希尔德也来了，她给了古德露恩一杯掺杂着符文和苦味草药的酒，用以减轻她的哀痛。于是古德露恩变得更加容易被摆布。

被拔出，覆满献血，摆在他的桌上。他见到两只猎鹰从他的手上飞起，落入海拉；他见到幼兽因为疼痛和糟糕的饭食嚎叫；他见到自己躺在床上，无法起身应对他的敌人。为阿特利的梦境做出解释时，古德露恩没有拐弯抹角——她丈夫的宿命之中，没有什么幸福可言。

随着他们的关系不断恶化，匈奴人的首领开始思考，他和齐格鲁德的遗孀联姻究竟有什么好处。除了还佩戴在他妻子手上的金戒指外，他没有分得任何巨龙的宝藏。古德露恩的兄弟们把所

古德露恩凝望大海，大海拒绝将她吞没。

有黄金都留给了吉乌基部族，按理说，那些黄金是她的，也应该是他的。夜里，阿特利闭上眼睛，在眼皮后看到了沾血的黄金，并且感受到了它所带来的力量。于是阿特利招来麾下的将领，他们想出了一个用鲜血赢得赎金的计划——他们将邀请吉乌基家族参加阿特利大殿中举办的宴会，假装给予他们作为姻亲的荣誉，然后亮出武器。

一个叫作文吉的男人被选为使团领队前往莱茵河畔。他将珍宝作为友谊的象征带给吉乌基家族，并邀请他们参加在阿特利大殿中举办的庆典。古德露恩设法将狼毛系在黄金戒指上以示警告。她还给她的哥哥们写了如尼文，可是却被文吉发现并且篡改，以至于收到讯息的吉乌基兄弟感到困惑：这到底是问候还是警告？霍格尼的妻子科斯特贝拉比这对兄弟都更擅长破译如尼文，男人们和匈奴客人喝过酒，躺在床上打呼噜，她却坐在炉火旁琢磨如尼文的意思。忽然之间，她明白了那些被改变的字母之下藏着什么。清早，她摇醒了自己的丈夫，告诉他："我知道古德露恩想告诉你的信息了：这个邀请很危险，你疯了才会去。"然而她睿智的话语却对吉乌基兄弟产生了反向的效果。如果阿特利想伤害他们……好吧，这是对他们男子气概的挑战，作为英雄必须接受！科斯特贝拉只能摇头叹息。

贡纳尔和霍格尼骑马前往阿特利的王庭

兄弟俩要求给他们端上最好的酒，并且不顾妻子的抗议，宣布他们将向东而行，对匈奴人展示吉乌基男人的气概。无论命运如何，他们都将骑马前往阿特利的王庭，而黄金会留在莱茵河畔。

他们的扈从为主君的勇敢欢呼呐喊——他们是真正的男人！兄弟俩带着一小队勇士骑马离开据地，眼中充满对战争的疯狂喜悦，却无视身后之人的哭泣。文吉带他们来到船边，兄弟俩像托尔一样划船涉水——弄破了船架，撕开了木料，他们急切地想找到阿特利，看看他到底策划了什么阴谋。抵达陆地时，他们甚至懒得将船拖上岸，这两兄弟没想过他们还需要返程回家。当他们逼近阿特利的驻地，见到一群人正列队准备战斗，而文吉开始嘲笑吉乌基人，他们如此急切地接受了阿特利的邀请。"你们很快就会像奥丁那样被吊在绞架上摇晃，并且成为乌鸦的养料，"使者说，"这是你们自找的！"兄弟俩以斧背回应使者，将他打死在城墙下，然后骑马穿过大门——那扇门像一张嘴将他们吞噬。

阿特利亲自在据所迎接吉乌基人的到来，他表示，假若他们肯和他一起分享齐格鲁德从法夫瑞那里赢来的黄金，他愿意与他们和平相处。吉乌基兄弟却无意为自己的生命支付赎金，贡纳尔直截了当地回复说："只要我们还活着，匈奴人就休想得到那些沾血的黄金。不过我看到盘旋于胡纳兰德的老鹰似乎饿着肚子——我们为什么不停止废话，让它们尝尝真英雄的肉？"战争拉开了序幕，箭雨如同愤怒的毒蛇一般落在吉乌基人的盾牌上。古德露恩听到了战斗的声音，她穿着锁甲，手持长剑从大殿中走出。她穿过阿特利的队伍，跑进她兄弟们的阵地，向匈奴人开战。她像个男人一样奋勇作战，挥舞着锋利的剑，迎面痛击敌人。吉乌基人防守极佳，战斗持续了大半天，人们倒地流出的鲜血令地面变得湿滑。战斗蔓延至大殿内，阿特利的弟兄们被吉乌基人的剑刃送入了海拉——考虑到付出的代价，匈奴人不可能为那一天的战斗感到高兴。

兄妹三人最终在战斗中分散。贡纳尔被制伏，成了俘虏；古德露恩也被匈奴人控制住。霍格尼继续在大殿的另一端狂野地进行防御，最终被击倒之前，他给许多人留下伤口。阿特利精疲力尽，双眼通红，他下令剖出霍格尼的心脏。不过有一位长者劝阻了国王，他建议最好是剖出一个奴隶的心脏，然后告诉贡纳尔，他的兄弟已经尖叫着死去。霍格尼试图为奴隶求情，但匈奴人的刀很快，奴隶发出可怕的尖叫声。然后，这颗心脏被放在一个盘子里，送到大殿另一端的贡纳尔面前。可是，贡纳尔却对着那颤抖的器官发出了嘲笑。"将我兄弟的心带来，而不是奴隶的胆怯之心！"他大喊道，"吉乌基人的心脏永远不会颤抖。"这一次匈奴人真的对霍格尼动手了。面对屠杀，霍格尼纵声大笑——那是让英雄们难以忘怀的声音。贡纳尔见到那颗属于他兄弟的心脏骄傲地立在盘子上，他满意地笑了。"现在你们已经杀了霍格尼，我也即将死去，你们永远也找不到齐格鲁德的黄金。它们将永远供给莱茵河的人们，而不会成为阿特利士兵手臂上的饰品。"

　　阿特利令人将贡纳尔的双臂绑在背后，并将他扔入蛇坑，古德露恩只能送上一架竖琴帮助自己的哥哥。贡纳尔用脚趾弹奏出美妙的音乐，一时之间，蛇群都被迷住了。只有一条蛇，一条又老又丑的蝰蛇不曾被迷惑，它钻到贡纳尔的胸膛上，在他心脏附近咬了一口，吉乌基的最后一个儿子也死了。吉乌基人的死亡让阿特利付出了巨大代价，而他距离齐格鲁德的黄金也越来越远。更加糟糕的是，他的妻子曾和他的部下对战，而他又忍不住用古

……但匈奴人的刀很快，奴隶发出可怕的尖叫声。然后，这颗心脏被放在一个盘子里，送到大殿另一端的贡纳尔面前。可是，贡纳尔却对着那颤抖的器官发出了嘲笑。

许勒斯塔木板教堂的另一扇门板（约 1200 年），描绘着贡纳尔在蛇坑中用脚趾弹奏竖琴。

德露恩兄弟的惨死嘲笑她——选择失败的一方是何种滋味？古德露恩假装受到了惩罚，并接受了阿特利为她兄弟死亡所作出的赔偿，可是吉乌基的女儿只是装装样子罢了。她的复仇必会到来，那将撼动整个王国。

古德露恩的可怕复仇

古德露恩是筹办庆功宴的关键人物，她忙着组织仆从，与客人亲切交谈。在兄弟们被杀害、家族被羞辱之后，她变得如此温柔，阿特利觉得很高兴。宴会一片喧闹，美酒从明亮的杯中淌出。古德露恩见时机已到，她溜到王子们——她和国王所生孩子——

玩耍的房间，将他们抱入怀中。"我的孩子们，今夜你们必须死去。我渴望报复你们的父亲，只有你们的鲜血才能令我的仇恨平息。"孩子们并未反抗，但他们警告母亲，如果她杀死他们，将会蒙受恶名。古德露恩割开了他们的喉咙。

　　阿特利醉了，他要了一些新鲜的甜食和酒。古德露恩给他端上美味的肉片，看着他如饥似渴地大口从杯中喝酒。国王一边进食，一边询问他的孩子们去了哪里，为什么他不曾听到他们玩闹的声音。阿特利吃完后，古德露恩告诉他一个让人难以接受的真相：酒里混着他孩子的血，甜美的食物是他孩子的肉。她的话音刚落，大殿的高凳上便传出巨大的呻吟声。古德露恩倚在阿特利身边说："你再也无法把孩子们抱在膝上，也不会看到小王子们在院中给长矛镀金，为马儿梳毛。你现在能感受到我的失落吗，阿特利？你能理解我对匈奴人的深深仇恨吗？对于你这样一个残忍的国王来说，再重的惩罚也不为过。"阿特利将吉乌基的女儿当成怪物，并判处她被石头砸死。可他的随从被这恐怖的一切吓呆了。阿特利坐在那里喝得酩酊大醉，可是送出戒指的人却睡不着。阿特利醒来时，发现古德露恩的剑插在自己的胸膛之中，床单吸满了他的血。现在，国王经受了她的全部复仇。

　　"作为你的妻子我受尽折磨：我在你的王庭中被卷入斗争，被激怒，被迫看着自己的兄弟死去。然而其实最令人痛苦的是，我曾经嫁给齐格鲁德——他是男人们的首领，可如今我每天早晨都要在一个平庸之辈的床上醒来。不过我会给你最后的荣誉——我会用华服包裹你的尸体，让这个大殿成为你葬礼的柴堆。这是我起码能做到的事。"古德露恩喊醒仆人们，瓜分了阿特利的财宝，然后点燃了大殿。勇士们仍睡在长凳上，他们从骚乱局面和呛人烟雾中惊醒，并在火焰蔓延时彼此攻击。于是古德露恩将杀死她哥哥的人送入了地府，终结了吉乌基人和匈奴人之间的冲突。

思瓦希尔德和乔蒙雷克

古德露恩已陷入杀戮深渊，她不想继续活下去了，她走到海里，抱着石头想让自己沉底。可是，命运女神对她另有安排。她被海浪带到了乔纳库尔的领土，她嫁给了国王并生下三个儿子。她与齐格鲁德的女儿——思瓦希尔德，也来到了乔纳库尔的大殿中，在那里长大成人。思瓦希尔德有一双和父亲一样的蛇眼，古德露恩用匈奴人的黄金为她装扮，她仿佛太阳一般闪闪发光。

思瓦希尔德到了结婚的年纪，哥特人的国王乔蒙雷克派出了一个由儿子兰德尔作为代表的使团向她求婚。思瓦希尔德与乔蒙雷克订了婚，古德露恩虽然对此有所疑虑，却找不到任何拒绝此事的理由。思瓦希尔德登船坐上尊位，使团启程回国。返回哥特人领土的旅途并不短暂，在此期间，兰德尔与思瓦希尔德成为了恋人。使团回到家乡后，乔蒙雷克的仆从、野心勃勃的比基，很快将兰德尔与思瓦希尔德的亲密关系告诉了乔蒙雷克，国王勃然大怒。"吊死他！"他喊道。爬上绞刑架之前，兰德尔送给父亲一只猎鹰——他拔掉了它身上所有的羽毛。国王收到这只猎鹰时，明白了这条讯息的含义：杀死自己的儿子是一种伤害自己的行为，会令他的家族支离破碎。等他意识到这一点已经太晚了——比基仓促地完成了宣判，而兰德尔已经被绳索吊住喉咙，在风中摇晃。比基认为准新娘应当以更可耻的方式死去——看到这个光彩照人的女子被马踩踏而死，国王的怒火一定能被平息。然而，被思瓦

《古德露恩的掌上明珠 ——思瓦希尔德》，安德斯·佐恩绘（1913年）。

希尔德锐利的目光凝视着，即便是野马也不愿靠近。于是她的头被套上一个袋子，马群不再恐惧，用他们的蹄子将齐格鲁德的女儿踏碎成泥。

古德露恩最后的复仇

思瓦希尔德被杀害的消息传入古德露恩耳中，她将自己和乔纳库尔所生的几个儿子叫来身边。他们名为哈姆迪尔、速尔利和埃尔普。古德露恩严厉地叱责他们，说他们胆小，没有及时为姐姐的死报仇。涉及到家族事务，他们的舅舅贡纳尔和霍格尼绝不会如此犹豫不决。哈姆迪尔还记得，古德露恩对她那密谋杀死齐格鲁德的哥哥们并没有那么推崇，而且她自己在愤怒之中杀过阿特利的孩子们——这些与哈姆迪尔同母异父的兄弟本来可以帮助他们的家族对抗哥特人。"你失去了你的女儿思瓦希尔德，现在你还要将我们送往冥府。我很怀疑这能给你带来多少安慰。"说完这话，兄弟们已做好准备，骑上他们的马，眼中燃烧着战火。古德露恩为他们制作了铠甲，使哥特人的刀刃无法伤害他们，可是，在孩子们离开国境之前，她先失去了其中一个。最小的埃尔普用令人费解的方式谈论着他能给予兄长们的帮助，他们认为他毫无用处，便将他打死了。因为这个缘故，古德露恩之子的力量减弱了，头脑也变得迟钝，尽管他们在乔蒙雷克的大殿中出其不意地砍下了他的手脚，却让他活了下来，若埃尔普还活着，则会令乔蒙雷克永远沉默。

虽然受了致命伤，但乔蒙雷克还能呼吸，还能活着迎接一位走进大殿的独眼老者。老者似乎对战斗毫不在意，他拉开兜帽，你失去了你的女儿思瓦希尔德，现在你还要将我们送往冥府。我很怀疑这能给你带来多少安慰。

小声对垂死的国王说话，于是乔蒙雷克知道了如何杀死吉乌基男孩的秘密。咽下最后一口气之前，乔蒙雷克命令部下用石头砸死那兄弟俩，因为铁器无法伤害他们。于是兄弟俩在哥特人的大殿中遭遇了自己的人生结局——哈姆迪尔在一个角落，速尔利在另一个角落——正如奥丁所作出的判决，吉乌基家族就此覆灭。被留在世上的古德露恩，仿佛是冬日里一棵光秃秃的树木，叶子一片又一片地掉落。她为吉乌基家族完成了复仇，击败了自己所有的敌人；她也亲历了两大家族的消亡。可这一切都无法挽回齐格鲁德，也无法令她从痛苦中解脱——她只能眼睁睁地看着一切发生。现在她要堆起火葬的柴堆，看看命运女神是否最终能够允许她离开这个世界，与她所有失去的亲人团聚——不过，吉乌基的女儿会受到怎样的迎接，她自己并不确定。

民间英雄和骗子

Folk Heroes and Tricksters

07

齐格鲁德可能是奥丁的后裔，高贵胜于其他勇士，但他并非唯一一个声称与众神之父有所关联的北欧英雄。拉格纳·洛德布洛克和好战的亚丝拉琪；巨人斯塔克德、盾女赫沃尔和惹祸精海德瑞克；冰岛英雄埃吉尔·斯卡拉格里姆松，他们都和奥丁打过交道。他们对于战争和诗歌的热爱，或是对于未知恐惧的抵抗，有助于帮奥丁达成目标。这些传说中的英雄甚至拥有独眼神所具备的一些特征：他们敢于犯错，在战斗中得心应手，却也残酷狡猾，言语犀利。他们中的一些人甚至会在奥丁的游戏中向他挑战——这正是他教授他们的。

拉格纳尔·洛德布洛克的传奇

亚丝拉琪

伏尔松格家族的齐格鲁德在忘记誓言、迎娶古德露恩之前，曾经与女武神布伦希尔德有一个孩子。他们的女儿名叫亚丝拉琪，

对页图：《黑弥尔国王和亚丝拉琪》，奥古斯特·马姆斯特罗姆绘（1856 年）。

布伦希尔德的养父黑弥尔将她当作自己的孩子抚养长大。齐格鲁德与布伦希尔德一同被火葬时，亚丝拉琪只有三岁。她的养父知道会有人寻找这个孩子，于是做了一把巨大的竖琴，竖琴中间是空的：他将自己最珍贵的财产和年幼的亚丝拉琪一起藏了进去。之后，他作为一个流浪乐师踏上了旅程。只有在远离人群住所的地方，黑弥尔才允许亚丝拉琪到处玩耍，不过亚丝拉琪牢牢记得，一旦有人从路上向他们走来，她就必须立即藏进竖琴中。她为自己不能继续从前的生活感到哀伤，不过黑弥尔的竖琴弹得很好，她很快就不哭了。

这样的生活持续了好几个月，直到黑弥尔和亚丝拉琪一路来到挪威。某天夜里，他们来到一个偏远的农场。农场主人是一对性情乖戾的老夫妇，名叫亚基和葛莉玛。黑弥尔介绍说自己是个穷乐师，问他们能不能在那里留宿。老妇人勉强同意让这个饱经风霜的客人在火炉边取暖，等她的丈夫回来。炉火在竖琴上闪烁，老妇人仔细端详那柄琴，发现琴的底部露出昂贵的布料——这令她产生了怀疑，这位流浪乐师和他看上去的模样可能有所不同。

葛莉玛给黑弥尔送上食物，见他快要睡着，又将他带到谷仓，给他铺了一张稻草床。她的丈夫回家后，老妇人将自己的怀疑告诉了他。"我敢肯定，睡在咱们谷仓里的那个人曾是个有钱的大英雄，可他现在只是个睡着的老人家。我相信你能对付得了他，我的丈夫。"葛莉玛的话极具说服力，于是亚基从椽子上取下斧头，走了一小段路穿过庭院，趁着黑弥尔还在打呼噜，砍中他的头部。黑弥尔的垂死挣扎几乎将谷仓震垮，不过亚基安全地退到了外面。

老妇人急切地想知道竖琴里藏着什么，等她打开竖琴，不但发现了一堆金币和华服，还发现了幼小的亚丝拉琪。那女孩一句话也不说。"我们现在怎么办？"她的丈夫问道。"我就知道这件事不会有什么好结果。""我来告诉你咱们该怎么办，"葛莉玛回答道，"我们把这个小哑巴当成自己的孩子养大。她会被喊作"乌鸦"，她能帮咱们完成所有最难的家务。我们得剃光她的头发，把焦油涂在她的头皮上，让她看起来跟我们一样丑。没人会注意到。"

拉格纳尔与龙

亚丝拉琪在贫困中长大，与此同时，另一个高贵的女孩在瑞典的戈塔兰长大，她的父亲是一位强大的公爵[1]，将所有财富供她挥霍。这个女孩名叫索拉，长得极美，就像一头小鹿。她住在邻近父亲大殿的一栋小房子里，每天父亲都会送给她一个新玩具。某天，父亲给了她一条漂亮的蛇，她将蛇藏进金箱子里。不久后，这条蛇待在黄金旁边变成了一条龙，它越来越大，将自己缠在了房子上。没有人敢接近它。这条龙每顿饭都得吃一头牛，公爵觉得这是一个无法承受的负担。他承诺，如果谁有足够的勇气杀死这条龙，就能获得他的黄金宝藏。

所有的戈塔兰人当中，没有一个英雄敢于面对这样的挑战，但是丹麦的土地上有一个名为齐格鲁德·赫林的国王，他的儿子拉格纳尔——一位王子，尽管还很年轻，却已经是个著名的海盗，既聪明又强壮。某一日，拉格纳尔叫人给自己做了一套奇怪的衣服：它全都是毛，还在沥青里煮过。到了夏天，他将衣服藏在甲板的箱子里，出发去劫掠。没过多久，为了躲避风暴，拉格纳尔

---

1 原文中的"Jarl"是指排名仅次于国王的斯堪的纳维亚人贵族称号。

龙痛苦地扭动身躯，喷射出具有腐蚀性的血液，拉格纳尔转过了身，用那套被沥青浸透的衣服保护自己。

的小舰队停靠在一处峡湾，那正靠近索拉的住处。拉格纳尔没有跟任何人说他的计划，一大早他就带着一支长矛，还有那套奇怪的衣服从船上溜了。离开海滩前，他在沙子里打滚，于是那套浸透沥青的衣服整个儿被砂砾裹住了；他还将长矛顶端的钉子取了下来，于是矛头便松垮地连着矛柄。拉格纳尔径直走近索拉的住处，那条龙正盘卷着围住房子。他毫不迟疑地将长矛刺进龙的背部，用力一拧，于是矛头断开了。龙痛苦地扭动身躯，喷射出具有腐蚀性的血液，拉格纳尔转过了身，用那套被沥青浸透的衣服保护自己。索拉听到可怕的骚动，从屋里跑来出来。她穿着睡衣震惊地站在那里，而拉格纳尔为她背了一首诗。这位英雄后来被称作拉格纳尔·洛德布洛克（毛裤拉格纳尔），因为他穿了一条被沥青浸透的毛裤，不过他并没有一直站在那里接受祝贺，而是继续前行。

索拉从拉格纳尔的诗中得知，他才 15 岁，除此之外她对这个奇装异服的男人一无所知。索拉建议她的父亲发起一次集会，命令该地所有的男人都前来参加——她认为屠龙者可能会为了获得奖励而来，带着那根可以嵌合上断矛头的矛柄。集会召集了一大群人，矛头被依次传给每一个人，直到被递进年轻的拉格纳尔手中——他和其他人一样，从船上被喊了过来。英雄承认那是他的失物，并展示出无头的矛柄作为证明。拉格纳尔向索拉求婚，希望将之作为他屠龙的酬谢，公爵非常高兴见到女儿嫁给这样一位勇士。那个夏天，在一场奢华的婚宴之后，拉格纳尔带着索拉回到了丹麦，他们在一起很多年，统治国家，彼此忠诚，生了两个健壮的儿子——雅各纳尔和埃里克。可是，托尔突然死于某种疾病，那时她还很年轻，拉格纳尔对她的离世感到心烦意乱，他不愿在失去她之后继续治理国家。他又恢复了外出劫掠的老习惯，并且发现自己还没丢掉这个本领。

拉格纳尔和亚丝拉琪

拉格纳尔的海盗生涯让他走得很远很远，他从不在一个地方停留很久。某个夏日，他前往挪威探亲。风力很弱，于是他决定将船泊在一个僻静的港口，准备口粮，等待情况好转。他派出仆从去寻找烤面包的地方。他们发现林木线外的一座房子冒出了浓烟——被老夫妻当作女儿养大的亚丝拉琪正生活在那里。葛莉玛仍然喊这个年轻的女孩叫作"乌鸦"，不准她洗脸甚至梳头。即便如此，她的美貌也很难掩饰。她看到船只驶入港口，便将自己收拾干净然后跑回家，丝滑的长发垂到她的脚踝边。拉格纳尔的仆从们并不相信，这样一个可爱的女子会是那么粗暴的老夫妻的女儿。他们总是盯着乌鸦看，以至于面包都烤煳了。等他们回到船上，拉格纳尔很不高兴。他表示自己要亲自估量一下这个姑娘是不是真的那么可爱，于是他派人送出了一个奇怪的邀请。"告诉她，如果她像我的第一任妻子索拉一样美丽，那么我想娶她，带她离开艰难的生活。不过你还得告诉她，"他继续说道，"她必须这么来找我：既不穿衣服也不赤身裸体，既不吃饭也不挨饿，既不孤单一人也不与人结伴同行。如果她能做到这些，我保证一定会保护她。"

"乌鸦"——齐格鲁德的女儿，与她的狗结伴，以渔网作衣服，脚边放着一颗被吃了一半的洋葱。玛腾·埃斯基尔·温格绘（1862年）。

拉格纳尔的人去往亚基和葛莉玛的农场，乌鸦迎接了他们，她确实像仆从们所说的那么漂亮。拉格纳尔的人告诉她，伟大的英雄拉格纳尔渴望得到她的陪伴，然后复述了他出的谜题。"他一定疯了！"葛莉玛说道，可是乌鸦告诉他们，她会考虑一下他的要求，并在第二天前去拜访。第二天清晨，乌鸦醒来后拿起了养父的渔网，将自己赤裸的身体盖住。"现在我既没有光着身子，也没有穿着衣服。"接着她吃了一个洋葱，她盘算着这根本算不上一顿饭，不过它仍然能够减轻饥饿感。最后，她带着心爱的狗做伴，"这样一来，我不算孤身一人前往，也算不上有人陪伴。"

乌鸦就这样来到了船上，她解决谜题的方式给拉格纳尔留下了深刻的印象。她的头发像金子一样闪闪发光，他必须承认这是他所见过的最美丽的女人。拉格纳尔向她鞠了一躬，可是乌鸦的狗却咬住了他的手。为此，拉格纳尔的人将这可怜的动物勒死了。虽然乌鸦履行了这桩协议，可是拉格纳尔却违背了自己的诺言——他曾说会保护她。拉格纳尔建议乌鸦留在船上，和他一起回国然后嫁给他，可是乌鸦不屑一顾。"你还是按照计划向北航行吧，如果你冷静下来以后，还认为娶一个农妇作为妻子是明智的，那就回来找我。"她甚至不肯接受一件曾经属于索拉的金丝衬衣。"对于一个习惯了放羊，叫作乌鸦的女人来说，金衬衣并不合适。"她不顾拉格纳尔的反对回家了——没有带上她的狗。

拉格纳尔继续扬帆远航，但他并没有改变主意。他回来找到这个名叫乌鸦的女子，重新对她许下婚姻的诺言。这一次，乌鸦顺从了，她收拾好自己仅有的几件东西，向还躺在床上的老夫妇道别："我还记得你们杀死我的养父黑弥尔，没有人比你们更应该受到惩罚。可是我不会杀你们，因为我们在一起生活了太长时间，你们几乎是我仅有的认识的人。但是我要说，从今以后，你们的生活将一天比一天更坏，你们最终必定迎来最糟糕的结局。"乌鸦离开了，然后再也没有回来。

第二天清晨，乌鸦醒来后拿起了养父的渔网，将自己赤裸的身体盖住。"现在我既没有光着身子，也没有穿着衣服。"

回国的途中，乌鸦拒绝了拉格纳尔与她同床共枕的请求——直到正式结婚之前，她始终拒绝。婚宴结束后，乌鸦让拉格纳尔再等三个晚上，并提出要先向奥丁献祭，再与拉格纳尔共度新婚之夜。对此她解释说："我有预感，如果我们过早结合，可能会生下一个无骨的孩子。"拉格纳尔无视了她的担忧，还是同她睡了。九个月后，乌鸦生了一个极为英俊但是没有骨头的孩子——正如他母亲所预见的那样。这个孩子被称作无骨者伊瓦尔。尽管身体羸弱，他仍将建立功勋。这对夫妻还有好几个孩子：比约恩，瓦特金，还有罗格瓦尔德。他们是最优秀的战士，在战场上总是听从哥哥伊瓦尔的安排。他们成年之后，带着拉格纳尔的祝福和一队维京人离开家乡，去寻找荣誉和财富，他们的故事已成为传奇。

至于亚丝拉琪，或者说人们所知道的乌鸦，她不曾透露自己的亲生父母是谁，拉格纳尔仍然认为自己美丽的妻子是农民的女儿。一年夏天，他拜访了一位叫作埃斯泰因的强大瑞典国王。埃斯泰因在位于乌普萨拉[1]的大殿之中举办了盛大的宴会。他们是好朋友，而且埃斯泰因国王有一个美丽的女儿，叫作英吉布乔格，她对拉格纳尔青睐有加。宴饮结束后，拉格纳尔的仆从劝他向英吉布乔格求婚。对国王来说，娶一位高贵的妻子比娶一个农民的女儿更为合适。拉格纳尔同意了，但是他说这桩婚姻得等到明年夏天。回程的路上，他告诉手下，别再提起这桩婚事，他会等合适的时机再告诉乌鸦。

乌鸦用一种奇怪的眼神跟拉格纳尔打招呼："瑞典那边有什么消息，我的丈夫？"她问道。"没什么值得一提。"拉格纳尔答道。

---

1 瑞典古都。

至于亚丝拉琪，或者说人们所知道的乌鸦，她不曾透露自己的亲生父母是谁，拉格纳尔仍然认为自己美丽的妻子是农民的女儿。

整个晚上，他的妻子都问着同样的问题，得到的都是不变的答案。最后她说道："所以你不觉得自己和另一个女人订婚是新闻？"她已听说了一切，不是从他的部下那里，而是从栖息在附近树木上的三只鸟儿那里。乌鸦终于将自己的血统告诉了拉格纳尔："比起把我当作奴隶养大的那对老夫妻，我真正的父母更有名一些。我想你应该听说过伏尔松格家的齐格鲁德和女武神布伦希尔德吧？

奥古斯特·马尔姆斯特伦所作，描绘乌鸦拒绝拉格纳尔建议的插画（约1880年）。

227

我的真名叫作亚丝拉琪，有一个方法可以证明我的血统。我怀孕了，这个孩子有一个标记，能让人认出他是齐格鲁德的外孙——他的眼睛里会有一条小小的龙。如果我说的事情发生了，希望你能解除和英吉布乔格的婚约。"拉格纳尔几乎没有立场争辩：如果亚丝拉琪是齐格鲁德的女儿，那么这桩婚姻很有价值。孩子出生了，他确实拥有一个有别于其他男孩的标记——他眼中有一个棕色的蛇形。这孩子转过脸，不看拉格纳尔作为命名礼物送给他的黄金。后来，他被称作蛇眼齐格鲁德，屠龙者的孙子，奥丁的后裔。拉格纳尔信守诺言，解除了与埃斯泰因国王之女的婚约。

拉格纳尔缺席了婚宴，埃斯泰因觉得十分丢脸，于是宣布自己不再是丹麦人的朋友。拉格纳尔和第一任妻子的孩子们，埃里克和雅各纳尔认为，劫掠瑞典人的时机已经成熟，并且他们也确实取得了一些成果。然而，他们不曾考虑到埃斯泰因的魔法，更没有考虑到圣牛西毕嘉，它在队伍面前奔跑，咆哮声逼得战士们发狂。瑞典人拦截了拉格纳尔的儿子和他们的部下，那头牛则发出可怕的吼叫，导致维京人开始自相残杀，除了雅各纳尔和埃里克。他们勇敢地面对着这不可逆转的战局，雅各纳尔被杀了，埃里克被俘虏——他选择了被长矛刺死，而不是接受埃斯泰因提出的和谈。

拉格纳尔儿子们的死讯传来时，国王本人还在国外。乌鸦立即催促她的儿子们为同父异母的哥哥们报仇，尽管他们听说过圣牛西毕嘉，并不愿意面对这样的巫术。亚丝拉琪率领部队从陆地穿行，她的儿子们各自组织一支舰队奔赴瑞典。与此同时，埃斯泰因发出了战争之箭，召集兵士组成了一支强大的军队。两军遭遇后，结果似乎和从前一样，圣牛西毕嘉大声嘶吼，将丹麦人逼

对页图：崔维斯·费米尔在历史剧《维京人》中扮演拉格纳尔·洛德布洛克。

他们勇敢地面对着这不可逆转的战局，雅各纳尔被杀了，埃里克被俘虏——他选择了被长矛刺死，而不是接受埃斯泰因提出的和谈。

疯。可是伊瓦尔对此早有准备，他带着一把结实的弓。拉格纳尔的无骨之子被众人抬着，将两支箭放在弦上，直射向那头正在冲锋的母牛的眼睛。伤痛让圣牛更加愤怒，于是伊瓦尔令人将自己扔到圣牛的背上，他的重量像石头一样将牛压垮。西毕嘉死后，丹麦人不再自相残杀，而是将注意力转向瑞典人，埃斯泰因的军队被击溃。亚丝拉琪回国将胜利的消息告诉拉格纳尔，她的儿子们则朝着另一个方向出发，突袭南方的富裕城市，他们在那里大获全胜。

拉格纳尔死于英国

伴随着一次又一次的成功征伐，拉格纳尔之子的名望越来越盛。拉格纳尔担心自己的声名可能会被掩盖，于是决定亲自远征。他下令建造两艘巨大的远洋船，它们比从前人们见到的任何船都要大。周边的部族见到拉格纳尔·洛德布洛克的备战工作，都在海岸边加倍警戒。然而这位英雄想去更远的地方——漂洋过海前往英国。亚丝拉琪认为他应该组建更大的舰队以提高取胜的概率，但是拉格纳尔坚持只要两艘船——一个女人哪知道怎么去西方赢得威名？离开前，亚丝拉琪给了拉格纳尔一件用一根白发织成的衬衫，并告诉他，这件衬衫被施过魔法，如果他记得穿着他，血就不会流出来。拉格纳尔接受了这件礼物——其实他更应听从她早些时候的建议。

拉格纳尔前往英国的旅途伴随着狂风，尽管他的部队得以装备齐全地登陆，但那两艘大船却毁了，他们无法返航。拉格纳尔带人袭击农场和要塞，几乎不曾遇到抵抗。当时英格兰最强大的人是一位名叫埃拉的国王，听说维京人正肆意践踏他的领土，他召集了国内所有的勇士，前去与拉格纳尔战斗。埃拉的军队人数远胜于拉格纳尔带领的小队，可是拉格纳尔却不怯于和对方开战。埃拉听说过拉格纳尔那几个著名的儿子，他担心因为杀死他们的父亲而被报复，于是命令部下尽量活捉敌军的首领。然而拉格纳尔只穿着妻子送给他的那件衬衫，身上没有任何东西能区别于他的手下。战况十分激烈，尽管人数悬殊，拉格纳尔将他的长矛掷向敌人的头盔和铠甲，一次又一次地截断埃拉的队伍。但最终他的追随者们被杀，他被盾牌圈包围，被迫对埃拉国王投降。拉格纳尔拒绝透露自己的姓名，埃拉命令将俘虏扔进蛇坑，看他是否会松口。

拉格纳尔坐在那里，周围全是蛇，却没有一条伤害他。埃拉手下的智者怀疑这个不会被刀刃或蛇牙伤害的男人并不是伟大的维京英雄。他仍然拒绝开口，埃拉命令剥去俘虏的衣服，看看蛇群会不会为之而动。没有了那件衬衫之后，拉格纳尔失去了对蛇的防御，它们将牙齿深深地嵌入他的身体。坐在蛇坑中的拉格纳尔开始流血，他抬头看着国王，最后，他说："猪仔们见到大猪的遭遇，一定会尖叫。"

拉格纳尔背了一首诗，列举了他所参与的战斗和著名胜绩。一切结束后，国王怀疑这个死在蛇坑中的男人不是别人，正是拉

战况十分激烈，尽管人数悬殊，拉格纳尔将他的长矛掷向敌人的头盔和铠甲，一次又一次地截断埃拉的队伍。

格纳尔。他的血液中流淌着对儿子们的冰冷思念——他们渴望战争，他们是奥丁的后代，他们正起航为父亲报仇雪恨。埃拉国王看向灰色海面，他的担心是正确的，可那又是另一个故事了，而拉格纳尔的故事就此完结。

斯塔克德

斯塔克德是另一种类型的英雄：一个有人族血统的巨人，注定要活三世。据说他出生时有六条胳膊，雷神砍掉了其中四条，让这位英雄看起来不那么吓人，而且雷神厌恶看到一个巨人成为自己父亲的战士[1]。斯塔克德是一个不折不扣的奥丁式的英雄，他致力于在战斗中追求荣耀。他不关心其他的神，也不关心出身低微的人；他无法容忍奢侈和轻浮的人，也蔑视弗雷信徒的柔弱娇气。斯塔克德不仅是一名优秀的战士，也是一位诗人，拥有奥丁赐予的语言天赋。像众神之父一样，有时他会欺骗与他最亲近的人——尽管他对其他人的要求保持了最高标准。即使是最伟大的英雄也有缺点。

国王威卡尔的牺牲

斯塔克德的祖父是一个巨人，他生活在挪威高山上的某个瀑

对页图：拉格纳尔在埃拉国王的蛇坑中吟诵死亡之歌，《法国人民史》中的插画（约1860 年）。

---

[1] 传说斯塔克德是奥丁的养子，奥丁给他的生命是凡人的三倍。他受到奥丁的偏爱，也被托尔憎恨。他的生命里既有优待也有冷遇，既有善行也有恶行。

布旁边。传说他从亚尔夫海姆绑架了一位公主，于是托尔杀了他作为报复。斯塔克德的父亲在阿哥德的哈拉尔德家族中过得还不错，但斯塔克德还是个小婴儿的时候，这位父亲就被烧死在自己的房子里。于是斯塔克德由哈拉尔德国王抚养长大，和国王之子威卡尔一起接受照看。哈拉尔德的王位被赫斯乔夫窃夺后，斯塔克德被交给一个叫作"马毛"葛拉尼的人照料，这个人实际上是乔装打扮的奥丁。大块头的男孩年轻时是个懒汉，他的义兄不得不把他从床上拽起来，好一起为哈拉尔德国王之死报仇。威卡尔终于把斯塔克德拉了起来。他对斯塔克德的身材感到吃惊，也惊讶于对方才 12 岁就已经蓄须。斯塔克德很快证明自己是最勇敢的人，也是威卡尔的得力伙伴：他们共同推翻了赫斯乔夫，征服了周边部族，并且远袭东方——斯塔克德受了重伤，换一个人可能会因此倒下，可他在那里杀死了基辅国王。威卡尔国王的统治和作为战争领袖的声誉得到巩固，斯塔克德是他的勇士，是他的得力助手。

　　这种局面持续了很多年，威卡尔总能获胜，斯塔克德也得到了丰厚回报，直到有一年的夏天，威卡尔国王决定带领军队前往霍达兰。因为无风，舰队被困在一群小岛附近。国王的谋臣们决定向奥丁献祭一名战士来获得有利的风向。所有人都参与了抽签，威卡尔国王抽中了死亡之签。于是所有人再试了一次，威卡尔国王仍被标记为献祭者。众人对此极为震惊，他们选择暂时将此事搁置。

　　夜里，斯塔克德被他的养父"马毛"葛拉尼叫醒，对方将英雄招到一艘小艇上，然后驶往附近的一个岛屿。斯塔克德看到十二个宝座摆在森林的一块空地上，其中一个是空的，"马毛"葛拉尼走上前坐了下去。聚在一起的判决者们以奥丁这个名字迎接斯塔克德的养父。

"我们在此决定你的命运，斯塔克德，首先，我预言你将活得非常久，确切地说，是常人寿命的三倍。"另一位判决者在黑暗中发声："那么我保证斯塔克德将在每一次人生都犯下可怕罪行。"说话的是托尔，他不愿见到拥有巨人血统的人得到这样的祝福。奥丁又说："我裁决他在每一场战斗中都获得胜利和声名。""我诅咒他每次都受伤。"托尔答道。"我赋予他诗歌的技艺，他能以别人最快的说话速度来作诗。""我要说的是，一旦诗歌吟诵出口，他就什么都记不住！""命中注定他会得到所有贵族的赞扬和尊敬。"奥丁说。"然而平民会仇恨他！"托尔回答说，他越来越激动。

斯塔克德的判决就此结束，他的养父护送他离开那个神圣之所。"我帮了你的忙，我的养子，延长了你的生命，给了你这些礼物，现在我要求一些回报。把好战的威卡尔国王给我送来，我们这么做……"

《海图》[1]（局部），奥劳斯·马格努斯绘（1539年）。图中举着符文板的人即北欧英雄斯塔克德。

---

1 第一张提供了细节和地名的斯堪的纳维亚半岛详图。

斯塔克德在天亮前回到船上，其他人醒来后得知威卡尔的得力助手想出了一个计划。"我们得假装牺牲国王，既然这是奥丁想见到的。"于是他们将威卡尔国王带到附近的一个岛上，并找到一棵很高的树。然后斯塔克德取出了一头小牛的肠子，将它挂在树枝上做成一个套索，请国王站过去，把肠子套在脖子上。"我会用这根芦苇戳你，将你献给奥丁，这样就完成了献祭。"威卡尔同意了——这一切看起来很无害。可那芦苇是奥丁给斯塔克德的，它被戳向国王时变成了一支长矛，刺穿了他的身体。小牛肠绷紧了，靠向紧绷的柳树，弯曲的枝条向上摆动，将倒霉的国王拉到空中。于是献祭真的完成了，威卡尔国王落入奥丁手中。这是托尔所预言的第一件恶行，为此，所有被威卡尔庇护的平民都憎恨斯塔克德。

勇士的一生

杀害威卡尔国王后，斯塔克德加入一队维京人远袭俄罗斯。俄罗斯人试图在地上撒满钉子来阻止他们前进，维京人换上木底鞋，对敌人的据点发起猛攻，抢走大量财物，塞满了所有的船只。斯塔克德迅速成为一个富豪，当这群维京人的首领丧生在战斗之中，他暂时停止劫掠，和弗雷的儿子们在瑞典待了七年。乌普萨拉有一座信奉弗雷的神殿，他们在那里献祭，在清脆的铃声中进行古怪的仪式。斯塔克德越来越讨厌这种生殖崇拜的轻佻和毫无男子气概的舞蹈，他切断了和他们的联系，加入了另一支向西去往爱尔兰的突袭队。斯塔克德听闻都柏林的国王非常喜欢演员和小丑，他的吝啬臭名昭著——他曾以一双新鞋奖励一名战士，却拿掉了鞋带。难怪这位国王在维京人袭击时很快就撤离了战场。

然而斯塔克德注定要在参与的每一场战役中受伤，一位勇敢的战士将这位巨人英雄的头皮撕成两半，他的额头上留下了一个溃烂的伤口。维京人进入都柏林劫掠财富时，斯塔克德特意将所有的演员和小丑聚集在墙外，侮辱并殴打他们。他认为这些家伙的轻浮行为令人厌恶。

关于斯塔克德的第一段人生还有什么可说的？他加入了斯拉夫人的军队，镇压了东部叛乱。在俄罗斯，他击败了一位名为威辛的强者——也有人说那是个巫师。在拜占庭，他和一位从无败绩的巨人摔跤，将对方掀翻在地。后来，斯塔克德在丹麦附近遭遇海难，被弗洛西国王救起——他被认为是最伟大、最慷慨的国王。斯塔克德作为弗洛西国王的勇士，与一个名为哈马的撒克逊人对战。哈马藐视斯塔克德的年纪，差点在搏斗中击败了这位英雄——他用有力的拳头将斯塔克德击倒在地。可是斯塔克德很快恢复，用剑将撒克逊人劈成两半。这件事为他赢得了巨大荣誉，还为他换来了丹麦的土地以及六十名奴隶的恩赐。

维护丹麦人的高水准

后来，一个名为斯维廷的撒克逊人背叛杀害了弗洛西国王，他在一次宴会上烧死了丹麦的统治者。弗洛西的儿子英戈尔德继承了王国，他想与撒克逊人，与斯维廷的儿子们交好。英戈尔德和他的父亲完全不同，他享受着纵酒狂欢的生活。他的王庭充满罪恶，斯塔克德无法接受，于是出走去了瑞典，可他仍远远地关注着弗洛西家族，不惮干涉他们的事务。有一日，斯塔克德听说弗洛西的女儿赫尔佳与一个出身低微的金匠有染，而英戈尔德对

斯塔克德注定会在每一次战斗中获胜。插画来自奥劳斯·马格努斯的《北方民族史》（1555 年）。

此不闻不问。斯塔克德伪装成乞丐，跟踪金匠进了他的作坊。他发现，这个平民竟然敢要求国王的妹妹为他篦出阴毛中的虱子，还胆敢将手伸进她的长袍内。赫尔佳认出了房间角落中披着斗篷的人，那是她父亲的老勇士，她的面颊涨得通红。斯塔克德再也无法忍受，他刺伤了试图逃离的金匠，正伤在他的阴部。斯塔克德认为这样的伤害对一个色狼而言，比死亡更丢脸。

不久后，一个合适的求婚者出现了，他名叫赫尔基，从挪威乘坐一艘金紫色的帆船来向赫尔佳求婚。这个年轻人表现很好，可是英戈尔德国王却心血来潮，让他向其他追求者发起挑战。赫尔基同意了，可他并没有意识到自己必须一个接一个地与九兄弟车轮战。对他来说这是一场不公平的战斗，但他能怎么办呢？现在已经没有退路。赫尔佳记得斯塔克德始终是弗洛西家族的朋友，他能给出一些好建议，所以赫尔佳让她的求婚者赫尔基到瑞典寻找那位老勇士。斯塔克德立即同意前来帮忙成全这桩事情。老英雄抵达英戈尔德王庭后，受到了九兄弟的嘲笑。他们还像野狗一样做出鬼脸、喷出鼻息。斯塔克德更加下定决心要给他们一个教训。

决斗之日到来的清晨，赫尔基还睡在赫尔佳的卧室里，斯塔克德动身前往决斗之所——他喜欢提前出发。和年轻的挪威人不同，这位老战士躺在雪堆里等待，赤身裸体，冰雪盖上他的肩膀。与此同时，九兄弟还聚在决斗场的篝火旁，冻得瑟瑟发抖。

太阳升上天空，约定的决斗时间到了，可是九兄弟没有见到赫尔基的踪影，只看到一个赤裸的人躺在雪地中。他们问斯塔克德是否会代表赫尔基与他们搏斗，以及他是否愿意一个接一个地与他们对战。"我通常会把狂吠的狗聚一起对付。"斯塔克德一边回答，一边从野兽般的臂膀上拂去积雪。

斯塔克德在第一波攻击中杀死了六个对手，但是最后三个更难处理，击溃他们之前，斯塔克德受了至少十七处伤。英雄的肠子从腹中流出来，尽管伤势严重，可他仍然拒绝了想要帮忙的三位路人：一个路过的管家，他不愿和他打交道；一个车夫，他嘲笑他娶了个女奴；一个仆佣，他让她走开去找她哭哭啼啼的孩子们。直到一个正直的农民提供帮助时，斯塔克德才同意坐上他的马，从决斗之所前往英戈尔德的宫殿——在斯塔克德看来，劳作于田地之间算是能够被接受的一种职业。

返回英戈尔德的王庭，斯塔克德有一笔账要算：赫尔基并未在决斗中出现，代表挪威人而战。如果说还有什么比懦弱更令斯塔克德恼火，那就是懒惰。他砸开赫尔佳卧室的门，质问赫尔基为何在做爱而不是战斗。赫尔佳警告过赫尔基，假如斯塔克德怒气冲冲地出现，那就先下手为强。年轻人朝着门口那个庞大的身影扑去，用剑刺伤了斯塔克德的前额。他本想再来一次攻击，但赫尔佳插手了，她拿着一块盾牌挡在了老人面前。斯塔克德对这一幕点点头，鲜血涌进了他的眼睛：这是一对高贵的夫妻，不惧战斗，他原谅了他们的品行不端。

他对英戈尔德却没有这么宽容。英戈尔德仍统治着丹麦，将之视为寻欢作乐之所。斯塔克德还注意到，弗洛西的儿子与撒克逊人达成了和解。更为糟糕的是，英戈尔德竟然将杀父仇人的儿子奉为座上宾，还娶了一位撒克逊王后。斯塔克德知道这是个没骨气的家伙，决定提醒弗洛西的儿子履行职责。他背着一捆木炭出发，表明他想要点燃复仇之火，但是他抵达时，王后不准他坐上长凳，因为害怕煤灰蹭脏家具。斯塔克德无法忍受宴会上那些盛在银盘中的精致外国美食，他认为腌肉是堕落的极致。他将礼物——一根昂贵的黄金发辫扔到王后脸上，继之前的侮辱之后，她是妄想令他失去男子气概吗？乐声甜美又舒缓，可是对斯塔克德的影响如同对一块石头：他向吹笛子的人扔了一块骨头，让对方安静。

"你怎么了，老头儿？我们的好客难道不合你的意吗？"英戈尔德一边在丰盛的食物中打嗝，一边问道。听到这话，斯塔克德再也忍不住了。他站起来，面色阴沉如同暴风雨将至，他对英戈尔德的放纵发出了警告："难道你忘记了，作为一个儿子，首要职责就是报复杀害他父亲的凶手吗？你竟然坐在这里，用食物款待那些本该死于你剑下的人。"据说，老人还背诵了一首诗，严厉地斥责了英戈尔德的行为，以至于这个丹麦人为之触动，拿起剑砍

《布拉佛利尔之战》（局部），奥古斯特·马姆斯特罗姆（1829—1901）绘。

倒了在座的撒克逊王子们。弗洛西的儿子终于找到了他先祖的勇气，他在宴会桌上洒下鲜血。老英雄斯塔克德对他这一天的工作极为满意。

斯塔克德回到瑞典，在他漫长的暮年，丹麦王位从一个统治者传给另一个统治者。在此期间，命运令他犯下第二件恶名昭著的罪行：在丹麦人和瑞典人的对战中，因为陷入笼罩全军的大恐慌而逃走了。当然，斯塔克德很快就弥补了之前的错误。尽管年事已高、伤痕累累，但他在挪威贵族奥罗麾下找到了一个光荣的位置，加入瑞典人一方，参与了伟大的布拉佛利尔之战[1]。

瑞典人和丹麦人之间的冲突酝酿了很长一段时间，因为奥丁在齐格鲁德·赫林[2]和他的叔叔"战牙"哈拉尔德[3]之间播下了欺骗的种子。有的人说，老国王找了一个借口开战，好让自己持剑赴死，进入瓦尔哈拉。布拉佛利尔之战的备战工作历时七年，大洋彼岸的部族和雇佣兵也投身其中，他们的长矛遮天蔽日。许多英雄的名字在那场战役中被铭记，斯塔克德在瑞典人的前线奋战，据说他杀死了许多哈拉尔德的勇士，还砍断了盾女拿着丹麦旗帜的手。另一名女战士猛砍在斯塔克德的脸上，以至于他不得不咬住胡子避免下巴掉下来。老英雄一瘸一拐地从战斗中走出，肺在他胸口支棱着，脖子上有一道极深的伤口，手上少了一根指头。斯塔克德制造出的尸体支离破碎，一团巨大的红色烟雾从被屠杀者热气腾腾的伤口冒出，弥漫战场。"战牙"哈拉尔德在战斗中被他的车夫击倒，死于自己的击棍之下——据说那个车夫是奥丁伪

---

1 瑞典人和丹麦人的宏大战争，最终瑞典人获胜。
2 瑞典国王。
3 丹麦国王。

装的，他带着属于自己的人去了瓦尔哈拉。在斯塔克德的帮助下，齐格鲁德·赫林取得了胜利。

斯塔克德之死

斯塔克德漫长人生中最后一件不名誉的事也许是他人生中最糟糕的一件事。布拉佛利尔之战期间，奥罗曾指挥舰队在前线作战，他被齐格鲁德·赫林任命为西兰岛[1]的统治者。斯塔克德为奥罗服役多年，这位老战士是王室军队中最受信赖之人。但是作为国王，奥罗严厉地统治着被征服的丹麦人，于是很快引发了反抗的声音。十二位丹麦的部族首领聚在一起，密谋推翻国王的最佳策略。他们贿赂斯塔克德，拉他加入叛乱，一旦得到机会就立即

---

1 位于丹麦东部。

杀死国王。趁着奥罗洗澡，斯塔克德进入了国王的房间，然而奥罗敏锐的目光令他停下了脚步，他强壮的四肢都陷入麻痹。据说奥罗的一瞥能使最勇敢的英雄动弹不得，可是他太过信任自己的老朋友斯塔克德了，他用一块布蒙住脸，想听听这位老英雄要说什么。一旦摆脱奥罗的凝视，斯塔克德便抛开了顾虑，将剑刺进赤裸的国王的喉咙。虽然这次行动给斯塔克德带来了一大笔黄金，但他很快对这样一次懦弱的谋杀行为感到悔恨。他杀死了密谋者的首领，以减轻自己的悲痛。然后他将那笔酬金装进一个小口袋，挂在脖子上，发誓要把它支付给自己的刽子手。

斯塔克德现在年老体弱，视力减退，他在腰带上绑了两柄剑，拄着拐杖出发，去找寻自己生命的归处。他在路上遇到一个农民，对方嘲笑老人的两把剑："你肯定能给我留一把！"斯塔克德让农民靠近一些，好收下这把剑作为礼物，然后他迅速地将剑刺了出去：他从来不是能够容忍鲁莽无礼的人。一些骑在马背上的猎人觉得冲向这位老人将他吓死是件有趣的事，可是斯塔克德用他的拐杖将他们从马背上打下去，在他们躺倒的地方杀了他们。他们的同伴，一个叫作哈瑟的人，骑马走向斯塔克德，认出他就是那个头发花白的英雄。

两人以诗歌交流：斯塔克德像老人们常做的那样，叙述自己的光辉岁月；而哈瑟则侮辱这位曾经强大的英雄和他日渐衰弱的体格。最终斯塔克德意识到，自己面对的是一个出身高贵的人，一个还算说得过去的诗人。于是他将佩剑交给年轻人，请求对方杀死自己："幼苗被滋养，古树被砍伐，这理所应当。"老人还提醒哈瑟——他在不久前刚刚杀了自己的父亲，以此促使哈瑟发动攻击："孩子，请高高兴兴地结束我的生命。如果你能砍掉我的脑一些骑在马背上的猎人觉得冲向这位老人将他吓死是件有趣的事……

袋，并趁着它落地之前，跳到它和我身体之间的地方，那将获得
一项新的技能——你会变得刀枪不入。"哈瑟照做了，将斯塔克德
的头从脖子上切下，可他没有试图跳到对方身体下方。这是他的
运气，因为斯塔克德庞大的身体猛地砸在地上，如果他那么做了，
就会像斯塔克德所设想的那样被压死。据说老英雄的头颅用牙齿
咬着草地，死后仍像生时一样凶残。英雄斯塔克德的三段人生就
此终结，他为奥丁服务，活得比整个王朝还久，他从不饶恕任何
过错，即便犯错的是他自己。

赫沃尔和海德瑞克

魔剑提尔锋 [1]

托尔的锤子妙尔尼尔，弗雷的闪闪发亮的野猪，奥丁的长矛
冈格尼尔，还有希芙的金发……所有这些都出自矮人之手，他们
锻造金属的技艺举世闻名。矮人们还在中庭为一位国王铸剑，那
把剑名为提尔锋。提尔锋在所有剑之中最为锋利，它出鞘时，闪
耀如同阳光穿透云层。但是提尔锋有一个特殊属性：它一旦出鞘
必然会造成伤害，而且这伤害不死不休。提尔锋在每一次战斗中
都赢得胜利，然而，即便剑锋上热血未干，它也必须尽快入鞘。

---

1 也被称作斩裂剑，传说是噬主之剑。

提尔锋被传给了一个了不起的维京人，他名叫安格里穆，定居于博姆岛。安格里穆有十二个儿子，都是最凶残的狂战士。长子名为安根提尔，他带领弟弟们奔赴战场，凶悍残暴，无往不胜。他们恶名昭著，无人敢反抗。他们总是为所欲为，兄弟中有一个想得到瑞典公主英吉乔歌。他在她的父亲——瑞典国王面前宣布自己要娶她为妻，一个男人从座位上跳了起来。这个男人是"慷慨者"贾马尔。"别将您的女儿交给这个捣乱鬼，"他恳求道，"无论他怎么威胁您。把她交给我吧——多年以来我一直倾心于英吉乔歌。"国王左右为难，于是将选择权给了女儿。她选择了贾马尔而非一名狂战士成为自己的丈夫。安根提尔兄弟无法忍受这种屈辱，他们在萨姆索岛上向贾马尔发起挑战：胜利者将赢得一切。

贾马尔和他的结义兄弟奥瓦尔－奥德在预定之日一起出发前往萨姆索，他们将侍从留下看守船只，自己去搜索小岛。他们离开后，安根提尔和他的狂战士兄弟们也到了，对贾马尔的船只发起了疯狂的袭击。他们咆哮着砍向维京人，任何盾牌都无法抵挡他们。屠杀掉贾马尔所有的侍从之后，狂战士们脱离了狂暴状态，无精打采地站在剑前，此时，贾马尔和奥德出现在地平线上。两位英雄向筋疲力尽的狂战上发起猛攻，那一夜，前往瓦尔哈拉加入奥丁麾下的人，究竟是他俩还是安格里穆的十二个儿子，还未可知。奥德与这群兄弟中的十一人对战，屡战屡胜，然而贾马尔与安根提尔的战斗却极为艰难——安根提尔拔出了闪耀的提尔锋，尽管贾马尔杀死了安根提尔，可是却被对方伤了十六次——提尔锋所留下的伤口，只一处便足以致命。奥德与他垂死的朋友道别，并妥善安葬了那些狂战士——他将他们和所有的武器一起埋进土中。安根提尔仍然紧握着提尔锋。

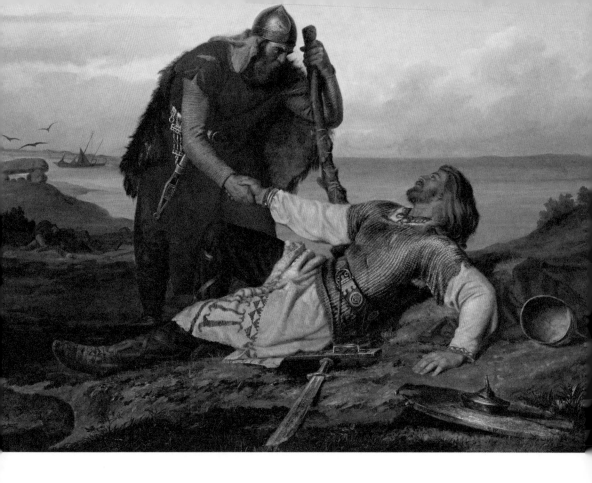

马丁·埃斯基尔·温格的画作（1866 年），描绘了奥瓦尔 — 奥德和贾马尔相互道别的场景。

盾女赫沃尔

安根提尔的遗孀名为斯娃法，她的父亲毕加玛尔公爵，统治着拉格达湖周边的土地。怀孕的斯娃法在不久后生下一个漂亮的女孩，名为赫沃尔。赫沃尔拒绝成为一位知书达理的公主，她喜欢练习剑术和弓道，而不是端坐着做针线活儿。公爵试图制止她，可是每当被制止参与战斗，赫沃尔总会逃进森林中，向旅行者发起袭击，造成更大的伤害。等她得知自己的父亲并非别人，而是了不起的英雄安根提尔，以及他被葬在萨姆索岛，再也没有任何人与事能够阻挡她。她加入了一个突击队，全副武装、向西而行，她很快成为了这支维京团队的首领，在战斗中发号施令。

最终，赫沃尔带着她的船来到了丹麦，并停在了萨姆索岛。人们都不愿意踏足此处，因为传言有邪恶生物常常出没于此，可是赫沃尔坚持要在能看到坟冢的地方抛锚。日落时分，她独自划船上岸，向一个牧羊人打听自己父亲安根提尔的坟墓。他给出了不祥的回答：“维京姑娘，我建议你在大地裂开、火焰照亮亡者的家园之前离开。这不是天黑后该去的地方。”可是赫沃尔并不畏惧土堆下的居民，她朝着最远处闪烁着光亮的石冢走去。

经过许多被金红色光芒照亮的土堆，赫沃尔来到了安根提尔和他兄弟们的坟前。她并未被岬角上突然燃起的火焰吓退，她念了一首诗，将自己父亲从坟墓中唤起：“醒来吧，安根提尔，从腐烂的土地和树根的紧拥之中醒来！鬼魂无需昂贵的铠甲和头盔，更不需要矮人德瓦林锻造的宝剑。”

听到她的话语，坟堆裂开，火焰跃上天空。“你为何要从坟墓中召唤我，我的女儿？海拉的大门已经打开，整个岛都在燃烧。如果我是你，会尽快逃回船上，这里没有属于你的东西。”

但赫沃尔站在那里，双手叉腰，低头盯着她的父亲。她的眼中闪烁着地狱之火。“我要你的剑提尔锋，父亲，在得到它之前，我不会离开。”“你是个傻瓜，女儿。我不知道世上有哪个女人胆敢挥舞一把将贾马尔置于死地的利刃，你在自找苦吃，而这将会毁掉我们整个家族。”

然而安根提尔无法拒绝赫沃尔的要求，毫无疑问，这个凶狠的女子是他的女儿，那把剑属于她。两人就此分别：安根提尔回到坟墓，继续长眠；而赫沃尔在黑暗之中穿过火焰，返回船上，发现她那些勇敢的下属都逃走了。

惹祸精海德瑞克

赫沃尔的突袭活动持续了一段时间，她在格林特灵平原之王古德蒙德麾下效力。最终她回到养父身边，放弃了海盗生涯。她嫁给了古德蒙德国王的儿子霍弗德，他们有两个儿子：一个用了她父亲的名字——安根提尔，另一个叫作海德瑞克。安根提尔成长为一个讨人喜欢的人，可海德瑞克恰恰相反，然而他的母亲对于不听话的次子总是心软。兄弟俩成年时，举办了一场宴会，海德瑞克未被邀请，但他还是来了。他引起了各种各样的麻烦，尽管哥哥为他挺身而出，可海德瑞克还是被要求离开宴会。海德瑞克琢磨着更多的恶作剧：他在大殿外的阴影中徘徊，向站在屋檐下谈话的人扔了一块石头。等他跑过去看自己的石头惹出了什么事，发现地上躺着自己已经死去的哥哥安根提尔。海德瑞克被迫离开了自己的祖国，但是，在出发前，他的母亲将提尔锋交给他，并告诉他这把剑的力量。在被流放之前，他的父亲给只有十几岁的儿子提出一些建议：他告诉这位年轻的英雄，不要帮助杀人犯；不要让自己的妻子过于频繁地探望家人；不要为更有权势的人抚养儿子。海德瑞克当场决定要跟父亲对着干——毕竟他还只是个十几岁的孩子。他一出门就将黄金给了两个在路上遇到的杀人犯，这能给他父亲那样的老人家一点抗议。

不久，海德瑞克就游历到了国外，在哥特人的土地上与一位老国王交往。因为年岁增长，这位国王对自己国家的控制已被削

来自丹麦的一个银镀金女武神／盾女像

弱，两个叛乱的公爵给他带来很大困扰。海德瑞克带着一支远征军惩罚了叛乱者，并用自己的剑杀死了那两个公爵，他率军凯旋，从国王那里得到了土地和随从作为奖赏。海德瑞克还迎娶了国王的女儿，和她生下一个儿子。这个孩子名为安根提尔，与他的伯父还有曾祖父同名。孩子还很小的时候，王国发生了一场大饥荒，一位强大的女巫决定以这片土地上出身最高贵的男孩作为祭品献给奥丁——想要安抚如此苛刻的神明，这是唯一的办法。现在有两种选择——出身最为高贵的男孩，要么是海德瑞克之子，要么是老国王之子。海德瑞克的父亲再次试图干预——他建议海德瑞克献出自己的儿子，但是，作为这种牺牲的回报，他应要求集会上的每个人都效忠于他。海德瑞克仍然不准备听从父亲的意见：他要求每个人都对自己效忠，可一旦得到对方的承诺，他就召集他们向老国王发起攻击。那是一场宏大的战争，而海德瑞克取得

克里斯蒂安·戈特利布·克拉岑斯坦 — 斯图（1783—1816）的画作，描绘赫沃尔唤醒了父亲安根提尔的鬼魂。

那是一场宏大的战争，而海德瑞克取得了胜利，他并未牺牲自己的儿子，而是将整个阵亡的军团献给了奥丁。

了胜利，他并未牺牲自己的儿子，而是将整个阵亡的军团献给了奥丁。他那位哥特妻子在狄丝的大殿中上吊自杀。

通过征战匈奴，海德瑞克扩张了自己的王国，他娶了撒克逊国王的女儿为妻。她被带到海德瑞克的王庭中，却时常希望回家和父亲待在一起，海德瑞克应允了她的请求——仅仅因为他的父亲曾警告过他别这么做。然而，海德瑞克无法抑制自己日渐增长的疑虑：他的妻子和家人一起度过了太久的时间，他决定搞清楚到底是什么令她如此频繁地返回撒克逊人的土地。他率领舰队南下，夜幕降临时，他趁着黑暗的掩护进入了妻子居住的王家寓所：她躺在床上，一个金发的男人紧挨着她。海德瑞克并未杀死这个沉浸在睡梦中的通奸者，而是从他的刘海上剪掉一大绺头发，以便让他知道自己被当场抓住过。第二天清晨，海德瑞克宣布了自己的到来，并把所有人喊到船上参加宴会。他在撒克逊贵族中走来走去，打量着他们的头发，可是很明显，头天夜里被他剪下来的那一绺头发不属于其中任何一个人。海德瑞克派人搜索所有的建筑物，最后从厨房中拖出一个奴隶——他头上裹着一块布，遮住浓密的金发和刘海上的缺口。"这就是你们公主喜欢的低贱男人！"海德瑞克向撒克逊人宣告说。耻辱让他独自回国，将妻子留在了撒克逊人的土地上。

那年夏天的突袭让海德瑞克俘虏了一位匈奴国王的女儿。她的名字叫作希芙卡，被海德瑞克作为情妇带回家。希芙卡为海德瑞克生下一个健康的儿子，可她并未表现出海德瑞克对情妇所要求的忠诚。那时海德瑞克决定违背自己父亲的最后一个忠告，他提出要收养加达瑞吉国王的儿子。国王害怕哥特人的入侵，于是将此殊荣授予海德瑞克，可他怀疑海德瑞克别有用心，比如说想娶他的女儿为妻。他发誓绝不将女儿嫁给这么一个惹祸精。海德瑞克把孩子抚养得非常好，孩子对自己的养父非常忠诚。当这个小伙子稍微大一点的时候，他们回到他在加达瑞吉的家中，一起参加娱乐活动、一起狩猎。他们骑马前往森林打猎时，海德瑞克让孩子藏身于途经的一座农庄，只有他派去的人到了，孩子才能返回城里。海德瑞克骑着马回家，假装极度悲伤——他向情妇希芙卡吐露，自己为了切苹果拔出提尔锋，然后一不小心杀死了那个男孩。希芙卡无法保守这个秘密，很快消息就被泄露。海德瑞克被抓住，用铁链锁起，并被判处公开处决。但他传话给他的养子，男孩活蹦乱跳地出现了，此时还没有人被说服，敢去做这个可怕北方首领的行刑者。海德瑞克的遭遇令加达瑞吉国王感到羞愧，于是他将女儿嫁给了这个骗子，海德瑞克夙愿得偿。至于希芙卡，她证明了自己是个长舌妇，等他们返回北方家园，海德瑞克将她摔进一条湍急的河流中，杀了她，让尸体顺流而下。

与奥丁猜谜

海德瑞克回到了自己的王国，成为了一个更加理智的统治者。他选择弗雷作为自己的神灵。为了效仿弗雷，海德瑞克养了一头长着金色鬃毛的大野猪用于宣誓。他会将手放在野猪身上，让人知道，所有犯罪的人都可以这样赎罪：提出一个海德瑞克从未听说、也无法解答的谜题。

一个富有权势的人站在了海德瑞克的对立面，他叫作哥斯特姆布林迪。当这个人被传唤去接受裁决时，他向奥丁献祭，希望得到帮助。那天夜里，一个陌生人来到他的门前，自称是哥斯特姆布林迪。他们交换了衣服，第二天清早，这个陌生人替代了真正的哥特斯姆布林迪，出发前往海德瑞克的王庭。没有人发觉此事。冒名顶替者来到国王面前，他和其他人一样面临着选择：服从国王的裁决，或者参加一场猜谜比赛。如果他提出一个国王无法回答的谜题，就可以保住自己的性命。

男人选择了猜谜，并以"要麦芽酒"作为开端——"这能让人诉说，但也让人更难开口。"海德瑞克给客人叫来麦芽酒，比赛继续进行。哥特斯姆布林迪从简单的谜题开始：他谈到自己曾走过的一个地方，鸟儿从他的脚下掠过，又飞过他的头顶。国王猜那是一座桥。他又说起一件东西：声音刺耳，亲吻黄金。国王猜那是金匠的锤子。他还提到自己在德林神[1]的门外见到的生物：它将头转向海拉，用脚寻找太阳。国王猜那是韭葱。接着谜题变得更难了：用作棺材的天鹅蛋；冰河上的死蛇；一位神祇和一个巨人玩棋类游戏；寻找父亲埃吉尔的海浪。海德瑞克解出了所有谜题，他并没费多大劲。

"什么住所被噬草的剑保护，被用来饮酒的岩石所覆盖？"国王回答说："在大角牛的下颚骨之间筑巢。"那人的谜语变得更加奇怪了："我在大殿外见到了什么：一个有十舌、二十眼、四十足的怪物？"国王想自己知道答案，他叫人牵来怀孕的母猪，将它剖开，里面有九只小猪。屋里的温度骤然变冷，仿佛有一道阴影掠过太阳，国王开始怀疑这个人的真实身份。"两个用十只脚奔跑，

---

1 夜的第三任丈夫。

却只有三只眼睛的人叫什么名字？"海德瑞克顿了顿，仔细观察那个自称哥斯特姆布林迪的男人，然后才给出了答案。直到此时他才发现那个男人垂下的白发盖住了一只眼睛。"你这谜题的答案是独眼奥丁骑着斯莱普尼尔。"陌生人和国王面面相觑。"那么回答我这个问题吧，伟大的国王，倘若你比别人都聪明，甚至能与众神匹敌。巴尔德被安置于火葬柴堆上之前，奥丁在巴尔德的耳边悄声说了什么？"现在海德瑞克确定与自己斗智斗勇的究竟是谁了。"只有你才知道答案，老灰胡子，"他回答道，并从剑鞘中拔出提尔锋，砍向面前的那个人。然而奥丁已经变为一只鹰，他飞了起来，那一击只是削掉了他的羽毛。

奥丁栖在门柱上，然后向海德瑞克道别：国王将死于自己的奴隶之手，这是侮辱神的惩罚。奥丁的预言很快成真。盾女赫沃尔的儿子——国王海德瑞克，在床上被一群奴隶杀害，提尔锋则从他鲜血淋漓的尸体旁被盗走。与奥丁抗衡并非明智之举，即便您刚巧是海德瑞克这样勇敢又固执的英雄。

埃吉尔·斯卡拉格里姆松

最后一位被提及的民间英雄、奥丁的追随者，是一个冰岛人，名为埃吉尔·斯卡拉格里姆松，他是定居时代最为著名的战士和诗人，他一身傲骨、不惧与任何传说中的英雄为敌，还拥有与此相匹配的言辞天赋。

定居冰岛

埃吉尔的祖父被人称作"夜狼",因为他的脾气总是在白昼结束时发作,还有传闻说他是个"变形者"。他的儿子是索洛夫,还有斯卡拉格瑞姆——埃吉尔的父亲。索洛夫继承了夜狼的最好特质,而斯卡拉格瑞姆却长相丑陋,并且容易爆发家族特有的阴郁情绪。在挪威西海岸的农场中,这两个人都是派得上用场的好手,而夏天的突袭他们也很擅长。像许多有地位的人一样,夜狼最终与满头乱发的哈拉尔德[1]发生了冲突。哈拉尔德曾发誓,如果不能完全掌控挪威就绝不剪发。在与哈拉尔德及其部下的一次小冲突中,索洛夫被杀害,而夜狼不肯接受对儿子死亡的补偿,更不愿屈从于这样一个渴求权力的国王。于是他们一家决定前往冰岛定居,因为听说那里有可供耕种的好土地。比起国内的严苛统治,他们更愿意以独立的农民的身份生活。夜狼和斯卡拉格瑞姆伏击并屠戮了一艘载满哈拉尔德部下的船只——父子两人如同狼一样战斗——然后乘着捕获的船扬帆前往冰岛。夜狼精疲力尽,在旅途中死去,不过他的棺木漂到了岸边,斯卡拉格瑞姆明白自己应该在棺木抵达的海湾附近安顿下来。他建立了一个农场,给它取名为博格。他是个勤劳的人,和妻子贝拉育有两儿两女。年长的孩子英俊善良,以伯父索洛夫的名字命名;可是年幼的弟弟却像他们的父亲和祖父——显而易见他会长成一个丑陋又难以相处的孩子。他被取名为埃吉尔,当地的男孩都知道不能惹他生气。

---

1 挪威国王,因为拥有一头金发,被称作金发王。他所倾慕的公主要求他统一挪威后再迎娶自己,于是哈拉尔德发誓在统一挪威之前,不再修剪自己的头发。

夜狼最终与满头乱发的哈拉尔德发生了冲突。哈拉尔德曾发誓，如果不能完全掌控挪威就绝不剪发。

还很小的时候，埃吉尔·斯卡拉格里姆松就拥有了两种才能：一是善于言辞，还有一种天赋则是——即便处于头脑清醒的状态也能制造出各种麻烦。斯卡拉格瑞姆曾因参加宴会而将年幼的儿子留在家中，埃吉尔偷了一匹马，尾随大人们穿越荒野。他到聚会现场，对着满屋子醉醺醺的人念了一首诗，得到贝壳作为奖励。那时候他只有三岁。七岁那年他第一次杀人——将一柄斧头嵌进一个大男孩的脑袋，因为那个男孩在冬天做游戏时对他很过分。斯卡拉格瑞姆假装对埃吉尔的不守规矩毫不在意，可他的母亲却称赞他说："他有维京人的气魄，这就是维京人。"十二岁时，他和父亲一起玩球。比赛中他激怒了斯卡拉格瑞姆，于是他的朋友（那孩子就站在附近）被斯卡拉格瑞姆扔到地上并被杀死。当天夜里，埃吉尔平静地走到斯卡拉格瑞姆面前，将一把剑插进他父亲最喜欢的农场佣工胸口。那个冬天，父子俩几乎没有说话，第二年，埃吉尔催着哥哥带他去挪威。

埃吉尔与"血斧"埃里克的恩怨

那个时候，哈拉尔德的儿子"血斧"埃里克统治着挪威西海岸。埃里克试图对斯卡拉格瑞姆进行补偿，送给他一柄镶金的斧头作为礼物。然而在斯卡拉格瑞姆看来，这简直是雪上加霜。索洛夫选择了为埃里克效力，尽可能平息他们父辈之间的不合，可是埃里克对于和解并不热衷。索洛夫将弟弟带到挪威后不久，决定迎娶一位叫作阿思歌尔德的女子。阿思歌尔德和他们一起在冰岛长大，她的父亲在挪威拥有一块很好的土地。埃吉尔也中意这个女孩，于是以生病为由避开婚礼。他留下来恢复身体，一个家族的朋友一起陪着他。

埃吉尔很快就对这个安静的地方感到厌烦，他听说有个叫作奥尔维的人要去收取租金，于是提出与对方一同前往。他们沿着海岸航行，但被迫在阿特洛伊岛躲避风暴。他们找到一个叫作巴德的地主，请求得到款待。巴德性情粗暴，但他同意将这些人安排在外屋，并给他们酸奶喝，他声称没有比这更美味的东西。事实上，巴德想要为更重要的客人留下麦芽酒：国王血斧埃里克和他的妻子冈希尔德正在游览自己的领土，而巴德筹办了一场奢华的宴会来歌颂他们所作出的牺牲。埃吉尔和奥尔维起床加入了庆典，每个人都喝得酩酊大醉，一些人甚至喝吐了。巴德煞费苦心地一次又一次将埃吉尔的角杯倒满，但是这个冰岛人喝光了所有被倒给他的麦芽酒，作为对这份大礼的“回报”，他吟诵了侮辱性的诗歌。埃吉尔念完其中一段诗文后，王后向巴德提出建议：往这个不羁的冰岛人的饮品中下毒——幸好埃吉尔懂得使用保护符文，毒药没能奏效。他将血涂在有毒的角杯上，角杯裂开了。

此时埃吉尔很清楚应当离开宴会了。他粗暴地推搡着昏迷中的奥尔维朝门口走去，却发现巴德正等在那里，还端着一杯满满的麦芽酒，坚持让他们在离开前再喝一杯。埃吉尔的胡子被麦酒浸湿，他又吟诵了一段诽谤性的诗句，然后将剑刺入巴德的腹部。主人倒在血泊之中，奥尔维开始在门口呕吐。埃吉尔从农庄中逃离，游到附近的一个小岛上，他在那里杀了血斧埃里克的几个手下，然后成功逃脱。这便是埃吉尔和伟大的维京战争领袖以及他

巴德性情粗暴，但他同意将这些人安排在外屋，并给他们凝乳吃，他声称没有比这更美味的东西。

的凶狠妻子冈希尔德之间不和的开端。

第一次国外旅途中，埃吉尔参与了维京人对波罗的海的袭击行动，劫掠、杀戮，烧毁房屋，即便他的同伴劝他不要如此也没有奏效。他不曾修复与埃里克的关系，尽管索洛夫很欣赏自己兄弟的勇敢无畏，但也意识到埃吉尔继承了先人们对鲁莽行为的热爱。埃吉尔在日德兰战役中击败了埃里克的一个朋友，两兄弟都觉得那年秋天避开挪威会比较明智，于是他们转而前往英国。

当时的英格兰国王是埃塞尔斯坦，他的王国之中正酝酿着动乱。苏格兰人、斯特拉斯克莱德的威尔士人，还有都柏林的维京人联合在一起，反抗埃塞尔斯坦的统治。国王需要优秀的战士，于是埃吉尔和索洛夫带着他们的追随者一起报名参加了雇佣军。他们向国王证明了自己的价值，但是在之后的一次艰难战役中，埃吉尔和索洛夫被埃塞尔斯坦分在了部队的不同位置，尽管入侵的军队逃之夭夭，可是索洛夫还是战死沙场。埃吉尔参加了埃塞尔斯坦的庆功宴，他双眉倒立，愤怒的目光穿过房间投向国王。最终，盎格鲁 - 撒克逊的王拔出剑靠近这个冰岛人：他将一个沉重的银臂环滑至剑尖，将它递给埃吉尔，埃吉尔举起了自己的剑，将臂环套上自己的剑锋。埃塞尔斯坦就这样为索洛夫之死支付了第一笔赔偿金，接下来还有两箱英格兰银币。埃吉尔吟诵了一首诗来纪念这一时刻：他竖起的眉毛又归于原位。

埃吉尔一直倾心于哥哥的遗孀阿思歌尔德。返回挪威后他娶了她，又装备了一艘商船驶回冰岛。他离开故土已经 12 年，斯卡拉格瑞姆非常高兴——他至少再次了见到自己的一个儿子。埃吉尔在这片土地上耕种了好几个冬天，他的相貌并未得到改善：粗壮的脖子和厚实的前额，秃顶比从前更加严重。虽然有一段时间他放弃了海盗的生活，可却仍然在寻找麻烦。当他听说自己的岳父去世了，立即意识到这是个再次前往挪威的借口——去索取他妻子的遗产。初春，埃吉尔抵达挪威，他胆大包天地在当地的集会上，面对血斧埃里克本人表达了自己的不满。不过他只是成功地激怒了国王，并且幸运地从那个圣殿中活着逃脱。而今，埃吉尔在挪威全境之中被宣告为不法之徒。在去往冰岛前，他逮到了窃取他妻子遗产的男人，给了对方致命一击。当手下人问他去哪儿了，他回答道："我给奥丁的妻子——大地女神穿上了一件新的血斗篷。"除此以外，埃吉尔还杀死了埃里克的儿子罗格瓦尔德——他登上罗格瓦尔德的彩绘战舰将他砍倒。更糟糕的是，埃吉尔为埃里克和冈希尔德竖起了一根轻蔑之柱：柱顶放了一个马头，柱身刻着诅咒——诅咒埃里克家族和他所有的后代。这诅咒要求此地的魂灵让他们永无安宁。

埃里克对挪威的统治未能持续很久：他被同父异母的兄弟"好人"哈康废黜。与此同时，斯卡拉格瑞姆亡故，埃吉尔继承了父亲的土地，再次改行进行耕作。血斧埃里克命运变更的消息并没有传到冰岛，勇士国王跨海逃离后成为维京约克国王一事，在冰岛也无人知晓。

博格的安定生活很快令埃吉尔感到不耐烦，他决定再次驶向英格兰，去拜会埃塞尔斯坦国王，看看是否能够得到对方为自己的服务所许诺的其余报酬。不过埃吉尔推迟了行程，直到年底才出发，那时天气变得极为恶劣。冰岛人的船绕过奥克尼群岛，沿

着苏格兰东海岸航行，然而狂风将他们吹到了亨伯河的岸边，冰岛人被迫将船靠岸，并打捞补给。就在那时，埃吉尔才听到了那个不受欢迎的消息——埃里克和冈希尔德统治着诺森布里亚[1]，到处都是他们的忠实追随者。对于埃吉尔来说，他只有一件事可做：去见他的敌人，直面他的命运。

第二天清早，埃吉尔走进血斧埃里克在约克的大殿之中，吻了吻惊讶的国王的脚，将头颅伸给自己的死敌。埃里克和他的妻子都打算立即杀死这个冰岛人，但是埃吉尔的一生挚友阿瑞布约恩介入了此事，为埃吉尔获得了缓刑至第二日清晨的机会。阿瑞布约恩计划让埃吉尔写一首诗歌赞美国王，并以此来挽救自己的性命。

埃吉尔所写的诗叫作"人头赎金"，这首诗似乎在国王的所有

---

1 盎格鲁人建立的王国。

勇士面前为他带来了巨大的荣誉，以至于埃里克别无选择，只能让自己的敌人离开。然而，人们后来回忆起这首诗的时候却不禁怀疑，究竟是谁受到了赞美——国王还是诗人？这便是埃吉尔的诗歌技艺——据说他曾经口含奥丁的蜜酒踏上英格兰的土地。这是埃吉尔与血斧埃里克的最后一次相逢，后者在突袭英国的行动后不久就与世长辞：他至死都是一个维京人。

埃吉尔在挪威解决问题

　　埃吉尔去找了埃塞尔斯坦，在国王的府邸度过了冬天，之后他返回挪威，向埃吉尔的异母兄弟哈康追讨遗产。哈康国王平和地接纳了冰岛人，并且允许埃吉尔依据当地的法律索取权利，不过他的家人所受到的伤害令和解无法完全达成。埃吉尔决定处理好挪威的事务，然后返回自己在冰岛的农场。他根据古老习俗向矮子阿提利提出了决斗，一劳永逸地解决他的财产要求。尽管阿提利会巫术，但埃吉尔仍然成功了。他还代表一位热情款待过他的农民参加了第二次决斗——对阵一个狂战士。按照决斗的古老规则，决斗者周围摆上一圈石头，里面的两个人举着剑和盾牌。虽然狂战士嘶吼着，将一个人能拥有的全部野性投入战斗，但是埃吉尔的出击很快取得了成效，而狂战士也累了。结果是埃吉尔将对方打倒在地，并且切下了他的腿，决斗就此终结。那次挪威之行并没有发生什么值得记录的事。埃吉尔赢得了属于他妻子的遗产，以前所未有的声誉回到了冰岛。

　　在永久地定居冰岛之前，埃吉尔那不肯安定的灵魂将他最后一次带到了国外。他听闻自己的好友阿瑞布约恩收回了他在挪威的所有旧地，现在似乎是时候前去旅行，并且与他一起度过这个冬天了。两人在优乐庆典[1]上交换了丰富的礼物。在国王拒绝了冰岛人提出的要求之后，阿瑞布约恩甚至为埃吉尔从狂战士手中赢得的土地支付了赔偿金。埃吉尔显然被感动了。他只说了一句话："要过很久很久，我们才能见到另一个像你这样高贵的人。"那年夏天，这对朋友一起在弗里西亚[2]展开突袭活动，劫掠了那片低洼海岸上的许多村庄。一次探险之中，埃吉尔追赶着越过堤坝逃脱的村民，和他的部下们走散了。村民们转身对上他，埃吉尔奋力穿过他们，回到正遭受弗里西亚人集中攻击的船上。

埃吉尔的下属在盾墙的保护下登船，他们以为他已经死了，但是冰岛人冲到弗里西亚人防线的后方，挥舞着他的戟冲破防线。那真是劫掠的好日子。

而今埃吉尔离开阿瑞布约恩，乘船返回挪威，他将和阿瑞布约恩的侄子索尔斯坦一起过冬。哈康国王不喜欢索尔斯坦，国王要求索尔斯坦从动荡不安的沃穆兰德省收取应得的贡金，以此证明他的忠诚——以往的远征全都以血腥残暴的结局告终。埃吉尔同意代替索尔斯坦前往沃穆兰德，以回馈这家人的情谊，于是一行人踏上雪地出发了。途中，他们和一个名为"络腮胡艾莫德"的农夫一起过夜，但他并不是一个好主人。一开始他只用酸奶招待埃吉尔和他的部下，后来又给客人们拿来一种烈性酒，害他们感到恶心。埃吉尔不得不帮他的部下们喝掉那些酒，免得他们都倒下，他也得出结论——敬酒的人并没打算替他们的健康着想。

---

1 北欧传统节日庆典，在冬至日举办。
2 日耳曼地名。

他毫无预兆地从桌边站起身，把主人按在墙上，然后朝着这个震惊的男人呕吐，吐得他满脸都是。呕吐物冲进了艾莫德的鼻孔和张开的嘴，令他窒息，然后被这股洪流淹没。接下来埃吉尔吟诵了一首诗，返回座位，要求农夫的妻子再给他倒酒。他一直喝到深夜。

第二天清晨，埃吉尔醒得很早，他拿起武器走进艾莫德睡觉的房间。埃吉尔抓住农夫的胡子，将他拖到床边。农夫的妻子和女儿的恳求令埃吉尔饶他一命，比起家中的男人们，她们要更为好客。然而埃吉尔还是挖出了艾莫德的一只眼睛（毫无疑问，对奥丁的忠诚激发了他的灵感），并且在离开之前剪掉了这个男人著名的胡子。在这一趟沃穆兰德之行中，埃吉尔还用他的符文技能治愈了一个发烧的女人，击退了艾莫德的人所设下的埋伏，并从沃穆兰德伯爵那里获得了贡金。他甚至在回程路上击败了伯爵的手下，尽管就埃吉尔的声望来说，形势看起来并不乐观。征收者们从沃穆兰德平安归来，带着国王的贡金，还有关于伯爵各种背信弃义行为的长长清单。多亏了埃吉尔的远征，索尔斯坦和哈康国王重归于好，他们友好地分别了。

埃吉尔的晚年

回到冰岛，埃吉尔变成了截然不同的一个人：他不曾因为挑起争端或者决斗而闻名，尽管也极少有人敢考验他。他和阿思歌尔德有三个儿子和两个女儿，现在这些孩子都已长大成人。女儿索尔歌德与他很亲近，她像父亲一样意志坚定，却比他年轻时温和得多。埃吉尔的儿子伯德瓦尔非常英俊并且志向远大，埃吉尔与他感情深厚。有一天，伯德瓦尔划着木船穿过峡湾去农场，一场风暴将木船掀翻，伯德瓦尔溺水而亡。而此前不久，他的兄弟冈纳尔刚刚死于发热。失去儿子的埃吉尔承受着无人能及的痛苦，他将自己锁在房中，不吃不喝。没有任何人胆敢靠近他，直到埃吉尔的女儿索尔歌德来到老战士的身边，在他身侧躺下。"父亲，你所希望的也正是我所希望的——将自己饿死。没有其他方法能够停止这样的悲伤。但是我想你至少要活着为伯德瓦尔写一首诗。在那之后，如果你愿意，我们将一同赴死。"埃吉尔被说服了，他写下一首长诗，名为"儿子们的逝去"，悲叹远海之神从他身边夺走了伯德瓦尔，而奥丁却只能给他诗歌来减轻哀痛。不过这首诗的创作达到了目的——索尔歌德说服了她的父亲从床上爬起来。

埃吉尔还写了一首诗赞颂他的毕生挚友阿瑞布约恩，当他听闻对方后来在挪威取得的成就。不过埃吉尔再也没有回到那片争议很久的土地上。这位老战士如今决心为重大事件作诗，而非亲身参与。他最后将博格的农场交给了儿子索尔斯坦，尽管两人的失去儿子的埃吉尔承受着无人能及的痛苦，他将自己锁在房中，不吃不喝。

看法并不一致——索尔斯坦太过温和且讨人喜欢。索尔斯坦·埃吉尔森是个正直的人，他不惧怕以武力来捍卫自己在冰岛的权利，然而他并不像父亲那样享受冲突带来的快乐。

埃吉尔参加了一个集会，作为他儿子和邻居纠纷的仲裁者，他和其他人打交道比从前任何时候都更为暴躁，可是这个曾经伟大的维京人变得越来越虚弱。女人们见埃吉尔在农场附近已经失去立足之处，开始嘲笑他，而仆人们也受够了这个半瞎的男人挡住他们的路。埃吉尔以诗歌哀叹自己的虚弱，却无人在听。即便如此虚弱，埃吉尔仍然梦想骑着马参加集会，并且将自己囤积的英格兰银币扔向人群，只为了引起一场骚动。可是没有谁愿意帮他一起捣鬼。于是他带上两个奴隶，从他继女位于莫斯费尔[1]的农场出发，上山去了。他的马驮着的箱子里装满了埃塞尔斯坦给的银币，等他返回农场，却孤身一人，箱子也没有了。再没有人见过那两个奴隶以及银币。那年晚一些时候，埃吉尔因病去世，他被葬在一个土堆中，带着他的武器，穿着一套漂亮衣服。

有人说，洪水过后，来自英格兰的银币被冲进了小溪里，可是埃吉尔·斯卡拉格里姆森的宝藏却从未被找到，只有奥丁才知道它究竟被藏在哪里。

---

1 冰岛地名。

北大西洋探险

Exploration in the North Atlantic

　　奥丁是一个探索者。他游历过中庭最遥远的地方，从不害怕前往约顿海姆，或是踏上去海拉的路。奥丁每一次行程都能获得更多对这个世界的了解。即便无法阻止诸神黄昏，他也希望能够学得足够多，给众神喘息的空间，并延迟不可避免的毁灭。我们所听到的传奇英雄们的故事，都和奥丁一样拥有永无休止的活力，他们的功绩为人类上了宝贵的一课：仅仅端坐在家中的椅子上，你将一无所获。

　　北欧人沿着水路从斯堪的纳维亚的故土扩散开来，犹如世界树的根系一般。在东部，河网开辟了通向黑海和拜占庭的商贸之路，还有通往哈里发帝国的白银之路[1]；在南部，北欧水手们沿着伊比利亚海岸前往北非，然后穿过地中海——劫掠、奴役，或是服务于那些强大国王的宫廷；在西部，维京人驶入塞纳河，洗劫巴黎，将约克和都柏林变成了不起的商贸中心，他们定居在爱尔兰、

---

1 从 8 世纪起，瑞典的维京人向东航行，通过商贸找寻财富。他们沿第聂伯河航行前往黑海和拜占庭贩卖货物，也从里海航行并换陆路前往哈里发帝国的首都巴格达，出售商品换取白银。他们是斯堪的纳维亚的白银供给者。

2 著名的维京人探险家，生活在公元 1000 年前后，被认为有可能是第一个发现北美洲的欧洲人。

对页图：冰岛首都雷克雅未克的哈尔格林姆斯大教堂前，探险者莱夫·埃里克松[2]的塑像。

英格兰和法兰西的广袤土地上，瓜分了古老的王国，促使现在的这些国家逐渐成形。然而这些探索者对北大西洋的影响最为深远，他们在那里开辟了新的天地。他们定居于遥远的法罗群岛[1]，将冰岛和格陵兰岛变成了繁荣的农民聚集地，他们甚至向西而行，探索了更远的土地。这便是历史。但也有一些故事，北欧人讲给自己的故事，关于他们的伟大探索时代，充满了像传奇英雄一样多姿多彩的人物，并且发生在像约顿海姆这样引人注目的地方。

第一步

斯堪的纳维亚人的故土——挪威、丹麦和瑞典都拥有漫长的海岸线，北欧人懂得如何驾驭自己的船在埃吉尔的领地上航行。维京船只采用叠压技术[2]建造，单帆，方向舵位于右侧。维京时代末期，各式各样的船只都有了出海的理由——从运送货物和人员穿越挪威峡湾的小型海船，到拥有三十多对船桨、明亮船帆和装饰性船首的军舰——这些美丽的"海洋生物"被命名为灰雁、鹤，还有长蛇。用于突袭的船只速度极快又轻巧，龙骨很薄，当维京人将船驶入河口，可以迅速靠岸。这些船的建造是为了将战士们带过大海，它们需要一个强大的首领作为支持者，还需要很多人进行驾驶。这些船只与维京时代密切相连，但它们并不负责将人带往冰岛定居，也不被用于在北欧世界遥远的前哨站之间运送货

---

1 丹麦的海外自治领地，位置介于挪威海和北大西洋中间。
2 即在船基座上增加木板，将交叠的船板沿边缘固定在一起。

商船将人员和动物运往北大西洋的遥远前哨战，甚至向着更远的西边、去往环海的边缘。

物、奴隶和动物。在狂浪之中，商船更加宽阔稳定，有充足的空间运载货物，它们是这个探险时代的主力。它们可能不像随着巴德尔一同火化的赫瑞霍尼[1]那样装饰华美，也不像弗雷的斯基德普拉特尼一样可以折叠、随身携带，但它们能够将人员和动物运往北大西洋的遥远前哨站，甚至向着更远的西边、去往环海的边缘。

北欧人向西扩张并非始于跨越北大西洋。公元793年，维京人袭击了林迪斯法恩[2]——这次事件已成为一个传奇，此后不久，便有传闻说海盗包围了苏格兰，洗劫了神圣的艾奥纳岛和斯凯岛。这些海上袭击很快开始加速。北欧海盗们轻而易举地在海岸上找到猎物，而岛屿尤其容易被攻击。初夏时他们从挪威启程，那时海上风平浪静，白昼漫长，他们返回农场时则满载财富和奴隶。我们习惯性称呼这些人为"维京人"，然而，对于那些袭击英格兰的北欧水手们来说，"维京"这个词是指他们所做的事，并非他们是谁：在家乡，这些海盗是农夫，是地主，也是当地国王的随从武士。

---

1 巴德尔的船，他与妻子死后，众神将他们放在赫瑞霍尼上一同举行葬礼。
2 英国东北部的一个潮汐岛，亦被称为圣岛（Holy Island）。
3 位于设得兰群岛萨姆堡的一处人类遗址，新石器时代、青铜时代、铁器时代、维京时代、中世纪等各时期的人类住宅在此层层叠叠。19世纪的英格兰文学家沃尔特·司各特创造了"Jarlshof"这个名字，意思是"领主官邸"。

设得兰群岛乔尔斯沃夫[3]的北欧定居点中发现的一幅石板画，上面有一艘维京船。

刻画北欧远征队的雕塑，位于加拿大纽芬兰的安塞奥克斯草场[3]国家历史遗址。

　　为了抵达爱尔兰和英国西海岸，挪威的维京人利用了各个岛屿，就像他们沿着破碎的挪威海岸航行时一样：先到设得兰群岛，然后是奥克尼，刘易斯岛，马恩岛等苏格兰西部岛屿，接着通过北海峡到达爱尔兰海。第一批维京人来袭之时，这些岛屿上的沃土被人发现。他们在海岸沿线被设下据点，以待进一步发起攻击。设得兰、奥克尼、刘易斯、马恩岛等最终都成为北欧殖民地，成为北欧人横跨北大西洋的落脚点。在爱尔兰，维京人开始在大陆上受到保护的营地中过冬，同时他们也能轻松地登船。伴随着时间推移，挪威的商贸中心在这些河流上发展起来：利菲河口的黑池[1]出现了都柏林，香农河上的国王岛建起了利默里克[2]，沃特福德耸立于舒尔河畔，利河的泥滩上建成了科克。苏格兰的凯斯尼斯落入北欧人之手，还有后来成为诺曼底的塞纳河上游大片土地。英格兰被一支庞大的丹麦军队侵占，他们意图征服此地。

1 都柏林（Dublin）一名是爱尔兰语"黑池"的英国习语，但也有说法称其起源于斯堪的纳维亚语，意为深深的池塘。
2 利默里克的历史可以追溯至公元 9 世纪，维京人在香农河上的国王岛建起了一个有围墙的城市，并在 1191 年制定了它的宪章。
3 位于设得兰群岛萨姆堡的一处人类遗址，新石器时代、青铜时代、铁器时代、维京时代、中世纪等各时期的人类住宅在此层层叠加。19 世纪的英格兰文学家沃尔特·司各特创造了"Jarlshof"这个名字，意思是"领主官邸"。

来到苏格兰诸岛屿的维京人可能来自挪威，而在挪威这个国家，头领和头领，部族和部族之间常常交战，不同群体的维京人往往为了西部海路和基地的控制权而相互争斗。据说一头乱发的哈拉尔德终于赢得他的王国后，曾派出一支舰队去征讨苏格兰群岛的北欧殖民地，因为他自己也害怕遭受维京人的袭击。哈拉尔德在奥克尼群岛建立了一个强大的爵国，将它们置于挪威人的掌控之中：欧洲其他的国王们将土地赠予维京人，维京人则承诺他们将会赶走敌对的海盗团伙，或者在战争中率领舰队成为雇佣军。伴随着权力在斯堪的纳维亚和不列颠群岛之间的转移，北欧殖民地的命运起伏不定。当某种劫掠的可能性消失，或者维京人在被占领的土地上受到驱逐，他们就会将船开走。奥丁的事迹一定教会了这些船员勇敢无畏和残酷无情，但最重要的是教他们学会适应。时光流逝，旧神被遗弃，而基督教开始兴起。

法罗群岛标记了通往不列颠群岛的主要航线，假如传说可信的话，这些航线都是由一个名为格瑞姆·卡姆班的人所确立。卡姆班（Kamban）是一个爱尔兰名字，格瑞姆（Grimr）也许是来自爱尔兰或者西部群岛的北欧定居者：在格瑞姆之前很早的时候，爱尔兰僧侣就曾到过这些遥远的岛屿，也许正是这些宗教人士为他指明了道路。与北欧人定居的南方岛屿不同，法罗群岛无人居住——殖民者到此并非为了劫掠或者征服，而是为了开辟新的天地。一个个家庭从挪威和挪威殖民地而来，想在这片无人居住的土地上耕作，他们的后代至今仍在那里。与他们一同到来的还有

一个个家庭从挪威和挪威殖民地而来，想在这片无人居住的土地上耕作，他们的后代至今仍在那里。

古神，他们将斯特莱默岛[1]的港湾命名为"托尔港"，在那里举行集会。很多人跟着格瑞姆来到法罗群岛——它位于挪威和更靠西的一个尚未有人居住的岛屿之间。

定居冰岛

第一批探险者

根据《定居点之书》[2]（The Book of Settlements）的记载，挪威探险者们并非是第一批访问冰岛的人。在英格尔夫和移民者抵达之前，被称作"巴帕"[3]的人们航行到了这个遥远的地方，在这与世隔绝之处避夏。等北欧移民们到达后，他们很快离开。据说巴帕们留下了鸣钟和书籍，人们由此得知他们是爱尔兰修道士。

《定居点之书》告诉我们，北欧的船员们第一次来到冰岛纯属偶然。一个叫作纳都德的人从挪威前往法罗群岛，中途被吹离航线。他看到陆地，便驶入了一个被高山环绕的海湾。纳都德攀上一座山峰去观察地形，但却没发现什么，他猜想此处无人居住。等他返回自己的船，天空开始落雪，虽然冬天已经过去了。纳都德将这片广袤的土地命名为"雪域"，他将自己有了新发现的消息

---

1 法罗群岛的主岛。
2 由 13 世纪第一批冰岛历史学家编纂，详细描述了冰岛殖民时代的个人和日常生活。
3 根据记载，最早登上冰岛的是来自爱尔兰的基督教修道士，北欧人称他们为"papar（巴帕）"。
4 指维京人使用的小型商船，比起著名的维京长船，这种船的船身略圆，船桨数更少，且船桨被设在船头和船尾，以便留出中间的空间运载货物。

对页图：罗斯基勒维京船舶博物馆中重建的维京船"奥塔尔号"，这是用于远洋航行的科纳尔船[4]。背景中另一艘船是装饰过的长船"哈维因斯坦号"。

带回北欧殖民地——尽管此地天气不佳，但他仍对这片新土地赞不绝口。

下一个到达冰岛的人叫作"瑞典人"嘉达尔。有人说，他母亲的预见之力指引了他；还有人说，彭特兰湾爆发的一场风暴将他卷了进海里。嘉达尔便驾船沿着海岸航行：他证实了这是一个岛屿，并在北部某个现在被称为胡萨维克[1]的地方建造了一处居所——房湾。他在那里过冬，并在翌年春日再次出海。可是嘉达尔还没驶出海岸，后面拖着的船就松开了，那艘船上有一个叫作纳特法瑞的人和两个奴隶。纳特法瑞和奴隶们在一个海湾登陆，这个海湾至今仍被称作"纳特法拉维克"，不过对于他们后来的命运，我们知之甚少。嘉达尔并非一个羞于自抬身价的人，回去后他将这个岛屿命名为"嘉达尔之岛"，并告诉大家，从山上到海岸线，岛屿各处都是树木。

关于新大陆的消息传到"渡鸦"弗洛基的耳中——他是一个了不起的维京人，一个冒险家。他带着随从和女儿从挪威扬帆前往设得兰岛，打算寻找嘉达尔之岛。在设得兰岛逗留期间，他的女儿溺水身亡，但他继续向北推进，驶入茫茫大海。弗洛基带了三只渡鸦上船。他放出的第一只渡鸦飞过船尾，飞回设得兰岛，弗洛基继续航行。被放飞的第二只渡鸦绕着船转圈，然后停在了桅杆上，弗洛基继续他的行程。第三只渡鸦飞过船头消失了——于是弗洛基知道自己距离这神秘的新大陆一定非常近了。他绕过雷克雅内斯半岛和斯奈山半岛，驶入西峡湾。那是个非常棒的渔场，以至于船员们都忘记了收集干草，那年冬天，他们带去的许

---

1 现今冰岛北部小镇。

春日里，弗洛基登上一座山……他抱怨说他们生活在冰天雪地之中，于是这个名字被沿用至今。

多动物都死了——嘉达尔对雪的描述果然无误。春日里，弗洛基登山北上，向外眺望时见到一个峡湾仍被浮冰阻塞。他抱怨说他们生活在冰天雪地之中，于是"冰岛"这个名字被沿用至今。弗洛基和他的人准备离开，但是直到季末，船只才整备好。他们试图逆风绕行雷克雅内斯半岛，却被赶回了海湾，拖船松开了，船上有个划桨的男人叫作赫若夫。两艘船很快就分开了，在云雾中失去了联系。挪威人被迫留在那里过冬，还身处于两个不同营地。春季来临，弗洛基找到了赫若夫，并最终在第二年的夏日返回了挪威。渡鸦弗洛基对于被他称作"冰岛"的地方没说什么好话，可是赫若夫却对这片土地有更好的看法。他们的同伴索洛夫喜欢跟别人说，那里的牧草非常好，每片草叶上都滴着黄油。自那之后，他就被称为黄油索洛夫。

英格尔夫·阿尔纳尔松

英格尔夫·阿尔纳尔松来自挪威，地位颇高。他有一个结义兄弟名为莱夫，两人经常一起外出劫掠。一次维京探险中，他们与"瘦子"阿提利伯爵的儿子们联手，可是又与这些凶狠的家伙发生了争执，某次小冲突时，这群兄弟中的两个被他们杀了。阿提利伯爵只肯接受以下补偿：英格尔夫和莱夫的所有土地都归他所有。

英格尔夫和莱夫找到一艘大船，出发去探索这个被人们称为约翰·彼得·拉迪希的画作（1850年）中，英格尔夫在家人的注视下命令竖起高座柱[1]。

"冰岛"的地方：他们在东峡湾度过了一个冬天。对这个地方进行考察之后，他们认为冰岛的南部要比北部好，是最适合定居的地方。等他们返回挪威，英格尔夫将自己所有的财产都集中起来，准备带去这片新大陆。而此时莱夫则对爱尔兰发起了袭击，赢得了大量战利品和许多奴隶。这次劫掠时，莱夫进入了一个土屋，在黑暗中见到一柄宝剑闪出的光芒。他杀死持剑者，夺走了这柄剑。自那时起，他就被称作"宝剑莱夫"，或者赫约利夫。那年冬天，两人留在了挪威，英格尔夫向诸神献祭，愿他们的远征能寻找到宝藏。而赫约利夫从不献祭，现在他也不认为有这个必要。春天时，两人带着他们所拥有的一切离开了。

　　一靠近冰岛海岸，英格尔夫就将家族的高座柱扔进了海里，

---

1 一种领主的标志。

然后发誓，无论神将它们带到岸边的什么地方，他都会在那里定居。好几年后，他才知道它们到了何处。在此期间，英格尔夫和他的家人在登陆的南海岸建起了营地。赫约利夫漂流一段时间后，他的淡水流干了，于是他在更远的海岸处登陆。他在那里建了两座房子，春天来临，他打算犁地耕种，可是却只有一头牛，便将他的爱尔兰奴隶套在犁上。奴隶们不愿意被当作动物一般对待，就杀死了他的牛，并告诉挪威人是一头熊袭击了牛。随后，奴隶们把赫约利夫和他的人一个接一个地干掉，趁着他们正四散开来寻找野兽——这些人并不知道冰岛从未有熊生活过。奴隶们带走了死者的妻子、财产和船只，然后划船来到他们在海岸外看到的一些小岛上。他们的领头人叫作杜佛萨克。

此时，英格尔夫派出自己的奴隶去寻找高座柱，他们见到了赫约利夫和他那些部下未被掩埋的尸体。这消息让英格尔夫感到糟透了。"我的兄弟，你拒绝献祭，于是发生了这种事情，"他一边准备安葬赫约利夫的尸体，一边若有所思地说道，"不过别担心，我定会为你的死去雪耻。"英格尔夫曾在海岸外看到过这些岛屿，他猜测奴隶们逃到了那里——他确实没猜错。英格尔夫和他的部下将正在吃饭的爱尔兰奴隶们吓了一跳，他们四下逃窜。然而，除了爬上有海鹦筑巢的陡峭山峰，并没有多少地方可供逃跑。英格尔夫一个又一个地追捕爱尔兰人，为了躲避追捕，有些人从悬崖上跳下，而杜佛萨克就在今天被称为"杜佛萨克悬崖"的地方被杀。因为爱尔兰人被称作"西部人"，所以自那时起，这些岛屿被称为"韦斯特曼群岛"（意为西部人群岛）。

至于英格尔夫，他返回了大陆。他的高座柱在一个名为雷克

对抗图尔格齐[2]率领的丹麦人登陆利菲河[3]岸。爱尔兰奴隶是冰岛移民的重要组成部分。摘自哈钦森出版于 1915 年的《民族史》。

雅未克[1]的海湾被发现，那里的地面似乎在冒烟，于是他将农场搬了过去。他坚信这就是众神希望他定居之处。他在第一次征用土地时就将该地区的所有土地据为己有。他的两个奴隶——一个是自由人，一个是逃跑者，也建立了自己的农场。英格尔夫建起了一座庄园，许多年后，他的高座柱仍留在那里为人所见。

英格尔夫被认为是第一个在冰岛永久居住的人，很多后来者以他为榜样，带着他们的奴隶，从挪威、苏格兰群岛以及爱尔兰而来。定居点没有统治者的监督，来到此处的独立农民们自己组织处理相关事务：他们占领了看起来最肥沃的土地，据说在三代人之后，冰岛的所有耕地就都被瓜分了。那些传奇的先驱者们，

---

1 冰岛首都。其冰岛语意为"冒着烟的海岸"。
2 在爱尔兰建立政权的第一个维京人，他在公元 832 年入侵爱尔兰，并于公元 836 年占领了都柏林。
3 位于都柏林的河流。

他们的名字至今仍被铭记：英格尔夫的儿子——索尔斯坦促进成立了冰岛全国自由民大会（议会）；他的儿子索尔凯尔·穆恩是那次自由人集会的法律宣讲人；深谋远虑的奥德；"瘦子"赫尔吉和老凯迪尔比约；赫罗洛格——赫罗洛格岛正是以他命名；夜狼和"黑人"索比约恩；无神论者霍尔，他拒绝向阿萨诸神献祭，只相信自己的力量；索伦，他的土地紧挨着女祭司瑟瑞德；还有格里姆，他的定居之处是由一条人鱼所告知。这些先驱者中的每一位都有自己的故事，他们中的许多人都被载入史册。

"深思熟虑的奥德"

"深思熟虑的奥德"是最早的定居者之一。她的父亲名为塌鼻子凯提尔，这个男人被哈拉尔德国王派来征服赫布里底群岛。塌鼻子凯提尔成功控制了这些岛屿后，却拒绝向哈拉尔德国王朝贡。于是他的儿子们从挪威的祖传土地上被驱逐，直接前往冰岛的新殖民地。此时，奥德嫁给了"白人"奥拉夫，他既是都柏林的国王，也是都柏林维京人的首领。奥拉夫在战斗中牺牲后，奥德带着他们的儿子——"红发"索尔斯坦，还有索尔斯坦的随从一起离开了爱尔兰。索尔斯坦是个了不起的维京人，他试图带领军团征服苏格兰，然而，待在凯斯内斯[1]的奥德却接到了他的死讯，而她父亲死于赫布里底群岛的消息也同时传来。奥德断定，在苏格兰，命运不会眷顾于她。她下令秘密建造一艘大船，并将大量追随者和家族的大部分财富都留在凯斯内斯。她的第一次航行抵达了奥

---

1 苏格兰北部地名。

奥德最终在布雷达湾口找到了她的高座柱，并在它们所到达的岸边定居下来。她所声称拥有的土地被她赠给了许多后来的定居者。

克尼群岛，在那里，她安排自己的孙女嫁给了一位有权势的伯爵。之后她去了北部的法罗群岛，并且嫁出了另外一个孙女——高图思科吉家族便是她的后裔。随后，奥德离开去寻找冰岛。

这次横渡本来波澜不惊，但是当奥德试图在南海岸航行之时却被陌生的洋流困住，她的船因此损毁。每个人都活着爬了出来，并且设法抢救了大部分的财产。奥德立即出发去找她的兄弟赫尔吉，还带着二十个随从。赫尔吉欢迎她的到来，并且提出，他将招待妹妹带来的一半追随者，最好剩下的人能自己找到住处。奥德对他这样不冷不热的态度很不以为然，于是动身去找她的另一个兄弟比约恩。比约恩更加好客：他知道自己的姐姐喜欢有格调的生活，于是邀请她带着所有的追随者留下过冬。奥德非常高兴，至少她有一个兄弟知道什么是慷慨。

兄妹一起度过了一个舒适的冬天。春天来临，奥德乘船横渡布雷达峡湾，将她所有喜欢的土地都据为己有，并在航行之中为海岸线命名——一个海角被称为堪布斯尼斯，因为她在那里丢了一把梳子，另一个被称为"早餐点"，因为她曾停在那处进餐。奥德最终在布雷达湾口找到了她的高座柱，并在它们所到达的岸边定居下来。她在哈瓦姆建立了一个农场，并将自己声称拥有的土地赠给了许多后来的定居者。据说她还奖励了自己的奴隶——使他们成为自由人。布雷达峡湾所有的人都可以从她那里追溯他们的血统。整个晚年时期，深思熟虑的奥德都在冰岛管理她的地产，即便是离开人世的那一天，她仍然镇定自若。

"树腿"奥诺德

冰岛被称为维京人的退休家园，一些早期定居者带着自己的伤痕自豪地来到这个定居点。奥诺德来自挪威，富有声望，他是一个非凡的维京人。他率领一支由五艘船组成的舰队向西航行，对赫布里底群岛发动袭击。他在巴拉群岛与一位名叫科亚瓦尔的国王交战，并利用这些岛屿作为基地，连续三年在夏季袭击爱尔兰和苏格兰海岸。那几年收获颇丰。

乱发哈拉尔德试图向西扩张势力的过程之中，奥诺德返回挪威家中，并很快卷入了这场冲突——在哈拉尔德镇压反对者的哈夫斯峡湾战役中与国王交战。奥诺德勇敢地在船首战斗，登上舷墙向哈拉尔德的部队发起猛烈攻击。然而，向前推进时，他的脚从膝盖之下被切断，为了安全，他不得不被人拖到另一艘船上。从那时起，奥诺德开始使用一条木腿走路，并被称为"树腿"奥诺德。人们说，这几乎没有令他的速度变慢。

为了避免哈拉尔德的报复，战斗结束后，奥诺德逃向西部。很多挪威逃亡者在西部岛屿重新集结，奥诺德加入了他们的行列。关于冰岛那些未占土地的消息已经传开，他的几个同伴在同年夏季为了止损都已启程，然而，树腿奥诺德还有完全准备好离开。他再次出海，伏击了一群将赫布里底群岛作为基地的维京人。这场发生在狭窄峡湾的战役里，奥诺德往他的木腿下塞了一根原木以便站稳脚跟，而赫布里底群岛的维京人很快就开始后悔之前对他的嘲弄。奥诺德与奉命保卫爱尔兰海岸的挪威人艾文德一起在爱尔兰待了一段时间，他见到更多的同伴乘船离开，前往冰岛定居。但奥诺德再次向东而行，回到挪威。他和亲戚们住在一起，对方将他藏了起来，以免让哈拉尔德国王发现，但又一再劝说他带着所有财产离开，免得被哈拉尔德的人抓住。于是奥诺德将一切安排得井然有序：他杀死了夺走自己农场的人，将所有房舍都烧为平地。春天时，他将这次清算所获得的财富装上船，然后渡海前往冰岛。倘若没有他的木腿，他很难登船。

奥诺德和阿斯蒙德分别乘坐两艘船驶向冰岛。海上波涛汹涌，强风从南方吹来，他们险些越过了冰岛。他们首先在这个国家东北部的朗加半岛发现了陆地，然后向西进发；可他们沿着北部海岸还没走多远，南方刮起了大风，于是他们决定到附近的一个峡湾避风。阿斯蒙德设法驶入峡湾口某个岛屿的背风处，可是当奥诺德也试图进入峡湾时，帆桁松了，船员们不得不降下船帆。

他们被强风吹到海上过了整整两天，然后风向突然改变，将他们吹回冰岛北部一个名为斯塔拉达弗洛的大海湾。一艘小船从附近的定居点向他们驶来，带来一个消息——海湾处无人认领的

"金发哈拉尔德号"维京龙船的复制品[1]，正在平静的沿海水域划行。

―――――――――――

1 世上最大的现代建造维京船，2014 年开始第一次远洋航行，由挪威至英国。

土地极少。奥诺德和他的船员商讨一番，决定继续向西航行。他们泊在一个小河口，然后上岸遇见了一个名为埃里克·斯奈尔的富人，他声称自己拥有附近所有的土地。他愿意向奥诺德提供建立农场所需的任何土地，因为几乎其他所有东西都已被夺走。奥诺德想看看那到底是什么样的土地，于是埃里克陪他进入河湾，指出他所提供的地方。河流背后高耸着一座陡峭的雪山，名为卡德巴克。奥诺德对那里进行了勘测。

"我的土地和我的力量如同海上的船一样渐渐消失。我离开了我的朋友，以我的家乡交换了这些寒冷的山坡！"奥诺德说道，埃里克·斯奈尔点了点头，随着他的目光望向群山。"很多人在挪威失去了很多，那无法弥补。不过我建议你接受我所提供的一切，因为再没什么别的东西可以给新来者认领了。"

奥诺德占领了那片土地，还有三道河流，建立起一个庞大的家族。后来埃里克又给了他更多的土地，伟大的维京人在此定居。据说，所有来到冰岛的人当中，他是最能干的一个独腿人。

红胡了埃里克和挪威人发现格陵兰岛

挪威人在从冰岛至赫布里底群岛的所有北方岛屿上定居下来，然而，环海向西延伸至更远方。没人想到北大西洋广阔的土地上能找到冰岛牧场——所以也许还有更多的陆地有待发现？托尔曾经划着船去寻找耶梦加得，他是否曾经已深入过这些未知的海洋？北欧航海者的发现往往出于意外，如果不是奥丁、托尔和海神尼约德，又是谁在指引他们的船驶向这些新的海岸？

红胡子埃里克来到冰岛之前，他的父亲在挪威杀了一些人。埃里克继承了豪卡达尔的土地，并在那里建起了一个农场，不过他自己并未长期定居。他的奴隶们导致了一场山崩，摧毁了邻居的农场，双方发生严重冲突——埃里克杀死了一些显要人物。他被驱逐出豪卡达尔，只得搬家到附近峡湾的一个岛上。他将家中的一些木料交给了另一个邻居保管，可对方却不肯归还，他因此与对方争斗并杀了这个人。这一行为令埃里克最终被冰岛视为罪犯。他逃脱了抓捕，登上一艘早已准备好的船——他曾听说，有一个叫作贡比约恩的水手，在被吹到海里的时候见到了陆地。他计划和追随者一起向西航行，看看能找到些什么。

埃里克凭借一阵好风，从斯奈山半岛出海。向西航行了好些日子以后，他见到一片陆地，位于巨大的冰川之下。于是埃里克改变了航向，向南而去，想了解这条海岸线是否适合居住。他和追随者绕过费维尔角，在一个名为"埃里克之岛"的地方度过了第一个冬天。春日里，他们航行至峡湾，认为那是个建立基地的好地方：有很好的牧场，并且整个夏天峡湾都没有冰。接下来的夏日里，埃里克对周边的峡湾展开探索，他一边走一边为路标命名：据说他发现了一些皮船和几件石器的残存，知道有人曾经过那里，不过没有迹象表明他们已在那里定居。在这片新土地上探险三年之后，埃里克返回冰岛，和想将他置于死地的人达成和解。不过埃里克并不打算继续待太久去耕种那片贫瘠之地，他想去自己在西部发现的峡湾扎根。他将这片新的领地命名为格陵兰岛[1]，因为觉得这个名字能吸引其他人前去定居。他的确没做错。

---

1 "格陵兰"意为绿色的大地。

商船定期在北大西洋各个遥远的海岸之间穿行，运送木材、谷物和金属。

据说第一批移民潮时，有 25 艘船与埃里克一起从冰岛出海，但是却只有 14 艘船抵达。位于布拉塔利德 [1] 的埃里克领地周围有一些峡湾，许多人在那里住下来，而另一些人则前往更远的北方去寻找第二个定居之处。他们的房子有厚厚的草皮墙抵御寒冷，还有长长的公共壁炉，最好的屋舍之中铺着漂流木，悬着挂毯。定居者们发现峡湾沿岸有极好的牧场，可供放牧牛羊，也适合狩猎——海象的牙和皮毛都可以拿去买卖，偶尔他们还会将活的北极熊送回挪威。不过，尽管这些定居此处的农夫既顽强坚韧又能自给自足，但有些东西只有挪威人的家乡才能提供，商船定期在北大西洋各个遥远的海岸之间穿行，运送木材、谷物和金属，并带回更多异国情调的商品。据说独角鲸 [2] 的长牙令从未见过它的人非常惊奇。

一个叫作毕贾尼的人也跟随亲戚前往格陵兰岛，但是他漂流到了遥远的南方，当船驶出围住他们的浓雾时，他发现自己所到之处与曾经听过的描述截然不同。这片土地放眼望去遍布森林，并非陡峭的峡湾，他沿着布满大片厚岩的海岸线向北而行。等抵达一处被冰雪覆盖的海岸后，他感到这片土地看起来毫无价值，他们可能走得太远了。一阵狂风将他们带回海上，最终他遇到了一处海岸，更像是描述之中的格陵兰岛。他们于黄昏时分登陆，在毕贾尼父亲的农场受到了热烈欢迎。不过人们认为他没有去参

---

1 格陵兰岛地名，即如今的卡西亚苏克（Qassiarsuk）。
2 独角鲸大多数集中在格陵兰岛西部和加拿大北部海湾之中。

公元982年埃里克登
陆的纪念石，位于格
陵兰岛的卡西亚苏克。

观从船上看到的土地是件丢脸的事——这表明他非常缺乏好奇心。

　　了解情况的人们说，冰岛东海岸距离挪威有7天的航程，如果风势良好，从冰岛的斯奈山到达格陵兰岛需要4天，而从爱尔兰西海岸的斯莱尼海角向南航行则需要5天。倘若商人们想从挪威的卑尔根直接前往格陵兰岛，他们应当首先经过赫尔南岛旁边的海峡，然后向西航行。他们应当将航线一直保持在设得兰群岛的北边，以便能见度好的时候可以看到它，而且距离法罗群岛足够近，海浪会从地平线上的山脉中间经过。这艘船应当驶到冰岛南部足够远的地方，从而能见到鲸鱼和鸟类。下一站即将抵达的陆地便是格陵兰岛海岸。

莱夫·埃里克松发现文兰岛

埃里克有两个儿子：索尔斯坦和莱夫。索尔斯坦在格陵兰岛度过了一生中最美好的时光，并在那里一直务农直至去世。可是莱夫却不满足于安定的生活。他乘船前往挪威，在奥拉夫·特里格瓦松[1]国王的军队中服役。奥拉夫国王信仰基督教，他问莱夫是否打算在夏季返回格陵兰岛。莱夫回答说正是如此。"好吧，"国王说，"假如你必须离开，我有一个任务交给你：将基督教带回家，并且以我的名义传教。"莱夫认为，想要说服那些顽固的定居者放弃他们的旧神是一桩艰巨的任务，不过他同意试试看。

莱夫从挪威出发，然而旅程并未按照计划进行：他所见到的并不是他一直期待的陆地，他没有看到格陵兰岛雾蒙蒙的山峦与冰川，而是见到了野麦田和枫树。莱夫驶入一个海湾，建起了一个小营地，然后派人探索周边。派出去的人们报告说，河里全是鱼，草木繁茂，在他们看来，气候一定也很宜人。莱夫的船员中有一个叫作蒂尔吉尔的德国人。有一天，这个人从营地中失踪了，莱夫派出了一支搜救队。他们发现蒂尔吉尔摇摇晃晃地往住处走来。他似乎非常怡然自得，用德语喋喋不休地说个不停，嘴唇和手指都被葡萄汁弄脏了。原来他在海湾附近发现了野生的葡萄藤，结满了已经发酵的果实。莱夫决定以葡萄藤的名字来为这片土地命名，称它为"文兰岛"[2]。在返回他父亲的住处之前，他一定要储备一些葡萄、木材和野生小麦。

---

1 挪威国王，公元 995 至公元 1000 年在位，为挪威的基督教化做出了突出贡献。
2 葡萄藤的英文是"vine"，长有葡萄藤的土地就是"Vinland（文兰岛）"。

埃里克的冒险精神仍然十分强烈，一年夏天，他带领一支探险队出发，亲自前往他儿子经常提及的文兰岛。

　　　　返回格陵兰岛的路上，莱夫遇到了一些因为船只失事而被困于暗礁的水手。在这辽阔海域中发现一艘失事船只的机会微乎其微，莱夫因此被称为"幸运的莱夫"，而他发现文兰岛的消息也传开了。

　　　　回到格陵兰岛以后，莱夫开始宣扬基督教信仰，他的母亲赫乔希尔德皈依了基督教，并且修建了一座小教堂。从那之后，她不再与红胡子埃里克一起生活，这令老战士非常恼火：他将始终是旧神的追随者，直至死亡降临。埃里克的冒险精神仍然十分强烈，一年夏天，他带领一支探险队出发，亲自前往他儿子经常提及的文兰岛。可是，埃里克注定无法抵达西边的大陆，他从马背上摔下，断了好几根肋骨，他的旅程开始变得非常糟糕。一出海，

《莱夫·埃里克松发现美洲》，克里斯蒂安·克罗赫绘（1893年）。

他的船就被带到了冰岛的视线范围内，而且向南边走了很远——他能听到来自爱尔兰海岸的海鸟叫声，直到季末他才赶上了东风。他疲惫不堪地返回格陵兰岛，但很高兴自己还活着：众神的意志是将发现新大陆的任务留给别人。

卡尔赛甫尼的远征

一年冬天，一个叫作卡尔赛甫尼的商人携带大量谷物和麦酒从冰岛来做生意。红胡子埃里克热情地接待他，他们一起愉快地度过了整个冬天，并且围绕莱夫发现的西部土地聊了很多。

卡尔赛甫尼向"远游者"古德丽求婚。古德丽出生于冰岛，后来四处旅行，曾抵达罗马。他们在布拉塔利德举行了婚宴，庆典结束后不久，古德丽开始谈论文兰岛，以及大洋彼岸等待着他们的种种可能。卡尔赛甫尼同意进行一次远征，不仅是去探险，而且是去定居，如果那片土地确实像他所听说的那么好。几位有名的男人和女人跟着卡尔赛甫尼一起出发：埃里克的女儿芙蕾狄斯和女婿索瓦尔德；一个名为索尔霍德的野蛮人；奥拉夫·特里格瓦松送给莱夫的一对苏格兰夫妇；还有最重要的古德丽。总共有 160 人参与了那次远征。

卡尔赛甫尼顺风从格陵兰岛启航，两天后，他们来到一块被厚厚岩层覆盖的陆地。正如毕贾尼所描述的那样，那里有许多的狐狸。他将那个地方命名为"赫尔陆兰"[1]，然后继续向南航行。接

---

1 即现在加拿大的巴芬岛。

汤姆·洛弗尔于1909—
1997年所作,维京人
登陆文兰岛的纽芬兰
的画面。

着他们来到一个不同于格陵兰岛的地方,那里森林茂密,于是卡尔赛甫尼将之命名为马克兰,意思是"林地"。他沿着海岸继续向前,经过一个大岬角,见到一艘失事船只的龙骨,然后继续沿着一片似乎无边无际的沙滩前行。最终,格陵兰人驶入了一个海湾,放下了船锚。卡尔赛甫尼叫来莱夫·埃里克松借给他的那对苏格兰夫妇,这两人可以不知疲惫地奔跑。卡尔赛甫尼让他们出发,在三天之内尽可能多地探索这片土地。这对夫妇很快出发,身着边缘敞开的帽衫,别的什么也没穿。三天后他们回来了,带着野生小麦和葡萄藤。卡尔赛甫尼认为文兰岛一定近在咫尺。

移民们沿着海岸又航行了一段距离,进入一个峡湾,到了一个鸟鸣不断的岛屿。他们建起了一个冬营地,卡尔赛甫尼和古德丽的儿子就在那里出生。他叫作斯诺瑞,是第一个在这片新土地上诞生的挪威孩子。其他移民们忙于探索海岸、欣赏风景,以至于没能为冬天做好准备。冬天来临后，一切变得异常严酷，难以狩猎，食物匮乏。猎人索尔霍德向托尔求援，他的祈祷似乎得到了回应，一条鲸鱼被冲上了海岸，可是鲸鱼的肉最终却让所有人都生了病。在那之后，许多船员认为最好还是向基督求助，而托尔德尔诅咒着这次远征。"我跑到这里来可不是为了靠着白水和烂鲸鱼肉活下去，能浇灭我烦恼的酒在哪里？"他向所有愿意倾听的人抱怨着。托尔德尔去北方寻找文兰岛，他和几个人一起出海，可是西风将他们的船一路吹到了爱尔兰，他们在那里被人奴役，最终死去。他们从未寻到他们的葡萄藤。

挪威探险者遭遇斯克林斯人 [1]

卡尔赛甫尼率领一支小舰队向南而行，几天后，他带着移民们进入了一个潮汐湖，湖边的土地上长满小麦和葡萄藤，水中全是鱼，林间都是可供捕猎的动物。这片土地上似乎只有他们在，然而，某一个清晨，当移民们开始完成一天中的第一件家务，一群人乘坐九艘皮艇从湖对面逼近营地。船上的人把木枷挥舞过头顶，顺着阳光穿过天空的方向。卡尔赛甫尼觉得这可能象征着和平，于是格陵兰人拿出了一块白色盾牌，向着不断靠近岸边的陌生人挥舞致意。这些陌生人的面容令北欧移民们感到惊奇——他们长着大眼睛和宽颧骨。北欧人觉得对方长相邪恶，于是称他们为斯克林斯人。土著们带着与北欧移民同样的惊奇回望他们，直至划过海岬才不再注视对方。卡尔赛甫尼和他的追随者们现在变

---

1 维京人对文兰岛原住民的称呼，这些原住民应当是印第安人。

这些陌生人的面容令北欧移民们感到惊奇——他们长着大眼睛和宽颧骨。北欧人觉得对方长相邪恶，于是称他们为斯克林斯人。

得更为谨慎，他们在湖边的一个斜坡上建起了自己的家园，在那里度过了冬天。他们没有遇到任何麻烦，牧草太好了，牲畜根本不需要特意照料。

春天来了，斯克林斯人也一同出现。这一次，大量的皮艇绕过海岬而来，远远望去，湖面仿佛被木炭覆盖。土著部落想与新来的人进行交易，他们最想要的是红色的布料，便将红布绑在头上，用皮毛来进行交换。格陵兰人将所有布料都拿来交易，把它们分割得越来越小。不过卡尔赛甫尼并不同意向斯克林斯人出售长矛或者剑。这场贸易的中止，是因为有一头公牛从移民者的田里冲出来，将土著人吓得纷纷跑回船上、越过湖泊。

这次相遇之后，和平维持了三个星期，然后船只再次出现在湖中——不过这一次木枷逆着阳光挥动，而斯克林斯人则发出了可怕的战斗嘶吼。北欧人拿起武器仓促应战。土著战士们拥有弹弓，燧石如同雨点般落在卡尔赛甫尼以及他同伴们的身上。还有一个奇怪的球体，飞过他们的头顶，带着异世界的嘈杂声响砸向地面。这超出了格陵兰人的承受力，他们转身跑到悬崖的安全地带。可是芙蕾狄斯——红胡子埃里克的女儿却没有这么做。她听到战士们撤退时的动静，便从家中走出来，毫不迟疑地叫他们懦夫。"如果我有武器的话，会比你表现得更好！你应当像宰牲口一样杀了他们，而不是往山上跑！"她喊道，可是逃跑者们对她的奚落置若罔闻。她跟在他们的身后质问他们，可是由于她已怀孕，难以跟上对方。斯克林斯人一边追赶移民一边仍在发射弹弓。芙

蕾狄斯跨过一具尸体——那男人在逃跑时被杀，落下了他的剑。芙蕾狄斯笨拙地弯下腰拾起剑，然后转过身进行自卫。当土著战士冲上斜坡朝她而去，她袒露出一个乳房，用剑身拍打它。这一场面令土著战士震惊，他们停止攻击，跑回船上。那一日，芙蕾狄斯向男人们展示了什么是勇气。

　　尽管遭受了猛烈攻击，但只有两个移民和四个土著战士被杀。据说斯克林斯人从一个垂死的移民手中夺过斧头，将它砸在岩石上，斧头断了，于是他们不认为这些陌生人的武器有多大价值，它们比不过石头。

卡尔赛甫尼认为，来自湖上的攻击威胁让定居此处变得危险，于是北欧移民们将船只整理好。他们与斯克林斯人的下一次会面也并不愉快。沿着海岸前行的路上，他们发现了五个身着皮毛的斯克林斯人正睡在一块岩石上，身旁有一碗掺着血的鹿骨髓。卡尔赛甫尼的人认定他们是部落中的亡命之徒，于是将他们全部杀死。在马克兰的一次伏击中，他们俘虏了两个土著男孩，把他们收为奴隶。当船只靠岸补给时，一个独腿人从树丛中钻出，向埃里克的女婿，正坐在船舵处的索瓦尔德射了一箭。索瓦尔德从腹股沟拔出那支箭——一大块肥肉在倒刺上晃晃悠悠。"咱们找到的这片土地一定很肥沃：我显然吃得很好。"他打趣道，尽管那伤口

北欧人在北美洲定居点的唯一明证在纽芬兰的安塞奥克斯草场，那里重建了一个北欧长屋。

后来要了他的性命。移民们在第一次露营之处度过了旅程中的第三个冬天：这是又一个艰难的季节，那些经历了三年迁徙的未婚男性尤其焦躁不安。卡尔赛甫尼认为是时候止损回家了。那年夏天他们回到格陵兰岛，受到红胡子埃里克的热情迎接。

卡尔赛甫尼和古德丽后来以农民的身份返回冰岛，他们曾经在被后来的探险者称作"新世界"的地方生活了三年。北欧探险者们似乎再也没有发现过文兰岛，但是人们曾前往采伐木材的树木之地——马克兰，还有西边远离北欧故土的那片大陆却从未被彻底遗忘。

　　北欧人在北大西洋的扩张众所周知，当我们提到维京人，往往会联想到舰队穿过北方的海洋，向英格兰、爱尔兰和法国的修道院发起袭击。然而，早在那次著名的林迪斯法恩入侵之前，来自瑞典的维京人就活跃于波罗的海地区，尽管天空中并未见到标志着这些北欧人到来的火龙。维京时代，奥丁的追随者们在东方进一步拓展自己的事业。他们发动袭击，和邻近部落结成同盟，进行贸易，落脚定居，并且利用波罗的海作为通道，进入中欧和其他地区。尽管北欧人在西方的扩张主要表现为维京人的掠夺和在新土地的定居，但是在东部发生的故事则是庆祝河流贸易，以及大量的阿拉伯银币沿着这些河流返回北欧家园。北欧海员将船向南驶往君士坦丁堡和里海沿岸，成为拜占庭皇帝的保镖；来自北方的商人骑着骆驼穿过沙漠，来到巴格达的奴隶市场。如同西部的北欧探险者一样，这个民族在世界的极限之内奋力前行。

对页图：哥得兰岛的11世纪如尼文石碑（局部），意指一次前往东方的航行还有一个儿子被布拉库人[1]所背叛。

---

1 即瓦拉几人（Vlach），指中世纪早期散居于东欧南部（巴尔干地区），说拉丁语方言的民族。也被解释为"黑人（black men）"，可能代表俄罗斯文献中被称作"黑帽子"的混合部族。

波罗的海

　　波罗的海几乎全部被陆地环抱，只有丹麦群岛附近的狭窄海峡允许船只航行至卡特加特[1]和更远的北方海洋。据说女神葛芙琼通过戏耍古鲁菲国王，创建了波罗的海诸岛之中最大的一个岛：作为取悦他的奖赏，古鲁菲允许女神在他的王国里占有尽可能多的土地，只要四头牛在一天一夜内能犁完。可是那些"牛"是葛芙琼的巨人儿子，她犁了地，还将这些土地从瑞典拖走，将它们置于如今西兰岛所在之处。而她留下的空处被波罗的海的水淹没，变为瑞典的梅拉伦湖。

　　早在维京时代，梅拉伦湖的比尔卡小岛上就有一个贸易中心。从波罗的海东部返回的商人们将货物卸在港口，他们带来丝绸和陶瓷，异国的珠宝，有时还有银币。工匠们在拥挤的房屋中加工鹿角和金属，保存毛皮，准备销往南方市场。一个商人从比尔卡乘船出发，经波罗的海航行至奥得河[2]上的沃林贸易中心，或是维斯瓦河畔的杜鲁索，或是伏尔克夫河上的斯塔亚拉多加[3]，只需要不到一周时间。为了纪念一位名叫斯威恩的商人而立起的如尼文石碑上说，他经常驾驶心爱的货船绕过危险的多梅斯纳斯海岬，进入里加湾[4]，然后从那里驶入拉脱维亚的河流。他的妻子——那块石碑的立碑者，却并没有说他是否平安返回。

　　斯堪的纳维亚人很快成为波罗的海贸易城镇的常客。从芬兰

---

1 大西洋北海的一个海峡，斯卡格拉克海峡的延伸，是丹麦和瑞典的边界，它也可被视为波罗的海的一部分。
2 中东部欧洲的一条河流，是波罗的海流域最重要的河流之一。
3 俄罗斯最古老的城市。
4 波罗的海东南部海湾。

湾¹出发，沿着宽阔的涅瓦河²航行至拉多加湖³，就可以抵达斯塔亚拉多加。它位于伏尔加河水系的主干道上，东至伏尔加河，并最终通向里海，阿拉伯银币将在那里被用于购买皮毛和奴隶。向南而行，汇入德涅斯特河以及流入黑海的第聂伯河则能够抵达其他河流水系。这个由水道与港口组成的网络，在古代挪威被称作"奥斯特维格"——通往东方之路。

波罗的海的海况可能并不像维京人在北大西洋所面临的那样难以预测，然而，任何海上航行都有风险，一些瑞典的如尼文石碑谈到了死者。比如英吉布乔格怀念自己的丈夫——他的船沉入了芬兰湾的海底。据她说，只有三个人在那场灾难中存活。其他的如尼文石碑提到战争和暴力导致的死亡：奥特里格在芬兰被杀，奥诺德在爱沙尼亚被杀。一个叫作埃吉尔的战士死于某次军事远征——这次远征穿过芬兰南部并抵达了更远的东方，名为弗雷格尔的族长领导了这次远征，他的兄弟委托制作了这块石碑，声称他自己也具备弗雷格尔的战斗水准。

在维京时代，瑞典人和丹麦人有时会更加一致地努力将波罗的海沿岸土地置于斯堪的纳维亚人的控制之下。比尔卡的国王奥拉夫成功地袭击了拉脱维亚的库尔兰人，将格洛宾城重新控制在斯堪的纳维亚人手中——在这之前，从哥得兰岛来的移民已在此城定居，繁衍了好几代。丹麦国王古德弗雷德打败了他的斯拉夫邻居，强迫商人们从繁华的雷里克城搬到赫德比，这样他就可以确保从贸易中得到朝贡。

---

1 波罗的海东部大海湾，位于芬兰、爱沙尼亚和俄罗斯之间。
2 位于俄罗斯西北部的一条河流。
3 位于俄罗斯西北部的淡水湖。

来自瑞典索德蒙兰奥达的如尼文石碑（Sö 39）。这块石碑是为了纪念一个死于溺水的男人，他名叫博格韦德。

据说，尤姆斯维京人[1]兄弟会在波兰海岸的某个基地中活动：他们信仰北欧诸神，彼此忠诚，却会效力于出价最高者——一切英勇的牺牲都是为了成就奥丁的伟业。波罗的海未曾躲开尤姆斯维京人和其他维京团伙的袭击，但毫无防备的英格兰和爱尔兰修道院中囤积的白银，使得袭击北海成为一桩有利可图的生意；而在东部人口较少的地区，仅仅掠夺顺着河道流入波罗的海的白银没有意义。对东方的贸易是可被开发的财富来源。

前往波罗的海的旅行者

丹麦人在赫德比的定居点是繁荣的波罗的海贸易中心，吸引了来自远方的游客。不过，并非所有人都对他们所发现的印象深刻。来自西班牙的使者易卜拉欣·阿尔－塔图什曾途经赫德比。这个波罗的海商贸中心的景况令他震惊：此处似乎盛产鱼类，商

---

1 流亡维京战士们在尤姆斯堡组成的独立武装组织，他们是超脱于政治之外的雇佣兵。

那里的居民拥有奇特的习俗，包括将弃婴扔进海里以节约抚养费用。

人们几乎每顿饭都会吃鱼。这里的居民拥有奇特的习俗，包括将弃婴扔进海里以节约抚养费用，还有将祭祀的动物挂在家门口的柱子上以供奉神灵。妻子可以随时和丈夫离婚，男人和女人都化眼妆使自己变得更美丽。他们是他遇到过的最糟糕的歌手，他们的声音听起来不像人类歌唱，而是野狗狂吠。

　　海员们也从西方来到波罗的海，他们到过的地方，邂逅的文化，与这一切相关的知识都被他们带回自己的国家。这样一个人来到了韦塞克斯[1]的国王阿尔弗雷德[2]的宫廷之中，他叫作沃尔夫斯坦，非常熟悉东波罗的海及其航线，所提供的信息极具价值，足以被记载于羊皮纸上。阿尔弗雷德或许很想了解沃尔夫斯坦带来的奇异货物究竟来自何处，或许他可能想掌握那些维京人的航线——他们令他的王国陷入瘫痪。

　　沃尔夫斯坦的旅程始于商贸重镇赫德比，不过他对赫德比的歌者和鱼只字未提。他从那里扬帆出航走了好几天，穿过丹麦水域，进入波罗的海，途经拥有自己国王的博恩霍尔姆岛[3]。之后，他一路航行到维斯杜拉三角洲的杜鲁索，此处北部是瑞典人的土地，南部是文德人[4]的土地。维斯杜拉河极大地震撼了沃尔夫斯坦，因为它十分辽阔，将文德人的土地和波罗的海各部族的土地分隔开，这些部族被称为埃思泰人，他们有很多的小王国，经常处于战争

---

1 即西撒克逊，公元 495 年由塞尔蒂克领导下的撒克逊人建立。
2 曾率众抗击维京人的入侵，使英格兰大部分地区回归盎格鲁 – 撒克逊人的统治。
3 波罗的海西南部岛屿。
4 斯拉夫人部落统称。

状态。沃尔夫斯坦指出，埃思泰广阔的土地上盛产蜂蜜，以至于穷人和奴隶都喝蜜酒，而富人则喝马奶。

他还提到，波罗的海部族的习俗是，当一个人死后，他会留在家中和亲属一起待上一个月甚至是更长的时间：他的身份越高，尸体留在家中的时间就越长。其中有一个部族知晓如何降温：他们可以在夏天时将麦芽酒冻住，还可以冷藏尸体以防腐烂。当寒冷的尸体停放在家中，人们尽情喝酒、赌博，最后等到火葬那一日，大家开始赛马，并且要求分享遗产。死者财富的最大一份被堆放在离家最远的地方，沿途每过一段就会放上更小的一堆，最小的那一份在房子的门口。比赛从离死者家六英里远的地方开始，第一个到达财富所在之处的人可以将它拿走，就算他们与死者素不相识也没关系。因而波罗的海的部族最为看重好马。

俄罗斯与东方之路

芬兰人在他们的语言中有一个词用来称呼瑞典人——"如特斯（Ruotsi）"。它指的是一个划着船经过东波罗的海和附近河流的民族——这也有可能是瑞典的武士兼商人们对自己的看法。从某个时候开始，东斯拉夫人跟自己的芬兰邻居借用了这个词，并开始称呼这些人为"罗斯（Rus）"。伴随时间流逝，斯堪的纳维亚人与当地部族相互融合，"罗斯"指的是一个王朝，这个王朝统治着从下诺夫哥罗德[1]岛南部基辅的河道。最终，"罗斯"这个名字被赋

---

1 俄罗斯城市。

予俄罗斯。俄罗斯的编年史中记载着关于斯堪的纳维亚人如何来到这个庞大东方王国的故事。据说，有一个民族自海上而来，在最终被赶回家乡之前，下诺夫哥罗德周围的许多部落都向他们朝贡。可是等摆脱了霸主之后，斯拉夫部落却发现他们无法自我管理，或者说无法就共同法则达成一致。于是他们孤注一掷，派出一个使者漂洋过海去请回斯堪的纳维亚人。有三兄弟回来统治这些战乱的部落，并将自己的人带到芬兰人和斯拉夫人的土地上定居。来自大洋彼岸的这些人被称为罗斯人，兄弟中最年长的那位叫作留里克，他在下诺夫哥罗德安顿下来。不到两年，留里克的弟弟们都去世了，他接管了所有的部落。

这次远征，与留里克同行的还有两位罗斯贵族，叫作阿斯克德和迪尔。这两人请求留里克允许他们沿着河流向南走得更远，去往君士坦丁堡。他们顺着第聂伯河航行，见到一个小镇坐落在一座小山上，便询问是谁拥有它。他们被人告知，有三兄弟——其中一个名为基伊——建立了这个定居点，然而自从他们死后，这里就变成了可萨人[1]的一个附属城镇。阿斯克德与迪尔决定缩短他们前往君士坦丁堡的旅程，就待在这里，在这个位于河上的好地方。他们派人送信给其他的罗斯亲属，叫他们一起加入。很快，罗斯人控制住周边的领土，而这个城镇未来将发展成为罗斯最重要的城市。从北方来的人们喊它"基辅"或是"科努加德"。

阿斯克德与迪尔不满足于控制基辅的第聂伯河：他们还记得自己最初夸口说要将船开到君士坦丁堡，让君士坦丁堡的人见识一下罗斯人的斧头。编年史讲述了一支由基辅统治者领导的罗斯

---

1 突厥中的一个部族。

人舰队如何像一阵冰雹一般驶入黑海，越过他们称之为"米克拉加德"[1]的城墙。他们挑选了进攻的最佳时机：皇帝带领他的军队在东面击退了阿拔斯王朝[2]的进攻，然而却未曾预料到来自北方的入侵。罗斯人冲破了博斯普鲁斯海峡（伊斯坦布尔海峡）[3]的防御工事，部队在城郊横冲直撞，将修道院和住宅洗劫一空，并且杀死他们找到的每一个人。皇帝从反击阿拔斯的战役中赶了回来，为了拯救这座城市而整夜祈祷。第二天，他的祈祷似乎得到了回应，罗斯人的舰队被一场暴风雨吹散了。一些船毁在岸边，幸存者沿着来时的路返航回家。

---

1 即君士坦丁堡。

2 阿拉伯帝国第二个世袭王朝，即中国史籍中记载的黑衣大食。

3 亚欧两洲分界线，沟通马尔马拉海、地中海和黑海。

4 斯拉夫人和拜占庭希腊人给斯堪的纳维亚人取的名字。

"一个民族自遥远的北方偷偷潜入，"大公牧首佛缇乌记载道。"来自地球尽头的民族如同黄蜂般袭来，恶毒又无情。他们的声音犹如大海咆哮。"

突如其来的罗斯人令君士坦丁堡陷入混乱。"一个民族自遥远的北方偷偷潜入，"大公牧首[1]佛缇乌记载道。"来自地球尽头的民族如同黄蜂般袭来，恶毒又无情。他们的声音犹如大海咆哮。"

据说，第一次进攻后大约过了五十年，两千艘罗斯战船组成的舰队和奥列格王子一起从基辅启程，拜占庭人降服于这支凶猛的北方军队。皇帝同意向每艘船的船员都支付一笔白银，然而，更加有利可图的是罗斯人有权按照自己的条款开展贸易。所有商人在城内经商时，都能得到六个月的食宿，并将获得帮助以便船只做好返航准备。这些人不会在城内武装自己，也不会制造麻烦，可是他们也不会给皇帝交税。这是经过协议认可的黑海贸易，不过背后有罗斯人的长柄斧作为支撑。

罗斯的河域航线

北方人入侵之后，拜占庭皇帝对罗斯人沿第聂伯河而下的航道十分感兴趣，一位皇帝将这些信息写了下来。在他的描述之中，是斯拉夫人在冬天制造了掏空的船。一旦湖泊解冻，船从水路被运往基辅。他们在那里将船卖给罗斯人，罗斯人再给船装上桨和桨架。六月，罗斯商人们从基辅出发，前往附属城市韦迪切夫，他们在那里会聚拢所有船只，组成一支船队，然后继续向南进发。

---

1 东正教主教在君士坦丁堡的称号。

等他们抵达第聂伯河的一处水坝——那里可能会有瀑布，或者是一段急流（这条河上有七段急流），他们会让船员下船，一些脚步稳健的人将脱去衣服，引导船只沿着河岸或是在岩石之间穿行，急流在船只两侧打着旋。第一处水坝被称作"别打瞌睡！"它被参差不齐的岩石刺穿，河水伴着巨大轰鸣声冲过。其他的水坝被称为"河流的咆哮"，或是"吞咽者"，最大的水坝，名字来源于在它中央的岩石上筑巢的鹈鹕。在此处，船只和所有货物都必须通过陆路运输。而更为糟糕的是，这一段河流的突厥部落经常袭击商队。因而一队罗斯人会留下来，护卫被拖上水坝顶端的船只，而另外一队人则在武装卫队的保护下将货物运出六英里，直至瀑布尽头。奴隶们必须戴着镣铐走完这段距离。接下来，船只将沿着同一路线被运走，先是被拖着走一段路，然后被扛上肩膀，走

关于罗斯船队的彩色绘画——《海外来客》，尼古拉斯·罗丽琪绘（1899 年）。

完剩下的六英里。一旦所有的船只都被运送到位，货物将再次装载上船，然后船队继续启航。

第聂伯河最后一道水坝的河滩处，船队最容易受到攻击，因为佩切涅格人[1]经常使用这个渡口，这是伏击的最佳地点。罗斯人必须保持警觉通过浅滩，而一旦船队经过此处，再前行不远，就能在第聂伯河的一个小岛上找到安全地点。罗斯人在那里的一棵大橡树下以活公鸡献祭，向他们的神灵献上食物和弓箭。现在他们已经摆脱了来自佩切涅格人的威胁，从第聂伯的这个河口抵达黑海的别列扎尼岛只需要四天航程。他们会继续休整几天，让船只适应出海航行，然后开始沿着黑海海岸完成最后一段行程，抵达他们称之为米克拉加德，我们称之为君士坦丁堡的宏伟城市。

君士坦丁堡与瓦兰吉安人

琥珀、毛皮和奴隶贸易吸引了许多北欧商人顺着波罗的海的河道航路溯游而下，可是驱使他们长途跋涉前往加德里基和米克拉加德的还有另外一个原因。罗斯和拜占庭的皇帝都需要雇佣兵，而举着长柄斧和法兰克剑的好战的斯堪的纳维亚人尤为受重视。罗斯人袭击君士坦丁堡之后不久，被称为"瓦兰吉安人"（这个称呼或许来自古挪威语中"誓言"一词）的那些人，开始受雇于拜占庭。他们中的一部分组成了一个精锐保镖团护卫皇帝。与

---

1 使用突厥族语言的游牧民族，曾占据南俄草原第聂伯河与多瑙河之间的地区，经常掠夺从基辅到拜占庭帝国进行贸易的商队。

1889 年的比雷埃夫斯港狮子木版画，带有如尼文涂鸦，纪念的是北欧人在希腊的功绩。

罗斯人不同，瓦兰吉安人的首领保留了北欧名字，虽然已融入了斯拉夫部落的文化，但是更多时候瓦兰吉安人仍是斯堪的纳维亚人——他们来自瑞典，也来自丹麦、挪威和遥远的冰岛。瓦兰吉安人以忠诚和信守誓言闻名于世，皇帝也为这些宣誓者所提供的服务予以丰厚回馈。在一个皇帝去世，另一个皇帝接替他的位置之前，宣誓者们甚至有权帮自己从宫廷当中获得财富。对一个斗士来说，加入瓦兰吉安卫队是一个发财致富的途径，特别是当他在国内遇到麻烦需要逃离——国内常常有麻烦发生。这些瓦兰吉安人中的大部分都参与了帝国的战役，在那个时代，他们是游历

维京时代晚期，一群斯堪的纳维亚人将自己的故事添加在狮子身侧，将如尼文雕在蛇形图案中。

最多的人。

　　一些曾加入瓦兰吉安卫队的北欧战士在家乡被如尼文石碑所纪念，石碑上记录着他们在南方服役的事，或是事件发生很久后写下的传奇。一些雇佣兵在南方时也曾雕刻如尼文字。一头白色大理石狮子曾骄傲地矗立于雅典的比雷埃夫斯港，这尊纪念碑代表着希腊势力以及海洋统治权（现在它则看守着威尼斯的军械库）。但在维京时代后期的某个时候，一些斯堪的纳维亚人将自己的故事添加在狮子身侧，他们将如尼文雕在蛇形图案中，这些冒险者的名字几乎已消失殆尽，然而这些如尼文字的作者极有可能是瓦兰吉安人，他们记录下了自己的丰功伟绩。斯堪的纳维亚人可能一直为拜占庭皇帝服务，但是很难看到希腊人对他们狮子身旁的这些奇怪添加表示赞同。

　　另一幅北欧涂鸦雕刻在君士坦丁堡的中心——圣索菲亚大教堂的走廊里。在大教堂巨大穹顶下留下印记的人叫作哈尔夫丹：也许他是个百无聊赖的瓦兰吉安人，一边观看无法完全理解的仪式，一边想着自己的传统和遥远的家乡。

无情的统治者哈拉尔德

哈拉尔德·哈德拉达最为著名的事迹是 1066 年入侵英格兰未果，但在青年时代，他曾领导过瓦兰吉安护卫队，在东部服役的众多北欧人之中，他最为出名。哈拉尔德参加斯蒂克莱斯塔战役时年仅 15 岁，他同父异母的哥哥奥拉夫便死于那场战役。这位少年被偷偷运出挪威，先是在瑞典避难，然后坐船横渡波罗的海，沿河而下，前往俄罗斯。在罗斯的首都基辅——或者说是哈拉尔德所知道的科努加德，他被任命为瓦兰吉安队伍的指挥官，负责护卫城市，并为贾瑞兹利夫国王服务了好几个冬天。不过这位年轻的挪威人并不满足自己通往米克拉加德的维京之路只完成了一半：那座宏伟的城市在召唤他，白银和声誉在等着他。

哈拉尔德带着许多追随者一同南下。他的战舰上悬挂着明亮的盾牌，护卫博斯普鲁斯海峡的守望者清楚地知道，这个海员并非为了交易小饰品而来到此处。哈拉尔德站在领航舰的船头，以手遮眼，金属屋顶上闪烁的阳光射进他眼中——不久后，城墙就耸立在眼前。当时拜占庭帝国的统治者是女皇佐伊[1]，哈拉尔德沿着街道直奔皇宫，他以雇佣兵的身份成为了瓦兰吉安卫队中的一员。这个年轻的挪威人被派到拜占庭舰队，他带领一队自己的人，在东地中海搜寻海盗。当时瓦兰吉安卫队的首领是女皇的亲戚，一个叫作吉吉尔的希腊人，可是越来越多的北方人开始追随哈拉尔德，因为他在战斗中证明了自己是最勇敢的那个人。为了停泊和露营的首选权，分别代表希腊人和瓦兰吉安的两位首领几乎争斗

---

1 康斯坦丁八世的女儿和继承人。

哈拉尔德率领他的瓦兰吉安部队来到北非，还有被北欧人称为"赛尔克兰"的土地：诗人们说，发生在这片土地上的战役中他占领了80座城市，一些城市投降，一些被武力夺取。

起来。在这件事上哈拉尔德为所欲为，如同大多数事情一样，最终吉吉尔带着希腊部队返回君士坦丁堡，而斯堪的纳维亚人、诺曼人，还有一小部分野心勃勃的希腊人则将自己的命运交给了这位年轻的挪威人。

哈拉尔德率领他的瓦兰吉安部队来到北非，还有被北欧人称为"赛尔克兰"的土地。诗人们说，发生在这片土地上的战役中他占领了80座城市，一些城市投降，一些被武力夺取。哈拉尔德仿佛不惧死亡一样投入战斗，穿过沙漠地带，他赢得了大量烈焰般闪耀的金子。这场战役让他的部下都发了财，之后他将舰队带到西西里酋长国。那个岛上有一座城池的围墙极高，以至于哈拉尔德不敢肯定自己能否领导一次必胜的进攻。他端坐着，从瓦兰吉安人的封锁线外凝望着城墙，见到一些在城内筑巢的小鸟飞入森林中觅食。如同奥丁一般狡猾残忍的哈拉尔德，下令用网捕捉这些鸟儿。他的部下将蜡和松木屑盖在鸟儿身上，然后点燃这些飞舞的蜡烛。鸟儿们向着它们位于城内茅草屋顶下的巢穴径直飞去，很快，一栋又一栋的房屋陷入火海。居民们投降了，献出自己以求哈拉尔德的怜悯，这一次，他饶了他们性命。

哈拉尔德掠夺了其他许多城市，当武力不足时，他会用他的智慧。从这些冒险中，他获得了巨大财富。他返回君士坦丁堡之前，有关他英勇事迹的消息已经传了回去。圣地就在哈拉尔德的视线当中，所有通往耶路撒冷的城市都臣服于他带领的瓦兰吉安人。像之前的朝圣者们经常做的那样，哈拉尔德在约旦河中洗浴，

拜占庭女皇——佐伊
（978—1050）

然后将大量财富捐给了圣墓教堂，并清除了朝圣路上的杀人犯和小偷。

在南方艰苦征战多年后，哈拉尔德如今渴望返回挪威，重新收回他的土地。但是有一个问题：佐伊女皇太喜欢她这位来自北方的指挥官，她不愿意他离开瓦兰吉安卫队并带着所有追随者北上。她指责他在袭击帝国敌人的过程中攫取了过多财富，这不合规矩，在她的坚持之下，皇帝将哈拉尔德关了起来。哈拉尔德由雇佣军的领导者沦落为在地牢中备受煎熬的囚徒，大多数人在此情形之下都将陷入绝望。然而，在黑暗中，哈拉尔德见到了哥哥奥拉夫的身影，他知道援兵即将到来。一根绳子被放入地牢，哈拉尔德逃了出来。他直接去找那些忠于他的瓦兰吉安人，他们参与了反抗皇帝的起义。哈拉尔德和他的部下一起闯入了皇室寓所。哈拉尔德曾夸耀说，是他在避难所中抓住了皇帝，并且挖出了他的两只眼睛。完成复仇之后，哈拉尔德带着俘虏——佐伊女皇的侄女前往码头，当夜驾驶着两艘属于瓦兰吉安卫队的船只驶向博斯普鲁斯海峡。

彼时，从港口通向博斯普鲁斯海峡的通道被一条铁链护卫，任何船只的船体都会被铁链撕破。哈拉尔德命令部下奋力划桨，接近铁链时加快速度。当船像海豚一样在水面划行，他让所有不划船的人拿起装备跑到船尾，于是船头从水中立起。船向前疾驰并登上拦河坝，龙骨挂擦着沉重的链条。等船一停下，哈拉尔德就命令他的部下爬过划桨的条凳，回到船头。船在铁链上转动时发出巨大的声响，但是船桨一阵猛晃后，他们挣脱束缚，逃出了城市的最后一道防线。另一艘船没有这么幸运：它的龙骨裂成两半，许多瓦兰吉安人在匆忙弃船时溺水而亡。开阔的水面就在哈

拉尔德面前，但他在向北出发之前，先将佐伊女皇的侄女扔回了岸上，并且将她护送回米克拉加德。哈拉尔德之所以绑架她，是为了向女皇表明，像他这样身份的瓦兰吉安人可以得到他想要的任何东西。黑海曙光初绽，船只满帆高悬，铁血的领导者哈拉尔德向北而行，返航故土。

游者返乡

自东方探险归来的男男女女给人们留下了深刻印象，尤其是波尔里·波尔拉森，他曾去往米克拉加德，然后又返回了冰岛的家中。他是瓦兰吉安卫队的一名忠实成员。波尔里一直以时尚者的身份著称，陪侍皇帝的那些日子里，他不仅大赚一笔，还成为帝国时尚的追随者。他一个疾冲下船，登陆冰岛，身着一袭猩红色的斗篷和一套丝绸织锦的衣服——这是皇帝亲自送给他的礼物，还在皮带上挂着一把剑，剑上镶嵌着大量黄金。他戴着一顶镀金头盔，手持红色盾牌，上面嵌有一个骑士的金像。他的举止甚至也有所变化，他骑马时手中握着一根长矛，就像在国外时那样。波尔里在回家的路上经过各个农场，妇女们目不转睛地盯着他，以及他那些穿着考究的随从。据说他自东方探险返回之后，除了身着丝绸或者是猩红色服饰，人们再没见到他穿任何其他样式的衣服，他作为"优雅的波尔里"举国闻名。

探险地中海

从斯堪的纳维亚半岛出发，有两条不同的线路可以抵达地中海：通过流向黑海和博斯普鲁斯海峡的河流（哈拉尔德和瓦兰吉安走过的路线），或者以坚固的远洋船沿着伊比利亚西海岸航行。这也许是抵达南部的最快路线，但是维京人却必须驶过直布罗陀海峡，检测安达卢斯[1]的海上力量——甚至比约恩·艾恩赛德那次对地中海的著名突袭也是成败参半。

公元 844 年，维京人首次考验了西班牙的防御工事，他们从卢瓦尔的基地出发，往更远的南方寻找猎物。他们袭击了比斯开湾，之后在赫拉克勒斯[2]塔附近被阿斯图里亚斯[3]军队痛击，被迫返

---

1 公元 8 世纪初，伊斯兰教曾统治西班牙所在的伊比利亚半岛，而安达卢斯这一名称即来源于阿拉伯语。
2 希腊神话中的英雄，宙斯之子，大力神。
3 西班牙北部地区国家，位于比斯开湾以南。

数以百计的维京人被抓获，吊死在城里的棕榈树上，又过了好几年，北欧海员才再次返回。

回船上。这支舰队继续占领了里斯本城，袭击南部海岸，并且占领了安达卢斯酋长国深处的塞维利亚，然而他们又在那里被集结起来的阿拉伯军队永久驱逐。数以百计的维京人被抓获，吊死在城里的棕榈树上，又过了好几年，北欧海员才再次返回。

　　维京人的袭击令这个酋长国措手不及，海防相应得到了改善，一个使团从安达卢斯被派去见这些野蛮人的首领。一个名为阿尔·阿扎尔[1]的人向北航行，他可能到了丹麦，献上了丰厚的礼物和来自苏丹的一封信，他在国王面前表现极佳。他后来所描述的维京人生活在岛屿之海的一个大岛上，据说他们中的一些人已经放弃了旧日信仰，改信基督教，尽管北方的许多人仍然是火焰的崇拜者。维京人对这位从安达卢斯而来的使者充满好奇，但最为好奇的人莫过于女王。阿尔·阿扎尔似乎也被她吸引。他了解到北欧妇女可以遵从自己的意愿留在丈夫身边，并且被允许与其他男人来往。在她的建议下，阿尔·阿扎尔染发遮住了自己的白发，他还作诗称赞她的美貌，之前他从未见识过这些。

　　无论安达卢斯的使者与他所访问的北欧王国达成了何种协议，距离下一次真正的南方探险还有十年之久——那是比约恩·艾恩赛德和一位名叫哈斯坦的维京首领率领的著名地中海突袭。比约恩·艾恩赛德据说是传奇人物拉格纳尔·洛德布洛克的儿子，他和父亲一样雄心勃勃。传闻这两人带着一支由 62 艘船组成的舰队出发，打算走西线前往地中海，袭击其中最宏伟的城市罗马。比

---

1 生活在公元 9 世纪的诗人及外交家。

居民们表示非常同情，允许将哈斯坦的担架抬进城墙内。

约恩和哈斯坦兴冲冲地从他们在卢瓦尔的基地出发，可是却发现西班牙北部是个难以攻克的地方：基督教国家和酋长国都从公元844年的袭击中吸取了教训，建立起了更强的防御。穿过直布罗陀海峡并掠夺了南部海岸的阿尔赫西拉斯城[1]之后，维京人的命运才得到了好转，之后他们横渡大海袭击了摩洛哥的阿尔玛兹玛。舰队沿着西班牙和法国的地中海海岸航行，对巴利阿里群岛发起突袭，然后在罗讷河口建立起营地。他们在卡马尔格[2]湿地度过了一个冬天，那比北方人惯常经历的冬天要温和得多。

春天，比约恩和哈斯坦率领舰队顺着罗讷河向尼姆发起攻击，之后沿法国海岸前往意大利——他们袭击了比萨，还有一个高墙小镇，比约恩以为那是罗马。这一小撮维京人不可能攻破城墙，于是哈斯坦假装病危，被担架抬到城门口。"我不想以异教徒的身份死去！"他大声说道，"求你们怜悯，带我去你们的教堂受洗。"居民们很同情他，允许哈斯坦的担架被抬进城，但是他们刚一进入，哈斯坦就跳了起来，一路砍杀回到城门，将比约恩和其他人放了进来。维京人欢欣鼓舞地洗劫了这座城市，可是比约恩却发现他所以为的罗马不过是个叫作鲁纳的小城，他并不高兴。

比约恩急于洗劫真正的罗马，但是他们在鲁纳遇到了一位老者，对方用永恒之城的遥远距离说服了他。老者的背包上挂着一双破旧的鞋子，他脚上那双鞋也没好到哪里去。他告诉维京人，

1 西班牙南部港口城市。
2 法国南部地名。

他从罗马出发时，这两双鞋都是崭新的。比约恩看着老者从皮革中戳出的脚趾，觉得罗马对于他那些疲惫不堪的士兵来说太远了。

据说比约恩和哈斯坦在返乡的路上被安达卢斯舰队拦截，许多船只失踪。精疲力竭的比约恩部队返回卢瓦尔河基地的途中袭击了潘普洛纳，他们带着仅剩下三分之一的船和惊人的财富返回家乡。比约恩和哈斯坦在那个时代的传奇人物中占据了一席之地，但这场战役所付出的代价却不会被遗忘，并且又过了一个世纪之后，维京人才大批重返西班牙。

尽管阿拉伯语将维京人称为"玛尤斯"，即拜火的异教徒，觉得他们令人害怕，以至于必须组织防御防御、部署舰队来对付，可是他们几乎不曾留下零星攻击的痕迹。一个小小的鲸骨盒——雕刻着独特的交错设计图案，是能够提醒我们的为数不多的物品之一：北欧人曾沿这些海洋航线前往南方。它还讲述了一个不同于维京人袭击的故事，关于一个商人和一个工匠。多年以来，这个盒子一直作为圣骨盒（存放圣骨和其他圣人遗物的容器）被保存于莱昂[1]的圣伊西多洛宝库之中，它可能由一位朝圣者或者北方的使者带来此地。至少在地中海，即便只是面临偶尔袭击，可是人们对维京人的恐惧却非常强烈。

来自哈里发国的白银

北欧海员接触安达卢斯的阿拉伯人，可能仅限于偶尔的袭击，

---

1 西班牙城市。

但是在东部，与哈里发国的贸易推动了挪威的扩张。通过伏尔加河运输奴隶和毛皮至里海是一桩有利可图的生意，正是巴格达东部开采的阿拉伯银吸引了斯堪的纳维亚人沿河而来。许多银币被熔化，但还有成千上万的迪拉姆[1]设法回到了斯堪的纳维亚，有一些甚至被当作珠宝佩戴。林肯郡[2]的北欧移民身上携带一枚铸造于阿富汗的硬币，她也许一直在炫耀自己能够进入东部的贸易路线，却不知道阿拉伯硬币的传说宣扬着神圣的信条："除了安拉，别无真神。"

发现于林肯郡的10世纪早期萨曼王朝[4]迪拉姆，可能被当作吊坠使用。

伏尔加河下游周边的土地不受罗斯人控制，但是即便需要沿途纳贡，保加利亚人和可萨人的市场上也蕴含大量财富，波罗的海商贸与来自东方的白银在此交汇。罗斯商人可能会带着家人一起踏上这段漫长的旅途，为了保护他们，大家一起乘坐小型车队出发，在途中邂逅陌生的风景和民族。一些商人甚至走得更远，他们的贸易对象是以巴格达为中心的哈里发国。为了抵达首都，他们从伊迪尔的可萨人城镇向南渡过里海，在戈尔甘[3]港将货物装上骆驼，然后开始了山区和沙漠中的长途跋涉。他们在巴格达的市场上售卖海狸和狐狸的皮毛、琥珀、法兰克剑和奴隶，他们假装自己是基督徒，被奴役的罗斯人是他们进行讨价还价的翻译。在东方的市场上，斯堪的纳维亚人会发现通过丝绸之路从遥远的中国和印度而来的货物。也许这些勇敢的人当中，有一些甚至亲自前往过更加遥远的东方进行游历。

---

1 阿拉伯钱币。
2 英国地名。
3 伊朗城市。
4 建立于公元9世纪的波斯－伊斯兰教封建帝国。

伊本·法德兰[1]与罗斯人相遇

斯堪的纳维亚人并非唯一进行长途旅行的民族：阿巴斯哈里发国从地中海一直延伸至阿拉伯海，这意味着哈里发的使者需要前往已知世界的边缘。作为大使的秘书和顾问，伊本·法德兰到达伏尔加上游后，已经看到了比大多数人的想象还要更丰富的景象。但正是在此处，在伏尔加 - 保加利亚[2]的领土上，他遇到了一个之前从未遇到过的民族。这些商人们自称为"罗斯"，伊本·法德兰在他的日记中写到，他从未见过如此完美的样本：

"他们的身形仿佛枣椰树，金色头发，肤色微红，从脚趾到脖子都以墨绿色颜料文着树木和人物的轮廓。男人们披着斗篷以便手臂可以自由活动，身上随时带着斧头、法兰克剑和小刀。女人们的脖子上戴着金带和银带，胸前顶着金属圆片，她们丈夫的财产越多，她们佩戴的金属越昂贵。她们还在那些圆片上悬挂小刀，喜欢用深绿色玻璃珠制成的项链。

"这些罗斯人是一个引人注目的民族，然而不可否认，在真主所有造物之中，他们最为肮脏。他们在交合或排泄后都不洗澡，进食之后不清洗更是不足为奇。他们洗浴时，由女奴将一个公用的水盆从一个人传给另一个人：每个人洗完脸和头发以后，往水里擤鼻涕、吐口水。他们一起住在河边的木房子里，他们的船就泊在那里，他们在这些房子里当着人的面与女奴们性交。有时来购买奴隶的商人不得不站在一旁等主人办完事。

---

1 活跃于 10 世纪的阿拉伯外交官、史学家、旅行家。
2 又被称为白保加利亚，于公元 7 世纪建立的大保加利亚帝国被可萨人摧毁后，部分人北迁建立的帝国。

这些罗斯人是一个引人注目的民族，然而不可否认，在真主所有造物之中，他们最为肮脏。他们在交合或排泄后都不洗澡，进食之后不清洗更是不足为奇。

"罗斯人乘船从自己的土地抵达此处时，会直接走到一个雕刻着人脸的木雕像前，献上食物和美酒，他们认为这些空洞的祈祷能帮自己获得想要的商品价格。他们祈求与口袋中装满钱币又不爱讨价还价的商人们见面，如果一切顺利，他们会杀死一只动物，将它的肉奉给那尊木像以示感谢。

"倘若罗斯人中有人生病，病人将被扔进一个距离营地很远的帐篷，里面放着一些面包和水，他们会留在那里，直到康复或病故。死去的奴隶会被狗吃掉，但是更高贵的人将被埋葬或者火化在小船上。首领们的葬礼更为隆重，我在保加利亚使馆的时候，有一位了不起的大人物去世了，他被安置在自己的船上进行火葬。我在那处目睹了葬礼，那使我永远无法忘记。

"准备安葬前，罗斯人会先给他们的首领一个短暂的葬礼。首领三分之一的财产用于购买华丽的丧服，三分之一给他的家人，还有三分之一留作购买大量的酒。我注意到这些人夜以继日地喝个不停：有些人甚至死的时候手中还端着满满一杯酒！葬礼的准备阶段，人们尽情畅饮，有一个女人比其他人都喝得更多，还唱着欢快的歌谣。我得知她其实是个女奴，自愿与她的主人一起火化。另外有两个奴隶被指派在接下来的日子照顾她，亲手给她洗脚。即使她改变主意，也不容她退缩。

"葬礼当天，我来到河边，发现首领的船已被拉上岸，周围还搭建起了木质的棚架。罗斯人围在船边，说着我听不懂的预言。有一位面容肃然的年长妇人——罗斯人称她为'死亡使者'，她负

亨瑞克·西米拉兹基的画作（1883年），描绘了10世纪阿拉伯旅行家伊本·法德兰所叙述的罗斯首领的船葬。

责掌管这桩事。她往船上的软垫长椅铺设华丽的丝绸，准备迎接首领的遗体——现在罗斯人已经将他挖了出来。尸体由于地底的寒冷而变黑，可是令我惊讶的是，它竟然还没有开始发臭。他们为这个人穿上华服，一件缀着黄金纽扣的丝质卡夫坦长衫[1]，还有一顶毛皮帽子，死亡使者为他缝制了这些丧服。接着他们将他抬到软垫长椅上，将他撑在软垫上，然后安置于一个帐篷似的木制建筑里。食物、草药和酒围住他，他的武器也被拿上船放置身侧。一条狗被切成两半，扔在他的面前，两匹马被驱赶疾奔，直至浑身是汗，然后连同两头母牛、一只公鸡、一只母鸡一同被宰杀，所有这些作为祭品的动物都被扔上船，搁在首领身旁。

"这一切正发生的时候，我看见那个女奴，从一个帐篷到另一个帐篷，与每个帐篷的主人性交。对方完事后会说：'告诉你的主人，我这样做只是出于对他的爱。'夜间祷告时，他们将女奴带到搭建在海滩上的木架前。她站在男人们的手上，他们将她举高，头顶高于木架。她说着我听不懂的语言，于是我转向翻译。'看哪，我见到了我的父母。'她被第一次举起时说道，然后是'我见到了我所有死去的亲人。'当第三次被举起时，她被抬着凝望了很久。'看哪，我见到了我的主人正身处来世。那是一片美丽的绿色土地。他的部下和奴隶都与他待在一起，现在他召唤着我。送我去他身旁。'

"她被带上船，取下自己的手镯和脚镯，将它们递给死亡使者。女奴喝下一杯烈酒，一边吟唱着一边向女伴们告别。她又喝

对页图：格利普霍[2] 的如尼文石碑（Sö 179），为纪念英格瓦尔的兄弟哈拉尔德而立，他死于里海探险。

---

1 常见于中东地区的宽大长袍。
2 格利普霍姆堡是位于斯德哥尔摩以西，梅拉伦湖畔的一处古堡。

女奴喝下一杯烈酒，反复吟唱着……男人们开始敲击盾牌，盖住她的挣扎和尖叫。

了一杯，可此时她似乎并不清楚发生了什么事，死亡使者不得不将她拖进木帐篷中，她的主人躺着那里。男人们开始敲击盾牌，盖住她的挣扎和尖叫——当他们的生命终结时，他们不愿其他的女奴拒绝做出这种牺牲。六个男人爬上船，轮流与她性交，然后将她放在主人身旁，将她的手和脚都压住。死亡使者用一根绳子缠住她的脖子，然后递给两个男人，他们将她勒死，而那老妇人则同时一次又一次地用刀捅向她的两肋之间。

"近亲有幸为这次火葬点燃火焰。他赤裸着身体，一只手举着燃烧的木头，另一只手捂住他的肛门向后退去，他的双眼一直盯着聚集在他面前的人群。他将火把扔到柴堆上，其他的旁观者也拿着点燃的木棍朝前走去，木棚很快熊熊燃烧，仿佛置于烈焰地狱，风卷着火焰和浓烟，吹过海滩。不到一个小时，船、首领和女奴都化为灰烬。罗斯人在举行葬礼的地方建起一个小土堆，中间立了一段桦木，上面刻着死者的名字。

"这样的奇观我肯定再也看不到了。"

远行者英格瓦尔

贸易推动了与阿拔斯哈里发的接触，但是罗斯人数次袭击里海周边地区：据说有一只拥有五百艘战舰的舰队，在返回伏尔加河途中被可萨军队突袭之前，曾造成了巨大破坏。一次对阿塞拜疆巴尔达镇的袭击后，罗斯人按照习俗，以他们的武器埋葬死者。等罗斯人登船离开后，当地人洗劫了坟墓，夺回了法兰克剑，它们非常珍贵。

不仅是罗斯人的战舰被派往远东，来自瑞典的维京人对哈里发国进行过至少一次大规模远征，尽管在英格瓦尔的统治下，这最后一次伟大冒险以灾难告终。英格瓦尔率领舰队沿着河道前往塞尔克兰：这些瑞典人在里海周围的土地上留下了他们的印记，但是根据萨迦中的说法，只有一艘幸存者的船返回了家乡。谣言在商路上流传：英格瓦尔和他的部下遭遇了灾难。瑞典的梅拉伦湖畔，立着许多如尼文石碑，用于纪念逝去的父亲、兄弟和儿子。为纪念英格瓦尔的兄弟哈拉尔德而立于格利普霍姆的一块如尼石碑上，有一首短诗，讲述了这次对未来影响深远的东征，还有为什么人们加入这次东征。

"他们英勇无畏，
为了黄金远行，
他们在东方饲鹰，
他们死在南方，
死在塞尔克兰。"

　　维京时代各大王朝的世系往往会追溯至北欧诸神。我们都曾听说，传奇中的齐格鲁德是奥丁的后裔，众神之父直接介入伏尔松格家族事务。对于后世的英雄来说，他们与诸神之间的链条要略长一些。挪威国王金发哈拉尔德的世系被称为英格宁家族，他们的家族史可以追溯至瑞典——北欧神祇英格威 – 弗雷[1]。伟大的冰岛史学家斯诺里在他的《英格宁嘉传奇》中记载了这些传奇性的王者，此书根据系谱图进行编撰，并且穿插着斯卡迪克诗歌，以及一些其中一些人物的名字——比如葬于乌普萨拉大墓群中的瑞典国王，他们的历史早被遗忘，他们的名字仍会被记起。

　　古代的国王不仅拥有世俗的权力，也扮演宗教角色，在维京时代末期，他们还需负责主持宴会与祭祀，纪念他们崇拜的神祇。对于自西方异教徒中心地带而来，对挪威实施统治的哈康伯爵而言，尊崇奥丁是一桩家务事，因为他将先祖的血统追溯至奥丁与斯卡蒂之子——塞敏格尔[2]。甚至在信奉基督教的盎格鲁 – 撒克逊

对页图：装饰华丽的法国手稿《圣奥宾的生活》（约公元1100年），其中一幅插画描绘着前往法国途中的维京战士。

---

1 弗雷也被称作英格威。
2 斯诺里曾在书中提到，在离开尼约约德之后，斯卡蒂嫁给了奥丁并生下许多孩子。

英格兰，王室也将奥丁 / 沃登[1]视为他们的先祖。挪威国王开始接受基督教，它有助于王权集中，并增强了斯堪的纳维亚王室的海外影响力，可是这并不代表王权的运行方式发生了翻天覆地的变化。即便是像奥拉夫·特里格瓦松一样伟大的传教士国王们，劫掠时也和他们的异教徒祖先一样冷酷无情。掌控王权的先决条件始终未变——名誉、财富，以及在背后支持你的强大军队。继承权往往陷入你争我夺，一个强大统治者长子的身份并不能保证王位必定落入你的手中。

一段时间后，小国王与酋长们的地方习俗观念才被斯堪的纳维亚诸国实行统一治理的观念所取代，但是地方家族的权力对北方国王而言仍然是一个持续性的挑战。不过到了维京时代晚期，统治者出现了，他们掌控了整个斯堪的纳维亚半岛的事务，并将权力辐射至西方：不仅是通过小规模的维京人袭击和定居，还有指挥着杰出的舰队进行征服。科纳特正是这种王权扩张理念的典型——他不仅征服了英格兰，掌控着丹麦，还将挪威和瑞典部分地区纳入了他的北海帝国。他是一位信奉基督教的国王，也是残忍维京劫掠的领导者；一个基督教会的赞助者，却在斯卡迪克诗句中被赞誉为"战斗中的弗雷"。维京时代的王权故事中，旧神让位于基督，传奇让位于历史，可是二者都不曾完全消失。

---

1 奥丁也被称为沃登。

拉格纳尔的儿子们

拉格纳尔·洛德布洛克的儿子们标志着萨迦中的人物剪影走进了历史记录，他们的名字等同于维京人的第一次伟大征服。比约恩·艾恩赛德以剑指罗马、远征地中海而闻名于世，在丹麦国王的队伍中，"蛇眼"齐格鲁德形象模糊，他的兄弟"无骨者"伊瓦尔、哈夫丹·拉格纳森和乌柏，是庞大异教徒军队的领袖，他们令盎格鲁－撒克逊人闻风丧胆，让英格兰屈膝求饶。根据传说，埃拉国王将拉格纳尔杀死在蛇坑当中，这为英格兰惹来了拉格纳尔那几个凶猛的儿子。几兄弟都听从无骨者伊瓦尔的命令，这个被担架抬上战场的人，尽管不曾使用自己的双腿，却始终处于战斗中心。毕竟提尔只有一只手却无人能敌，而奥丁也只有一只眼睛。关于这次事件，有一个版本说伊瓦尔假装与诺森布里亚的埃拉寻求和解，如果对方肯为他父亲的死亡进行赔偿，赔偿方式是给他一张牛皮可以覆盖的土地。然而，伊瓦尔将皮子拉长，并且剪成细细的一条，这令他能够获得一片足够大的区域，既可以是一座城市，也可以是一个堡垒。他将此作为王国的立足点，开始为他弟兄们的入侵打下基础。据说，拉格纳尔的儿子们在约克击败埃拉后，通过切断他的肋骨、扯出他的肺，在他背上刻出一只血鹰，也有说法是将他的血淋淋的尸体留给猛禽，无论是哪一种说法，老鹰都得到了食物。

当然，萨迦中的传奇故事和公元 865 年来到英格兰海岸的异

据说，拉格纳尔的儿子们在约克击败埃拉后，通过切断他的肋骨、扯出他的肺，在他背上刻出一只血鹰……

《国王埃拉的使者面对着拉格纳尔·洛德布洛克的儿子们》，奥古斯特·马姆斯特罗姆绘（1857年）。

教徒军队这一史实之间存在差距。盎格鲁－撒克逊编年史中记载，那一年大军首次在东安格利亚[1]过冬。这支队伍可能来自于弗朗西亚，因为其中很多丹麦维京人，拥有在欧洲大陆活动多年的丰富经验。这并非自公元793年林迪斯法恩袭击以来，盎格鲁－撒克逊人经受过的那种一击即逃的突袭——伊瓦尔领导下的这支庞大的异教徒军队意在征服。东安格利亚王国想方设法避免被侵占，他们向不受欢迎的客人提供马匹，丹麦人用这些马在春天进入了

---

1 大致处于今日英国诺福克郡和萨福克郡的位置，盎格鲁人曾在那里建国。

诺森布里亚王国。可是，以白银贿赂异教徒大军的方针只不过为盎格鲁－撒克逊人争取了一点点时间，因为丹麦人在各国间迅速行动，占领战略重镇，并背弃和平承诺。无论埃拉国王是否杀死了传奇人物拉格纳尔，首先落入伊瓦尔和哈夫丹手中的便是他那分裂的国家诺森布里亚。约克即将成为北欧人在北方的统治中心。下一个沦陷的国家是埃德蒙国王治下的东安格利亚，国王被俘后因为拒绝放弃基督教信仰而被箭射死。埃德蒙后来被封为圣徒，传闻有一头狼护卫着他的头颅，直至它被他的追随者发现。

　　在这一阶段，无骨者伊瓦尔消失了，至少是他的名字消失了，在那支内部派系林立的异教徒大军的活动中消失了。伊瓦尔也许和依玛尔是同一个人，在伊瓦尔担任那支大军首领的时间前后，依玛尔出现在爱尔兰，并且与爱尔兰国王交战。他的王朝——乌依伊美尔，统治着爱尔兰海，那是一个连接都柏林和约克强大贸易中心的北欧帝国。即便无骨者伊瓦尔并非是拉格纳尔·洛德布洛克的儿子，这仍是一个著名维京人开疆拓土、创造传奇的时代。让我们再次回到英格兰，麦西亚[1]在韦塞克斯和敬奉贡品的帮助下，与哈夫丹·拉格纳尔森以及大军对峙了一段时间，然而最终仍然沦陷。维京人坐上了雷普顿的王座，在那里越冬，并扶植了一个顺从他们意愿行事的傀儡国王。另一支由古瑟鲁姆酋长率领的维京舰队对大军进行了增援，而在拉格纳尔森家族初次抵达英格兰的十年间，韦塞克斯是唯一一个不受丹麦人控制的盎格鲁－撒克逊王国。一部分大军随着哈夫丹向北而去，侵占了诺森布里亚，并在被他们征服的土地上耕种，古瑟鲁姆的目光却投向了韦塞克

---

1 大致位于今日英国的米德兰地区。

斯。最后一个王国的防御任务被留给了五兄弟中最年轻的一位，他二十出头，名字的意思是"精灵议会"，后来人们称他为阿尔弗雷德大帝。

之后的几年，古瑟鲁姆和阿尔弗雷德大帝之间上演了一场猫捉老鼠的游戏。公元 876 年，古瑟鲁姆深入韦塞克斯核心地带，占领了多塞特海岸附近的韦勒姆。阿尔弗雷德设法以自己的军队围困丹麦人，可是这次交锋却以僵局告终：双方交换人质并达成和平协议，然而古瑟鲁姆杀死了人质，趁着夜色领军夺取了埃克塞特，继续进攻。第二年，十二夜过去后不久，古瑟鲁姆率领大军再次从麦西亚出发，这一次他们击败了阿尔弗雷德。他被迫撤往萨默塞特的沼泽地，而他的王国被迅速攻占。对于阿尔弗雷德及其家人而言，这个冬天想必是最为绝望的时刻，但仍有一丝希望：乌柏·拉格纳尔森所领导的一派维京人被德文郡的民兵击败。据说他们著名的乌鸦旗在那次冲突中被夺走，而乌柏也被杀死。对阿尔弗雷德来说更为重要的是，萨默塞特沼泽地以及阿塞尔纳据点的安全性为他提供了重新集结的时间，他召集三个郡的民兵，将他们组成一支强大军队。盎格鲁 – 撒克逊的编年史讲述了萨默塞特、威尔特郡和汉普郡部分地区的人们如何在爱格伯特之石相遇，并向着艾丁顿进发，迎战异教徒大军，他们展开了一场战役，其重要性不输于维京时代其他任何战役。阿尔弗雷德取得了决定性胜利，他包围了古瑟鲁姆的残部，迫使就范。维京人给出了誓言和重要人质，而古瑟鲁姆本人接受洗礼也是协议的一部分内容。惠特灵大道的罗马古路和泰晤士河沿岸建起了一道边界，将盎格鲁 – 撒克逊人的英格兰与丹麦人控制且定居的区域分割开。这片领土被称为"丹麦法区"，这一新的政治现状是由伊瓦尔率领下首

公元 9 世纪或者 10 世纪装饰式样的维京剑。制作精良的剑既是地位的象征，也是有用的武器。

北欧神话：众神与英雄的故事

次来到英格兰的大军所留下的伟大遗产。

接下来的数十年间，阿尔弗雷德的后裔在唯一一个与维京人抗争的王国里，逐渐将丹麦法区置于自己的控制之中。阿尔弗雷德的长女爱瑟尔弗莱德——她孩提时可能曾藏在萨默塞特的沼泽地里避开维京人，将扮演一个重要角色。她作为麦西亚人的实际统治者，将维京人的力量赶出了中部地区。阿尔弗雷德的儿子老爱德华则将从前的东安格利亚王国，加入了在韦塞克斯王室统治下不断扩张的领土。盎格鲁－撒克逊人的英格兰版图被重新绘制：在南方，一个单一的"盎格鲁－撒克逊人王国"开始出现，与此同时，丹麦法区的创立使北欧的语言、法律和文化融入了英格兰社会结构当中。异教徒大军也许已经与拉格纳尔的儿子们一起出海，但它对不列颠群岛的影响一直持续至今。

金发哈拉尔德

维京时代早期，"挪威"这个名字并非指一个王国或者一个民族，而是指沿着蜿蜒海岸向北而行的航线，这样的地形使它很难被集中控制。在挪威这个国家，小国王和地方豪强统治着先祖留给他们的土地。金发哈拉尔德开始改变了这一切。他家族的土地位于与奥斯陆峡湾接壤的西福尔，十岁时他从父亲那里继承了遗产，如同当时许多其他统治者一样自封为王。不久他的王国就遭到奥斯陆峡湾周边各部族首领的威胁，但哈拉尔德得到了舅舅古特霍姆的帮助，击败了所有的部族首领，并且将他们的土地纳入自己统治的疆域。斯诺里讲述的一件轶事记录着他的成长：一位名叫阿基的地主邀请哈拉尔德和瑞典国王埃里克·爱蒙达森到他的农场参加宴会，每个国王都宣称周边的领土属于自己。阿基有两个大厅，每一个都很宽阔，非常精致，可其中一个更为古老，另一个则仍然散发着新伐之木的清香。他在古老的大厅中款待埃里克国王，向他提供古旧的餐具，它们装饰精美，但是因为年代久远未免破损。哈拉尔德国王被迎进了新大厅中，镀金的角杯和盛菜的碗被擦得锃亮，如同玻璃一般闪闪发光。哈拉尔德对这次款待非常满意，他向阿基承诺，必将回报对方的友谊。埃里克国王心情不太好，突然离开了。阿基护送他离开农场。"你为什么在一个新大厅中用所有的新盘子和角杯招待哈拉尔德？"瑞典国王问道，"你难道忘记了？在沃穆兰德的土地上，你是我的臣民，你理应效忠于我。"阿基答道："我以古老的餐具招待您，因为您是一位老国王，那些餐具曾经完好无损。我在新大厅中以新餐具款待哈拉尔德，因为他是个年轻的统治者，一切都摆在他面前。"听到此处，埃里克拔出剑杀了阿基，可是这个农夫说得对。哈拉尔德正在崛起，当这位年轻的国王坚持他对沃穆兰德的所有权，瑞典的埃里克除了吹自己的胡子之外别无他法。

　　哈拉尔德已经成为一个强大的区域统治者，但是挪威西部的国王们没有任何理由向东部低头。西部海岸的这些国王中，有一位国王统治着一片名为霍达兰的领土，他的女儿名为吉姐，非常美丽，哈拉尔德请求与她缔结婚约。婚姻是权力的游戏，也是和平的象征，所以当吉姐提出——如果哈拉尔德无法成为整个挪威的国王，那她绝不会嫁给他——这不仅意味着针对个人的侮辱。萨迦中说道，听到吉姐的回复，哈拉尔德并没有像他派出的使者那样愤怒以对，他只是说出一句誓言：将整个挪威据为己有，完

成她的要求之后，他才会修剪打理自己的头发。于是他被称为乱发哈拉尔德。对于那些被他驱逐的酋长来说，这是一个暴君；可是对于那些追随他的人来说，这是最伟大的国王。

哈拉尔德为掌控挪威而发动的战争持续了十年。在此期间，这位战争领袖的头发想必变作一团乱麻，因为他打倒了一个又一个维京酋长，镇压了来自各方的叛乱。吟游诗人们说，他从他的龙首船上投身于激烈的战斗，他的剑在盾牌上发出声响，令鲜红的血液从敌人伤口中喷涌而出，他身旁箭落如雨，女武神高声尖叫。

哈拉尔德一统挪威的决定性战役发生在哈夫斯峡湾，与他对阵的是由霍达兰国王埃里克所领导的南部－西部王国联盟。埃里克的女儿正是多年前拒绝过哈拉尔德的那位吉姐公主。这是一场海上战役，就如维京时代许多决定性战役一样。哈拉尔德的船上有一群被称作狂战士的强大勇者，据说狂战士是奥丁的手下——他们作战时不着铠甲，只穿着狼皮，如同熊一样强壮，和狗一样疯狂。参战前，他们会拿牙咬自己的盾牌，铁和火都不可触碰他们。这些精锐部队在他身旁，舰队从两侧排开，哈拉尔德在哈夫斯峡湾等待，那些反抗的国王，带着他们久经沙场的维京人下属即将赶来。敌人逼近时，狂战士们开始嘶吼，他们的武器咳咔作响，法兰克剑的剑锋很快撞上白色盾牌。战争激烈漫长，船和船之间展开厮杀，甲板上血迹斑斑。霍达兰的埃里克在那场战役中被杀，还有罗加兰的国王以及许多首领，飞弹从哈拉尔德的船上倾泻而出，幸存者陆地与海上逃离战场，他们用盾牌掩护自己的

在尼尔斯·伯格森（1853—1928）的画作中，吉妲拒绝了哈拉尔德的信使，并且提出了让她同意结婚的要求。

后背，蜷缩在船底。乱发哈拉尔德看着他的敌人溃散，知道自己已经打败了反对者的最后抵抗。一些有权势的家族逃亡国外，去往苏格兰群岛和冰岛，而哈拉尔德的敌人们将继续从这些维京人的据点向西袭击挪威。可这不会对他的王权产生多大挑战，哈拉尔德想必认为自己已经取得了之前承诺的胜利。他修剪并梳理了头发，于是不再被称为乱发哈拉尔德，而是被称作金发哈拉尔德，挪威的国王。

哈拉尔德赢得的王国与今天的挪威不太相似，他几乎不曾控制北方，莱德的公爵们只不过向他的权威点了点头，然后继续和从前一样；可是，金发哈拉尔德的成在于将一片小国王和酋长林立的土地变得更像是一个位于南方的王国。接下去的几个世纪里，他的继任者们将努力效仿这一壮举。

血斧埃里克

血斧埃里克是金发哈拉尔德的长子，在萨迦中被描绘为一个恶棍，一个阴暗的形象。为了拥有父亲所留下的国土，他残忍地杀死了同父异母的兄弟们，他的斧头在劫掠中沾满鲜血。他的妻子名为冈希尔德，在这些传闻之中，她是藏于王位背后的邪恶力量——她利用美貌和魔法摆布那些围着她转的男人，并与冰岛英雄埃吉尔·斯卡拉格瑞姆森结下恩怨。根据萨迦中的说法，父亲去世后，埃里克和冈希尔德曾短暂地统治挪威；作为诺森布里亚的最后一位维京国王，埃里克从传奇当中更为清晰地浮现出来——一个骄傲却又压力重重的异教徒统治者，与韦塞克斯东山再起的王者们，还有都柏林的维京人争斗不休。约克曾为"埃里克国王"铸造钱币，并配以宝剑；对于这位好战的国王来说，它是极为贴切的标志。他出没于传说和历史的碎片之间，是维京时代最有趣的人物之一。

据说，埃里克十二岁时第一次参与维京劫掠，海盗生涯几乎将他从维京世界的一端带往另一端：他曾袭击波罗的海沿岸、不列颠群岛、爱尔兰、法国，他曾前往接壤白海的萨米群岛，顺着北德维纳河航行，深入俄罗斯，洗劫珀尔米纳的定居点。此时，金发王哈拉尔德已经年迈，他有许多儿子，无论他是否祝福自己的长子成为继承者，埃里克都已经准备好投入厮杀。他很快对同父异母的弟兄们采取行动，这丝毫不令人惊奇。传说埃里克杀死了所有兄弟，除了哈肯，那是英国国王埃塞尔斯坦的养子；正是这唯一从埃里克手中活下来的兄弟，最终将他废黜。埃里克的统治以严苛而被人牢记，这也不足为奇——那些小王国不肯承认统

对页图：12世纪刘易斯岛棋子中的一枚，雕刻着一个咬着盾牌的战士。

此时，金发王哈拉尔德已经年迈，他有许多儿子，无论他是否祝福自己的长子成为继承者，埃里克都已经准备好投入厮杀。

一的挪威，只臣服于金发王哈拉尔德的铁腕统治，而埃里克则以武力向他们夺取贡金。令人吃惊的是，当同父异母弟弟哈肯率领一支来自英格兰的舰队抵达挪威，并召来他的支持者试图攫取王位时，那位了不起的维京人似乎毫不反抗地放弃了挪威。埃里克意识到了自己处境的劣势，认为自己在西方会拥有更广阔的前景。

埃里克和妻子冈希尔德首先前往奥克尼的维京人的集结地，可是没过太久，埃里克又重新开始重返沙场，成为了维京约克之王。他对诺森布里亚的统治可能得到了英国国王的应允，因为他

来自挪威盖尔蒙德布一处坟墓的维京时代头盔

能够抵御苏格兰人和都柏林的维京人。对于这个老练的海盗来说，打劫苏格兰和爱尔兰能增加额外的收入，他和所有海盗头领一样，得靠真金白银换取军队的不离不弃。正是这一时段，埃吉尔·斯卡拉格瑞姆森在英格兰海岸遭遇海难，落入他的死敌之手，只得吟诵一首斯卡迪克诗歌——"人头赎金"拯救自己的性命。持剑的手臂为他获取了财富与世俗权力，而诗歌令他声名远扬、永垂不朽。

埃里克被都柏林的奥拉夫·古夫力特森赶出了约克，此举得到了盎格鲁－撒克逊新国王的支持，那位新国王对于和埃里克比邻而居不感兴趣。埃里克重新集结舰队返回英格兰，他不再打算继续扮演盎格鲁－撒克逊国王的封臣，他要求诺森布里亚归自己所有，而诺森布里亚人似乎也乐于将奥拉夫赶去爱尔兰海，让埃里克成为他们的国王。在此期间，埃里克铸造"剑币"彰显自己对约克的独立统治，尽管如此，埃里克无视盎格鲁－撒克逊国王埃德雷德以及伊瓦尔在都柏林的后裔，君临诺森布里亚的时间，不过仅仅两年而已。有消息称，埃里克与五名北欧国王死于战斗之中，他们在斯坦摩尔遭受到来自爱尔兰海军的伏击。奥克尼的勋贵们、赫布里底群岛的国王们唯埃里克马首是瞻，为他的事业奋勇征战——即便挪威不在他的掌控之中，然而，与各方强大对手的对峙抗衡已经足以证明，血斧埃里克是这个动荡时代的重要人物。

埃里克的遗孀冈希尔德回到奥克尼，之后又前往丹麦，回到她父亲的身边，她和埃里克一起养大的孩子们——即所谓的"狼群"，将像他们的父亲一样凶猛残暴。冈希尔德请人创作了一首诗赞誉埃里克，它流传至今。诗中写到，杯盏洗净，酒已备好，欢迎勇士国王来到奥丁的大殿。所有英灵都从自己的座椅上站起身，埃里克的到来仿佛是巴德尔回到父亲的身边。西格蒙德和辛菲特利两位英雄被派去迎接血斧埃里克，这名来自人类世界的战士曾在各地以血祭剑，将来对敌强大巨狼之时需要他的加入。

"好人"哈肯

哈肯是埃里克的同父异母兄弟，他在埃塞尔斯坦国王的宫廷里长大，是一名基督徒，不过他很快放弃了让挪威人皈依基督教的计划——即便不捅这个马蜂窝，挪威国内的局势也十分糟糕。事实上，也许正是哈肯的处事灵活，以及他对异教徒酋长的让步使他取得了成功，而埃里克的固执己见和血斧开道却遭遇了失败。哈肯迅速赢得了西方权贵们的鼎力支持，他承诺不会向他们的土地征税——也许他们对哈肯所接受的基督教教育有所顾忌——可假如他允许他们留下税捐，并且遵从对于先祖神灵的祭祀，那又有什么关系？这最后一点对哈肯来说正是症结所在。至少按照斯诺里的理解，当地的祭祀宴会上，包括马在内的动物会被宰杀，树枝被用来向祭坛、神殿的墙壁以及所有围观者的身上挥洒鲜血。国王将肉煮熟并进行祝福，他首先为奥丁饮下一杯麦酒，然后为尼约德，最后为弗雷，以祈求来年的繁荣与和平。某个故事中曾提到，一次这样的盛宴中，哈肯国王在杯子上做了十字架的标记，险些破坏了和平。幸好他手下一位思维敏捷的贵族告诉惊恐的农夫们——哈肯之所以在角杯上留下托尔之锤的标记，是因为他最为信任这位神祇的力量。窃窃私语逐渐平息，然而哈肯仍然不吃

在彼得·尼古拉·阿尔伯的画作（1860年）中，好人哈肯在祭祀盛宴上激怒了农夫们。

被端上来的马肉。

哈肯对挪威的统治经常遭到血斧埃里克之子的挑战，他们比自己的父亲更积极地争取着挪威王位。哈肯先是于王权所在处阿瓦德涅斯的附近与他们作战——他赢得了胜利，埃里克的儿子古托姆在那场战役中阵亡。这为之后的几年建立起一种模式——埃里克的儿子们如同海浪一般向着哈肯的西方防线扑去，却不断被击退。这几兄弟从丹麦国王老格尔穆的宫廷里得到了庇护，老格尔穆为他们提供军队以打击自己的北方对手，同时争取他们对挪威的所有权。不过诗人们说，哈肯总是占据上风。埃里克的儿子们带着来自丹麦的维京人大军驶向挪威西海岸，这片土地遭到攻击的消息传到哈肯耳中时已经晚了，可他拒绝让步，并邀请入侵者到拉斯塔卡夫岛的战斗地点与他相见。哈肯只来得及召集一支小队伍，为了这支军队显得比实际规模更庞大，战旗在山脊之上一字排开，形成长队。抵达后的丹麦人，面对这样一支看似强大的军队，不禁犹豫不决。趁着他们往船上回撤，哈肯的小队伍将丹麦人一举歼灭。埃里克的另一个儿子在试图最后一次组织防御时被杀，一座墓穴依旧矗立，标记着拉斯塔卡夫的那场胜利。

两年后，哈肯率领舰队向南进发，埃里克的儿子们再次被击退；公元961年，他们在哈肯位于菲恰尔的皇宫对他进行突袭。哈肯再次迅速组织防御，击退了入侵者，尽管这位金盔武士夺得了胜利，可他没有穿戴铠甲就冲入了战场，以至于手臂被一支箭射穿。"狼群"终于咬到了一口，之后，这个伤口给好人哈肯带来了死亡。虽然他的统治算不得太平，可是哈肯仍然被人们铭记，他是一个公正的国王，制定了法律，并允许这片大陆在保护神的庇佑下繁荣昌盛。他和他的武器及铠甲一起被埋入高耸的土堆中，并前往瓦尔哈拉和他的异教徒兄弟们一起加入英雄们的行列，尽管他自己的信仰曾与白基督（有时维京人会如此称呼基督教的上帝）同在。诗人"剽窃者"艾文德[1]曾写过一篇悼词，表达被留下的哈肯追随者的心情："直到挣脱束缚的芬里尔将人类王国夷为平地，我们才可能再次见到这样一位国王。"

奥拉夫·特里格瓦松

在一个属于勇士国王的时代，奥拉夫·特里格瓦松作为最具特色的维京统治者，从几乎毫不停歇的北方战争中脱颖而出。毫

---

1 艾文德·芬森（Eyvindr Finnsson），生活于10世纪的挪威诗人、历史学家，曾在哈肯的宫廷中任职，但因他的两首名诗都与前人的作品相似而被称为"剽窃者"。

无疑问，这位英勇的国王也皈依了基督教——或许是在某次拙劣的伦敦突袭后，这一信仰被强加于他。虽然如此，对于挪威的皈依者而言，基督意味着很多东西，而接受新的宗教统治并不等于放弃维京人的生活。斯诺里所撰写的挪威国王史讲述了奥拉夫的故事，那是一个丰富多彩的故事。

奥拉夫是小国王特里格维的儿子，据说，血斧埃里克的儿子们曾对他母亲的家族展开杀戮，他的母亲逃脱后不久，在一个湖中小岛生下了他。还是婴儿的奥拉夫在东躲西藏中慢慢长大，直到三岁后被偷偷带到了东方，就像其他许多斯堪的纳维亚内战中的难民一样。他们的目标是通过一艘商船前往罗斯宫廷——奥拉夫的叔叔在那里担任要职，可是这艘船却被来自爱沙尼亚的维京人俘获。奥拉夫那年迈的监护者——"虱子"索洛夫被认为毫无用处而被杀害，而奥拉夫则发现自己先是以一头山羊的价格被卖掉，然后又以一件精美斗篷的价格被出售。他以奴隶的身份在爱沙尼亚待了六年，一直到他的叔叔为罗斯国王收税，碰巧经过这个地方，他认出这个男孩是贵族。两个挪威人终于团聚，奥拉夫向南继续他的旅途。九岁的奥拉夫来到了加达里基，他发现了那个俘虏并杀害自己同伴的奴隶贩子。他在市场中央将斧头劈入奴隶贩子的脑袋，差点引起了一场骚乱。毕竟奴隶贸易是一桩有利可图的生意，从西部的都柏林到东方的保加利亚市场都是如此，必须对它加以保护。奥拉夫只得仰仗女皇的庇护，并且支持巨额罚款，这才没有因为对仇人的报复行为而被送上绞刑架。他在罗斯的宫廷中逐渐成为一个魁梧的男人：英俊、强壮，在所有挪威人当中最擅长运动。

奥拉夫成年后，驾着一艘船出发，前往波罗的海初试身手，他首先到了博恩霍尔姆岛，收获了许多战利品。他娶了一位文德公主，一度统治着波罗的海南部的土地，可是妻子死后，他又恢复了维京人的生活方式：袭击低地国家和撒克逊人的海岸，用弗里斯兰人[1]的肉喂乌鸦。他的下一个目标是西部的富饶岛屿，我们听说他曾在维京人的狩猎场进行了一次盛大的巡游，从苏格拉到马恩岛，并以袭击爱尔兰、威尔士和锡利群岛收尾。奥拉夫可能是在马尔顿之战[2]中参战的维京舰队的首领，他从英国人手中赢得了大量的丹麦金[3]。袭击伦敦失败之后，奥拉夫同意接受一大笔贡金并不再劫掠英国的土地。作为协议的一部分，他接受了洗礼，并由埃瑟雷德国王作为他的引领人，不过也有消息称，他早已在一个锡利群岛隐士的引领下皈依基督教。无论如何，奥拉夫现在非常富有，至少是个名义上的基督徒，迎娶了维京都柏林的一位公主（假若斯诺里的话确实可信），他还在爱尔兰得到了一只名叫维吉的狗，这只狗能够根据标记对牛羊进行分类，它总是跟在他的身旁。更重要的是，关于奥拉夫的传奇正在逐渐成形，他如今的声名能够集结雇佣兵为他的事业而战。时机业已成熟，这个维京人将重返故土，为了王位放手一搏。

彼时，强大的哈肯公爵继承了先祖在西部的土地，统治着挪威。他是北欧诸神的忠实信徒，他的家族血统可以追溯至奥丁。一次不愉快的南下探险后，丹麦国王强迫他受洗，但他对此不以为然。众所周知，每当哈肯公爵的舰队准备启航，就会将传教士们送上岸。他在瑞典海岸边的一个小岛上为奥丁举办了一场盛大

---

1 属于日耳曼人的一支，其活动区域大概在现今的荷兰及德国北海海岸附近。
2 公元 991 年，维京人袭击了埃塞克斯的马尔顿，与东撒克逊人展开搏斗。
3 英国人为了避免被侵略而付出的赎金。

奥拉夫成年后，驾着一艘船出发，前往波罗的海初试身手，他首先到了博恩霍尔姆岛，收获了许多战利品。

的献祭，两只乌鸦出现在岛上，高声鸣叫以示神明的赞许。诗人们称他为"提尔的献祭血碗"，还有"逃脱的尼约德之敌"；传闻他曾派出九名拥有王室血统的人前往瓦尔哈拉陪伴奥丁，他的胜利被归因于他与众神之父的血缘关系。尽管身为异教徒的哈肯公爵可能得到了奥丁的青睐，并与他的西方异教徒臣民们保持了同样信仰，可是他却和老特朗德尔家族闹翻了。当奥拉夫·特里格瓦松率领舰队自爱尔兰而来，很快便得到了权贵们的支持。据斯诺里所说，哈肯公爵——旧神的忠实追随者——躲在猪圈中被自己的奴隶杀害，而奥拉夫成为了这片土地的王者，多年前他曾被驱逐出此地。传闻奥拉夫将他的势力扩展至挪威的大部分地区，并且向那些还不曾被信仰迷住的人们推行基督教，他以同样的固执成为维京战争团伙的首领，强迫那些顽抗的酋长屈从于他的意志。听闻他曾推倒特隆赫姆神殿中的神像，公开表示对北欧诸神的蔑视——他用自己的兵器击打托尔，并将他摔倒在地。他杀了那些拒绝皈依基督教的人，为了令其他人不敢反抗：北方一位有权势的农夫，被人往喉咙里塞进一条蛇，那条蛇吞吃他的血肉，从他的身体里钻出。修习"塞尔德"[1]的巫师被活活烧死，当时他们正在奥拉夫的大殿中大快朵颐。甚至有人说，一位独眼的旅人曾私下会见国王，他们谈论着关于先祖的传说直至深夜。这个旅人正是奥丁，他试图使奥拉夫改弦易辙，不再去做弥撒。第二天，

---

1 塞尔德（seidr）即古代斯堪的纳维亚地区的巫术宗教。

《斯沃尔德战役[1]》，奥托辛丁（1842—1909）绘。

这个陌生人消失了，奥拉夫发誓，如果他再次出现，立马让他滚蛋。或许正是对自己信仰的固执追求，最终导致了奥拉夫的毁灭：他与瑞典公主的婚约被撕毁，因为对方不愿意抛弃旧神。他称她为异教徒的狗，并且用手套打她，这为他制造了一位强大的敌人。从第一次婚姻开始，他就在文德人的土地上寻求权利以便探险波罗的海南部，这给了他的敌人们一个等待已久的机会——这个了不起的维京人在带领十一艘船返航的途中遭遇伏击。

在斯沃尔德展开的最后一场战斗中，奥拉夫英勇作战，将他率领的小型舰队连成一座浮动的碉堡，正中间是他的船"长蛇号"。"长蛇号"是当时最大的长船，它的镀金船首从挪威人的战

---

1 公元 1000 年，瑞典及丹麦舰队在斯沃尔德岛伏击奥拉夫国王。

线中向外探出，让奥拉夫能够看清四面八方的敌人。他藐视丹麦
和瑞典的舰队，可是流亡者埃里克·哈肯纳森[1]却是挪威人；奥拉
夫知道，面对那些冷酷的战士，自己无法获得任何怜悯。在埃里
克旗舰的协助下，奥拉夫的战船一艘接一艘地被占领，最后只剩
下"长蛇号"。为了扭转局势，奥拉夫的一名忠实随从向埃里克公
爵射出两支箭，它们击中了公爵脑袋旁边的舵柄，还有他座位上
的坐垫，然后那把大弓断开了。"我刚才听到的那个巨大爆裂声是
什么？"奥拉夫在战斗的喧嚣之中喊道。"那是挪威从你的手中挣
脱！"他忠实的仆人回答说。萨迦里提到，奥拉夫见到战场失利，

---

1 哈康伯爵之子，在哈康伯爵被杀后，逃亡瑞典。公元 1000 年，埃里克联合瑞典及丹麦国
王，在斯沃尔德岛伏击奥拉夫。

便穿着铠甲从长船上跳下，沉入海底。对于这位非凡的维京国王来说，这是个合适的结局。有人认为，有朝一日，当挪威需要他那强壮的手臂，他会再次归来。

"蓝牙"哈拉尔德

"蓝牙"哈拉尔德并不是现今丹麦的第一任国王——这个头衔通常被授予给他的父亲老格尔穆——但如果他的说法可信，哈拉尔德还增强了对挪威的控制，并且令丹麦人皈依基督教。有一点显而易见，蓝牙哈拉尔德非常了解自我吹嘘的作用。他的父亲曾在耶林的王宫立起一块朴素的如尼石块，用来纪念自己多才多艺的妻子——号称"丹麦之饰"的特娜。而哈拉尔德却在附近立了一块更大的石头，上面雕刻着繁复图案。这段铭文本来是为了纪念他的父母，可是哈拉尔德却并未赞美他们的成就，而是提到自己的所作所为。蓝牙哈拉尔德那块如尼石块的其中一面，刻着基督画像，据称正是哈拉尔德将基督教带给了他的臣民，可这图像非常奇怪。那个人并不是悬挂在十字架上，而是如同奥丁一样被绳索吊在世界树上。这也许正是旧神与新神之间联接的象征——奥丁为了获得如尼文知识而自我献祭，基督为了救赎所有人类而牺牲自己。蓝牙哈拉尔德在耶林的建筑群中修建了一座教堂，并将他双亲的遗体从大坟冢移到教堂圣地：这次重新安葬将成为伟大的奇观，也是向丹麦人发出的一个讯号：尽管官方宗教已经改变，但是王室的血脉却没有变更。

哈拉尔德的母亲——特娜王后，因为监督了"丹尼维奥克"

防线的扩建而在丹麦传说中被人铭记。"丹尼维奥克"是王国南方边界上的一道防御工事，哈拉尔德接手了这个雄心勃勃的建筑计划：除了对耶林建筑群进行彻底改造之外，他还以奥胡斯为中心，修建了一列环形堡垒穿过他的王国。每一个大型堡垒都以一堵圆形木墙护卫，东南西北四个方向都开有大门，集结的部队可以通过这些门骑行外出。波罗的海沿岸的尤姆斯维京人堡垒也被认为是哈拉尔德所建，还有耶林附近水域草甸上的渡鸦桥——这座橡木桥非常宽，商人们可以双向通行，这也为哈拉尔德的作战部队提供了一条便捷路线，使他们得以迅速向南方的防御工事进发。

这些防御措施的实践效果究竟如何极富争议。蓝牙哈拉尔德大胆宣称：他使丹麦人成为了基督徒。但这可能是奥托国王[1]击败丹麦人后提出的一个条件，当时德国人攻破了丹尼维奥克防线。哈拉尔德为了支持他的外甥——血斧埃里克与冈希尔德的儿子们——而在挪威发动的战争，并没有按照他的意图发展，丹麦本身也多次遭受北方舰队的袭击。哈拉尔德的影响力扩大到了挪威南部及东部，强大的哈肯公爵甚至一度向他朝贡，可是丹麦国王始终未能将基督教推广到挪威。斯诺里告诉我们，哈拉尔德派出丹麦舰队和尤姆斯维京人去惩罚反叛的哈肯公爵，但他们在海战中被击溃，不得不一瘸一拐地返回丹麦。哈拉尔德统治后期，丹麦军队取得了更多的胜利，他们与文德人结盟，将德国人赶出了"丹尼维奥克"防线。不过哈拉尔德并没有领导这次战役，领导者是他的儿子斯文，一颗冉冉升起的新星。斯文骑马立在战团的前

---

1 即奥托大帝（Otto the Great），10 世纪的德意志国王，首位神圣罗马帝国皇帝。他曾与蓝牙哈拉尔德开战，率军突破了丹尼维奥克防线，对哈拉尔德施加种种限制，比如让他受洗，并向挪威传播福音。

对于如此勤勉的一位国王而言，这样的结局不免悲惨。他留下的遗产为他野心勃勃的儿子保住了丹麦。

方，也正是他最终结束了老国王的统治。有一种说法则提到，哈拉尔德在战斗中被一支心怀不满的丹麦军队所击败，军队的领导者正是斯文。哈拉尔德负伤逃往文德兰，在那里与世长辞。对于如此勤勉的一位国王而言，这样的结局不免悲惨。他留下的遗产为他野心勃勃的儿子保住了丹麦。蓝牙哈拉尔德的雄心壮志之所以被人们铭记，有一个不同寻常的方式——他的名字被用于命名近距离无线技术。蓝牙的标志是如尼字母"H"和"B"的组合，意味着哈拉尔德是一个交际广泛、外向开放的国王。

"八字胡"斯文

"八字胡"斯文沿袭了父亲蓝牙哈拉尔德推崇基督教的路线，可是他和那些古代的维京国王几乎没有区别。他不曾忘记丹麦对挪威的主张，他与瑞典国王奥洛夫，以及被流放的瑞典人埃里克公爵结盟，推翻了奥拉夫·特里格瓦松国王。著名的斯沃尔德海战后，斯文国王宣称自己拥有奥斯陆峡湾附近的东部土地。埃里克公爵和他的兄弟统治着挪威其余的部分，不过他们必须向八字胡斯文纳贡——斯文将北方重新纳入了丹麦的掌控之中。

维京人看准南方富国的兴衰沉浮的时机来进行劫掠，任何示弱之举都会给海盗提供可乘之机。多年的相对安逸后，英格兰和丹麦的统治权被移交到了一个十二岁的孩子身上，他叫作埃瑟雷

洛伦兹·弗洛齐（1820—1908）所作，描绘蓝牙哈拉尔德葬礼上的斯文和尤姆斯维京人的画作。

德，被称作"不明智的人"，历史记载也认为他是个无能的国王。在他统治初期，丹麦维京人就开始探索英格兰海岸，公元991年，奥拉夫·特里格瓦松率领一支维京大军袭击了东海岸，并在马尔顿击败了盎格鲁－撒克逊部队。长者拜伦特诺斯所领导的英勇防御因为一首著名的英国古诗[1]而永垂不朽，但是，对这些维京劫掠的抵抗很快就被"白银贿赂"[2]的政策所取代。这些钱肯定鼓励了更多的入侵，可能是从前那些敲诈老手所为，而渴望从中获利的丹麦法区移民也加入其中。于是开始了维京人入侵的恶性循环，丹麦人则得到了越来越多的收入。

1002年，埃瑟雷德国王做了一件事——这也许是他误入歧途

---

1 这首残缺的英国古诗中记载了拜伦特诺斯如何集结部队，对抗入侵马尔顿的维京人。
2 为了达成停火协议，英格兰地区的盎格鲁－撒克逊统治者下令征收专门一笔税金以贿赂维京入侵者。

的统治生涯中最糟糕的一个举动。无力抵抗维京人的侵略似乎令他感到沮丧，于是便下令将居住在这个王国之中的丹麦人连根拔起——他们"就像长在麦田中的杂草"。这场大屠杀发生在圣布利斯节：一群年轻的丹麦人，他们都是25岁以下的战士，在牛津遭到盎格鲁－撒克逊人的袭击。有一种说法提到，丹麦人在圣福里苏斯特教堂寻求庇护，结果却被暴民纵火焚烧。大概有35具丹麦人的残尸被扔进城墙外的沟壑之中，这片土地如今是圣约翰学院的一部分。英格兰南部的城镇必定也曾发生过类似的报复性袭击，尽管在牛津成为被袭击目标的似乎一直是有战斗力的男性，然而从传统来看，移民人口和来自丹麦法区的人质也卷入杀戮之中，包括一名叫作冈希尔德的贵族女性。她是蓝牙哈拉尔德的女儿，八字胡斯文的姐妹，这给了斯文一个绝佳的借口——他需要将海盗劫掠升级为一场征服和复仇的战役。

第二年，斯文率领一支维京军队袭击苏格兰海岸，洗劫了埃克塞特、索尔兹伯里和诺里奇。一个叫作伍尔夫凯尔的盎格鲁斯堪的纳维亚人在赛特福德城外领导了一次成功的防御，使维京人退走。然而讽刺的是，英国人在1005年抵御入侵的唯一手段似乎是饥荒——不给饥饿的维京部队留下食物。尽管如此，斯文仍在继续向英格兰施压。丹麦人常常以怀特岛或是诺曼底为作战基地，有时当地的盎格鲁－撒克逊人会为了防御而征收税款，但是更多情况下，丹麦人往往将城镇洗劫一空，令乡村荒芜一片，然后带着贡金大摇大摆离开。斯文或许是个基督徒，可这并未阻止丹麦人毫无顾忌的烧杀劫掠。坎特伯雷大主教因为拒绝支付赎金而遭遇了可怕的死亡——被一群醉酒的暴徒以骨棒敲打，以斧背重击，

1013 年，经历长达十年的密集进攻，以及源源不断将白银运回丹麦后，八字胡斯文率领军队入侵英格兰，最终将它纳入北欧国王的领地之中。

尽管维京酋长"高个子"索尔凯尔[1]对此提出了异议。1013 年，经历长达十年的密集进攻，以及源源不断将白银运回丹麦后，八字胡斯文率领军队入侵英格兰，最终将它纳入北欧国王的领地之中。

斯文的军队首先向丹麦法区进发，他可以从那些地区获得支持：东安格利亚和诺森布里亚迅速对他投诚，麦西亚的五个自治镇也是如此。之后，他将人质、他的儿子科纳特，还有一支驻军留在了北方，带着主力部队南下，杀向牛津、温彻斯特和伦敦。他们只在伦敦遭遇了抵抗——防守军队中有一位从前的维京人首领"高个子"索尔凯尔，他为埃瑟雷德国王服务，可是目睹大主教所受酷刑之后，他最终也屈服了。于是埃瑟雷德和他的儿子，以及他的诺曼妻子艾玛王后一起逃向诺曼底。圣诞节那日，经过一场短暂的战役，斯文成为了英格兰国王。

斯文几乎没有时间来得及享受他的新头衔和被他征服的土地：五个星期之后，他与世长辞。他的帝国分崩离析：他的长子哈拉尔德继承了丹麦王国，科纳特则接管了斯文留在英格兰的军队。从那时起，他对英国的统治持续了将近二十年。

---

1 尤姆斯维京人中的一员，曾劫掠过英格兰，1012 年因受雇于埃瑟雷德国王而领兵抵御八字胡斯文。

科纳特

克纳特，也就是被英国人所熟知的科纳特，蓝牙哈拉尔德的孙子，或许是维京时代最为成功的北欧统治者，他的帝国版图囊括英格兰、丹麦、挪威，以及瑞典部分地区。科纳特并未直接继承他父亲所征服的英格兰——八字胡斯文死后，盎格鲁－撒克逊贵族非常乐于给倒霉的埃瑟雷德第二次机会，于是他很快从诺曼底归来，重返王位。唯一忠于科纳特的地区是林肯郡，可是由于机会渺茫，这位北欧王子抛弃了自己在丹麦法区的盟友，乘船前往丹麦集结军队，而此时，丹麦正在他的兄长哈拉尔德的管辖之中。

科纳特率领一支威风凛凛的舰队回来了——据说这些船只闪着金灿灿的光芒驶向岸边，仿佛世界上所有的国家在向英格兰逼近。丹麦人开始对南部海岸展开劫掠，这标志着一场残酷战役已拉开序幕，这场战役的目标是重新夺回一年前曾向斯文投降的国家。丹麦法区的背叛及分裂，还有科纳特海上部队的机动性，妨碍了英国人对于入侵的应对。自从埃德蒙·艾恩赛德继承父亲的王位后，盎格鲁－撒克逊人的命运得到改善，盎格鲁－撒克逊民兵与丹麦人的对战也取得了一些胜利：伦敦陷入围困，但并未被攻占，埃蒙德不止一次将科纳特的部队赶回船上。阿桑顿战役之中，民兵部队终于被击溃。盎格鲁－撒克逊编年史记载道，奸诈的麦西亚郡长埃德瑞克·斯特罗纳将自己的部队从战场撤出，将

《新教堂生命之书》[1]（约 1031 年）中所描绘的科纳特和爱尔芙吉福[2]。

---

1 据说是生活在 11 世纪初的一位修道院院长艾弗文（Aelfwine）撰写的一本书，里面含有一张记录社区人员以及捐助人名字的名单。
2 科纳特的妻子。

埃蒙德麾下残部留给命运安排。埃蒙德负伤逃往格洛斯特，两位国王在那里会面并且和解。埃蒙德·艾恩赛德将统治韦塞克斯和伦敦，而泰晤士河以北的英格兰则全归科纳特所有。不过有一个条件，假如埃蒙德去世，科纳特将接管整个王国，而埃蒙德竟在一个月内离开了人世。

科纳特毫不留情地处理他的对手，清除英格兰境内忠于韦塞克斯国王的人。埃德瑞克·斯特罗纳被他下令杀害，一个背弃先主之人怎么值得被人信赖？为了向科纳特的维京部队支付重金，并在英格兰供养一支舰队，赋税变得极为繁重，而伦敦被单独征收了一笔巨额白银。不过这位北欧国王提供了极为珍贵的回馈：安全。曾经长期困扰英格兰的维京劫掠得以被这位国王制止，他控制了海上航线，后来又统治了维京人的家园。中断多年的贸易得到了蓬勃发展的机会，科纳特成为了教堂的赞助者，他慷慨解囊，维京袭击时被劫掠的财富被返还。1018 年，科纳特的哥哥哈拉尔德撒手人寰，科纳特返回丹麦，迅速获得了对母国的所有权。在北海两岸维系一个王国并未给一个不算老练的统治者带来可能有的麻烦，科纳特果断地处置了丹麦的叛乱，而英国人如今跟随他参战。当科纳特镇服瑞典人和挪威人的联盟后，他获得了统摄整个斯堪的纳维亚半岛的权力。1027 年，他的北海帝国固若金汤，他前往罗马参加神圣罗马帝国皇帝的加冕仪式，与伟大的欧洲基督教统治者并肩而立。回国后，科纳特又将挪威纳入自己的王国，不费一兵一卒便驱逐了不受欢迎的奥拉夫·哈拉尔德松，并控制了北部岛屿和通往西部的海上航线。根据萨迦的记载，奥拉夫后来死于斯蒂特斯塔克战役，当时他从罗斯回国想要夺回王位，却被一支挪威农民组成的部队击败，受了三处致命伤。奥拉夫死后科纳特毫不留情地处理他的对手，清除英格兰境内忠于韦塞克斯国王的人。埃德瑞克·斯特罗纳被他下令杀害，一个背弃先主之人怎么值得被人信赖？

不到一年被封为基督教殉道者。而在科纳特第一任妻子及年少儿子的统治下[1]，农民们开始希望他们曾经接受了金发王哈拉尔德的血脉[2]。

科纳特在英格兰迎娶了埃瑟雷德的遗孀艾玛，为了有利于确定自己的合法性，尽管他之前曾与一位北方贵族女子爱尔芙吉福有过一段婚姻。爱尔芙吉福的地位似乎并未降低，尽管她如今只是科纳特的情妇，可她被任命为摄政王，与科纳特只有十几岁的儿子斯文一起管理挪威的国务。这位英国王后倚仗着维京人军队

彼得·尼古拉·阿尔博所绘的《斯迪克斯塔克战役》（1859年），受到致命一击的奥拉夫哈拉尔德松仰望天堂。

---

1 科纳特的妻子爱尔芙吉福和儿子斯文接手了奥拉夫·哈拉尔德松的国土，但是挪威人对他们感到不满，后来派出使团接回了奥拉夫的儿子。
2 奥拉夫·哈拉尔德松是金发王哈拉尔德的后人。

的武力实施统治：一位吟游诗人声称，爱尔芙吉福的统治无比严酷，人们沦落到与动物争食的地步，最终爆发了叛乱，迫使她逃亡。在英格兰，教会不得不对国王的两次婚姻睁一只眼闭一只眼；国王还很喜欢那些赞美他的功绩、提及弗雷和耶梦加得的斯卡迪克诗歌，教会对此也假装看不见。科纳特是 11 世纪基督教世界的主要参与者，然而有些旧日习俗并未完全消亡。

哈拉尔德·哈德拉达

传闻哈拉尔德·哈德拉达年轻时曾效力于拜占庭帝国，他向北逃回罗斯国一事极富戏剧性。不过这位强硬统治者最为人熟知的一点是，他领导了 1066 年对英格兰北部的入侵，这导致盎格鲁－撒克逊人的兵力被分散，于是正中私生子威廉[1]的下怀。有关这一重要年份的描述往往淡化了这次入侵所带来的威胁：在忏悔者爱德华死后留下的乱局之中，哈拉尔德·哈德拉达本是英国王位的有力竞争者。就连索斯提格[2]，另一位王位觊觎者——盎格鲁－撒克逊人哈罗德·葛温森的兄弟，也与这位强大的挪威国王结盟，并自称是科纳特帝国的继承者。

哈拉尔德在外流亡的十五年间，挪威发生了很大改变。这位前瓦兰吉安人带着他的王后——基辅大王子的女儿艾丽希芙，乘

---

1 即诺曼底公爵威廉二世，其父是诺曼底公爵罗贝尔一世，其母是一个女仆。他与韦塞克斯的前任王者爱德华有远亲关系，且爱德华曾承诺要将王位传给他。1066 年，威廉在教皇的支持下率兵渡海，剑指英格兰王座。
2 曾为诺森布里亚公爵，后来被哈罗德流放，于是双方反目成仇。

坐着满载黄金的船只归国时，他的财富和地位，对他的侄子"好人"马格努斯的挪威王位造成了巨大挑战。马格努斯并不好惹：他是挪威国王奥拉夫·哈拉尔德松唯一的儿子，拥有父亲那把著名的，以海拉女神命名的战斧。手握重权的挪威公爵们对他鼎力支持——正是他们的筹划，使流亡诺夫哥罗德的马格努斯得以归国。马格努斯在统治期间击败了文德人，打垮了尤姆斯维京人，并将他的势力范围扩张到了之前由科纳特管辖的丹麦。他甚至还意图染指英国王位，可是夺取丹麦的统治权的战争已令马格努斯付出代价，耗尽了他的白银储备。当他的叔叔哈拉尔德抵达丹麦海岸开始劫掠，马格努斯请求和解。哈拉尔德和马格努斯共同统治挪威，而且哈拉尔德愿意分享自己从东方带回的财富。

　　这种并不牢靠的联合统治刚过一年，马格努斯便在丹麦离世。哈拉尔德继承了挪威，但是马格努斯将王国的另一半交给了令人

柯克沃尔圣马格努斯大教堂中哈拉尔德·哈德拉达彩绘窗（局部）

生厌的丹麦公爵斯文·埃斯特里松。哈拉尔德立即发动了一场战争，从之前的盟友手中夺取丹麦。他袭击丹麦海岸，将商贸重镇赫德比夷为平地，和斯文展开陆战及海战。然而，他并未发动致命一击，经历多年代价高昂的冲突后，两位国王终于握手言和。哈拉尔德作为一个无情统治者的声名并非来自这些持续数年、横跨海洋的战争，而是来自他对挪威的严苛控制。他试图镇压有权势的西部公爵，并对那些亏欠他税款的人施加惩罚，这给哈拉尔德带来了冷酷无情的名声，却也巩固了他的王权。1066年，忏悔者爱德华去世，他没有给英格兰留下继承人。哈拉尔德手握一支与丹麦对战多年，饱受磨砺的常备军，背倚由他牢牢掌控的挪威全境资源，剑指英格兰。

哈拉尔德迅速行动，他起航前往设得兰群岛和奥克尼群岛的北欧移民点，召集支援和军队，然后率领舰队南下诺森布里亚，在那里与背叛者索斯提格·葛温森会合，索斯提格带着一支小型舰队从南而来。挪威人对海岸展开袭击，他们沿着乌斯河前往约克，他们遭遇了麦西亚和诺森布里亚的伯爵们，对方在富尔福德沼泽地旁仓促组织起防御。盎格鲁－撒克逊人被击败，幸存者被迫撤往约克的城墙之后，伯爵们投降了。哈拉尔德接受了英方的人质，他的军队回到船上。在北方稳操胜券的前提下，哈拉尔德的计划必然是向南推进，获得支持——他当然不会料到接下来发生的事情。

得知挪威人的到来，哈罗德·葛温森立即调遣部队守住南部海岸以抵御诺曼人，同时仅仅耗费四天的时间便从伦敦行军至亨伯河以北。这一非凡壮举令哈拉尔德·哈德拉达这个老练的战术家都大吃一惊。哈拉尔德的军队正在前往斯坦福桥的途中，他们准备去取那些战败伯爵们所承诺的补给和人质，据说他们将自己沉重的锁甲留在了船上。盎格鲁－撒克逊军队令人意外地出现，迫使挪威人形成防御阵线，一位挪威勇士扛着他巨大的长柄斧头，守在桥上挡住盎格鲁－撒克逊人的进攻。据说，直到哈罗德·葛温森的一位部下从桥下潜过去，自下方刺伤他，这位巨人才被打倒。盎格鲁－撒克逊军队在挪威人的盾墙前列兵对阵，战斗异常激烈，最终英国人占到上风，突破了挪威人的防线。哈拉尔德·哈德拉达被一箭命中喉咙，索斯提格被砍倒在地。许多逃跑的挪威战士在企图靠近船只时被杀害或者溺水而亡，传闻说，由三百多艘船组成的强大舰队，只剩下了二十四艘船就能运走的幸存者。哈罗德·葛温森战胜了伟大的哈拉尔德·哈德拉达——一位曾远在黑海及北非战场上历练的老兵，不过这场血腥的战役将被葛温森之子与诺曼人对敌的那场战役掩盖光芒，诺曼人已整装待发，前往黑斯廷斯和英国海岸。"征服者"威廉是维京人罗洛的玄孙，由北欧人所开辟的诺曼底领土即将被拓宽。

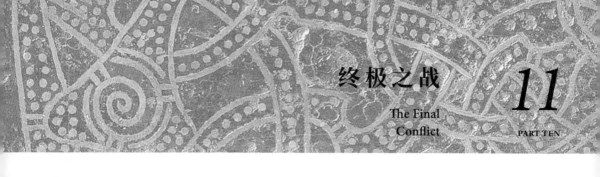

终极之战

The Final
Conflict

11

世间严酷，遍地皆是私通淫辟——斧钺时代、刀剑时代——盾牌被击碎——风的时代、狼的时代，于世界崩溃之前。（《女先知的预言》，45）

诸神黄昏降临

关于过去的故事，还有人间王者们的纷争，就说这么多吧。现在是时候谈论未来，并且思考那场冲突了——它令每一个故事中的阿萨众神以及世间所有英雄的丰功伟业都蒙上了阴影。那是最后一战，众神的末日——诸神黄昏。

诸神黄昏是我们所有人静候已久的可怕命运，它如同黑夜来临，不可避免。对于奥丁而言，这一切都在意料之中，他知道自己无法逃脱与巨人及怪物的最终对决，神所创造的一切必将毁灭。然而这并不意味着阿萨诸神对此置之不理。自世间的第一次冲突爆发，被女武神挑选出的勇士，即英灵们，一直聚集在瓦尔哈拉，还有芙蕾雅的王国弗克旺[1]；他们每一天都在苦练搏斗、大快朵颐，

对页图：来自瑞典哥得兰岛布罗亚的画像石，描绘的可能是一个被迎入瓦尔哈拉的勇士。

---

1 弗克旺是芙蕾雅的居所，又名"主人之域"（ Field of the host ）。

为最后一战厉兵秣马。只有最英勇的牺牲者才能被选中，在瓦尔哈拉和弗克旺占有一席之地。这不是为安享晚年者所准备的地方，也不向那些逃离战场时被砍倒的懦夫开放。众神需要最英勇的战士，在黑暗之中直面势不可当的攻击，进行最后的壮烈抗争。

除了招揽英灵，奥丁还从九大世界的每一个角落，从最聪明的女性和知情的亡者那里收集关于众神命运的信息，试图推迟巨人和他们可怕盟友们的胜利。关于即将发生之事，他学会了大量的知识，却对如何更改它的进程一无所知。

奥丁知道，诸神黄昏降临之时，三只公鸡会发出信号：红公鸡法雅拉将在约顿海姆的木绞架上鸣叫，女巨人安格尔伯达的牧人坐在土堆上弹起竖琴，他很高兴得知这一预兆——众神即将陨落。第二只名为金冠的公鸡会对众神鸣叫，唤醒瓦尔哈拉的英灵；而第三只公鸡，它颜色如同暗红灰烬，于地底的海拉大殿之中高歌，给死者以公正的警示。地狱犬加姆会在格尼帕洞穴外狂吠，不久后，海拉的这只看门狗将自由驰骋于世界各地。

诸神黄昏降临，连接人们的纽带将会松开，而众神的弱点——他们的奸诈与不忠，制造战争使得血流成河，还有闪耀的巴德尔之死——将暴露给全世界。仁慈将被抛在脑后，弟兄之间自相残杀，为了自己的贪念斩断所有亲缘关系，家族因为乱伦和背叛四分五裂。背弃誓言之人和杀戮之人蹚过黑暗的水域，世界树的根下，无数尸体等着尼德霍格去撕碎。接下来的三年里，遍及世界各处的武装冲突将对中庭产生剧烈震动。这是一个充斥着斧钺、刀剑、破碎盾牌的时代，一个风与狼的时代，然后世界将陷入凛冬。预示着诸神黄昏即将到来的冬季被命名为芬布尔之冬，它将比人类记忆中的任何东西都更冰冷。刺骨的寒风卷着雪从四面八仁慈将被遗忘，弟兄之间自相残杀，为了自己的贪念斩断所有亲缘关系，家族因为乱伦和背叛四分五裂。

方飞来，太阳变作漆黑，无力温暖大地。这样的冬天将接连出现三次，这三个冬季之间不再有夏日，不会给那些在家中瑟瑟发抖、饥肠辘辘的人带来慰藉。

之后，斯科尔，那头自世界初始便一直追逐在苏尔战车之后的恶狼，将赶上他的猎物，将太阳吞吃入腹。它的兄弟哈迪将吞食月亮，狼群以鲜血喷溅众神的家园。星辰消散，大地被巨力震

12世纪乌勒尔内斯木板教堂（局部），可能描绘着尼德霍格咬住世界树的根部。

"天空将裂开，
穆斯贝尔的儿子们骑
马穿过裂口，
苏尔特尔领军在前，
挥舞着一把剑——
它像是来自地狱的太
阳一样熊熊燃烧。"
冰岛艾雅法拉火山上
熔岩涌流。

颤，山峦坍塌，树木被连根拔起。矮人们呻吟着从摇摇欲坠的岩石中逃出家园，甚至连世界树也嘎吱作响，向地面弯折。

世界的动乱将断开一切锁链，怪物们得以重获自由。巨狼芬里尔从枷锁之中挣脱——格莱普尼尔曾囚禁它多年，它将疯狂地报复。它洞穴般的大嘴张开，下巴抵在地面，鼻子直触天空，遮住剩下的一点微光。巨狼的兄弟，大蛇耶梦加得，从深不可测的深渊之中展开盘卷的身躯，环海之水不再停留原处，而是涌向大陆。大蛇一面移向众神的家园，一面吐出大量毒液，令人窒息的雾气飘往世界各处。

沸腾的海水使纳吉法尔从停泊处滑出，于洪浪之中向前涌动。纳吉法尔是独一无二的船——它完全由尸体的手指甲和脚指甲制成，由于智者会记得修剪死者的指甲，所以纳吉法尔需要很长的时间才能被建成。穆斯贝尔海姆的大军将在这艘指甲制成的船上集结，从监禁中被释放的洛基将咒骂着诸神，亲自掌舵。纳吉法尔从东方出发，穿过海浪高涨的大洋，向阿斯加德驶去，一只老鹰盘旋在其身后，高声尖叫，等待着吞食堕神之血。一片混乱之中，天空将裂开，穆斯贝尔的儿子们骑马穿过裂口，苏尔特尔领军在前，挥舞着一把剑——它像是来自地狱的太阳一样熊熊燃烧，诅咒所有活着的家族。他周遭一切都将被火焰吞没，苏尔特尔所过之处只能留下燃烧的灰烬。穆斯贝尔的儿子们对彩虹桥发起猛攻，闯入阿斯加德，彩虹桥在他们身后的火焰中坍塌，而伟大的世界树也开始燃烧。悬崖断裂，巨魔女从山中奔出：混乱的力量穿过冰冻的河流抵达众神的家园，而赫列姆将带领霜巨人出发。整个约顿海姆大声咆哮，巨人之路上的一切都生机不再。

海姆达尔，众神的守望者，很久之前就吹响了戈拉尔号角，警告敌人大军即将到来，众神在他们的圣所之中聚集，进行战前会议。奥丁自己则踏上了一条不同的道路——前往密弥尔的神圣之井——最后一次向他睿智的友人询问那等待着他们的命运。"难道无计可施，没有任何机会能改变即将发生的事？"他会追问：可是众神无法逃脱不可避免的命运，最后一刻也不会发生局势逆转。现在，奥丁戴上一顶黄金头盔，英灵们也为战争做好了准备。世界树颤抖着，九大世界中没有一个人不感到恐惧。

最后一战

最后一战发生在一块名为维格里德的平原。它向各个方向延伸一百里格 [1]，在那里汇聚的力量庞大不可估量。仅是瓦尔哈拉，

---

1 长度单位，1 里格约等于 3 英里。

10世纪盎格鲁—撒克逊的哥斯福斯十字架（局部），可能是海姆达尔的人像与两个怪物。

那五百四十扇门后，每一扇都涌出八百位英灵，然而，对比从四面八方汇聚参战的混乱力量，他们的人数相形见绌。

奥丁立于英灵们前方，他的黄金头盔熠熠生辉。他穿着光亮的铠甲，高举着长矛冈格尼尔，他是第一个前去迎接自己命运的人。独眼的神走向巨狼芬里尔，那是他曾亲手喂养的生物。巨狼的眼中闪烁着期待胜利的火焰。托尔无力支援父亲，因为他正与大蛇搏斗。世间最强大的神祇与最强大的挑战者势均力敌，当他们对战时，维格里德平原剧烈地震颤着。火巨人苏尔特尔将与弗雷一决胜负，战斗无比激烈，直至弗雷倒下。田野之神需要他那把珍贵的宝剑，可它已经被交给了斯基尼尔，用来要挟他的巨人妻子，他再也不会比现在这一时刻更想念它。提尔有他自己的难题：海拉的猎犬加姆——狗类之中最为凶猛的那一只，将扑向单手的神，企图撕下他其余的肢体。海姆达尔将在混战之中寻找洛基——他们两个还有一笔未了的账要算。

血红的田野上杀戮四起，诸神一个接一个地倒下。奥丁被芬里尔巨大的嘴巴吞没，这是他曾经多次目睹的命运。痛失爱子巴德尔的弗丽嘉，因为丈夫的死亡而倍感哀伤。托尔对耶梦加得予以致命一击，然而这个怪物的毒液已经造成了伤害：奥丁之子从巨蛇身前后撤九步，然后倒地而亡。提尔和加姆在对方身上留下致命伤口，二者同归于尽。以海豹的形态的在岸上展开搏斗的海

姆达尔与洛基也将一同死去。弗雷被苏尔特尔击败，同时他也熄灭了巨人的烈焰。

最后一战中，托尔死于耶梦加得的毒液。

屠戮无处不在，混乱主宰一切。

战胜奥丁之后，芬里尔对着黑暗的天空嚎叫，可是巨狼未能长久地享受他的胜利。奥丁的儿子维达将挺身而出，为父亲报仇雪恨。维达穿着他那只著名的铁鞋。早在时间之初这只鞋就开始被制造，从世上所有鞋的鞋跟和鞋尖上剪切下的边角料将它不断加固。维达把一只脚伸进芬里尔张大的嘴里，并用身体抵住巨狼的上嘴，然后用手臂猛地一推，撕开了它的嘴。巨狼死去，奥丁的大仇得报。可是对于众神来说，这只是一个微小的安慰。混乱之力盘踞于战场上，火焰蔓延至世界各地。海水沸腾，滔天巨浪冲向陆地，淹没一切。

这是伟大的女先知，或者说沃尔娃女巫在她对世界最终命运的预视中所见到的：太阳变作漆黑，陆地滑入大海，闪亮的星辰

马恩岛安德烈斯教堂的10世纪时期的索尔瓦德十字架，绘有人像，可能是被狼吞下的奥丁。

从天空中消失。世界之树上烈焰燃烧，水汽沸腾，窜入天穹。

世界沉沦，继而复生。

女巫见到陆地从水中升起：绿草如茵，瀑布飞溅，雄鹰翱翔于天空，冲进山间捕鱼。苏尔死了，可她的女儿逃出了狼口，现在太阳重新在天际巡游，晨曦照亮世界。阿斯加德曾经所在的埃达华尔平原如今已是一片草地，众神的孩子中有一些幸存者，他们来到此处——维达和瓦利在灿烂的光亮中眨着眼睛出现了，不久后，摩迪和曼尼——托尔的儿子们也到了，还带着他们父亲那把著名的锤子。光明神巴德尔和他盲眼的兄弟霍德从海拉的大殿中重获自由，手挽手走在路上。还有海尼尔，奥丁的老伙计，将加入他们的队伍，并且带来老一代的知识。幸存的众神生活在一座闪亮的大殿之中，这个大殿被称为津利，屋顶覆盖着黄金。他们在新天之下、旧会之地共同坐下，谈论他们的父母，诉说那些

对最后一战的生动刻画。约翰尼斯·盖尔茨（1855—1921）所作。

已逝之人的功绩。他们牢记神圣的传说，不会匆忙遗忘芬里尔或者耶梦加得。海尼尔将举行仪式：他雕刻木标，而命运将在新世界运行。假以时日，他们会察觉到草丛中的黄金棋子反射出日光。就像旧神们在闲暇时光中玩耍那样，当旧世界变成新世界，他们也会重新开始游戏。那些世间的男男女女呢？还有两个人藏在世界树的高处，躲过了诸神黄昏带来的覆灭。他们名为利弗和利弗诗瑞尔，他们来到这片新土地上，此处的作物无须播种便能生长，一切新鲜欲滴。他们的儿女将重新繁衍生息，在这个从旧世灰烬中复活的光辉、葱郁的新世界之中。诸神黄昏的结局似乎并没有那么糟糕。然而，当女巫的预见逐渐消失时，她眼前的景象似乎出现了一些麻烦：一个阴影掠过绿色田野。死亡之龙尼德霍格从漆黑如同无月之夜的群山间飞起，双翼上托着尸体。阴影一掠而过。

一个绿色世界冉冉升起：冰岛的熔岩地面覆满苔藓。

北欧神话的来源

本书中所讲述的神话有许多来源，其中大部分是在中世纪的冰岛被人写下而流传。公元 1000 年，经过戏剧性的摊牌后，在一年一度的国民大会，或者说全国自由民大会上，基督教正式成为冰岛官方宗教。皈依基督的冰岛人差点儿和仍效忠于奥丁、弗雷和托尔的人发生冲突。为了避免陷于内战，追随哪一种宗教的决定权被交到了索尔盖尔·索尔克尔森的手中。索尔盖尔是国民大会的法律宣讲人，一个有权势的酋长，一个异教徒祭司，双方都愿意接受他的裁决。披着斗篷坐着沉思了一天一夜之后，索尔盖尔现身了，他告诉聚集在一起的冰岛人，他们的未来取决于基督教，而且必须有覆盖所有人的一部法律和一个宗教："假如法律崩溃，和平也无法维持。"就目前来说，异教徒仍然可以在家中奉行自己的宗教信仰，吃马肉，放弃不想要的孩子，然而这些不会持续太久；如果在那之后，人们继续崇拜旧神，他们得悄悄地做。索尔盖尔后来将自家的神像——北欧众神的雕像——扔进了他家附近的瀑布里，自那时起，那个瀑布被称为诸神瀑布。

对页图：18 世纪斯诺里《埃达》手稿《ÍB 299 4to》，标题页的插画。

与基督教相伴而来的是教会，还有教会的仪式与财富，以及悠久的书写传统。第一批在冰岛撰写的文本被提供给神职人员用于传播基督教的信息，可是不久后，冰岛人就开始意识到书写能够记录不同文学传统这一价值。到了1200年，冰岛人已经开始写下自己的祖先移居本国以及在北大西洋探险的故事，他们也开始记录那些仍被口口相传的神话和传说。这一非凡的文学文化发展前所未有：它不但为世界提供了现实主义的散文叙事，即冰岛人的萨迦，而且还保存了更早期的复杂精细的斯卡迪克诗歌——它们对斯堪的纳维亚国王们进行了生动描述，此外还有被称为诗体埃达的神话和传奇诗集。其中一些诗歌世代相传，还有一些被重新创作，以表达中世纪冰岛人不断变化的世界观——不过他们共同谈论的是关于北欧诸神的集体记忆，即便是在深受基督教几个世纪的影响之后。《沃洛斯帕》(《女先知的预言》)开始了这一系列诗歌：它被送给奥丁，并追随着神话历史的推进，从世界的创造直至毁灭。"你懂了吗？或者还有什么？"这是女先知的挑衅言辞（当然，奥丁总是想知道更多）。《哈瓦玛尔》，又被称作《至尊之言》，通过描述奥丁为获得如尼文知识而做出的牺牲，将实用性建议与中世纪生活技巧相结合。其他诗歌也有几个版本，譬如古德露恩的故事，以及她对阿提利的报复，这表明北欧神话及传说从来都不是一成不变，在世界各地的传播过程中，它们不断发生变化。也有迹象表明，这一过程中遗失了不少。除了埃达诗歌，其他提及北欧诸神的诗歌也被记录于萨迦中，而且往往被认为是维京时代有名姓的诗人或者吟游诗人所作，他们游历至勇士国王的大殿，为赞美他们的功绩创作诗歌。

在中世纪的冰岛，定居时代，第一批开拓者的勇敢无畏，以在中世纪的冰岛……第一批开拓者的勇敢无畏，以及他们流传下来的伟大诗歌传统都是子孙后代的骄傲。

及他们流传下来的伟大诗歌传统都是子孙后代的骄傲。斯卡迪克诗歌尤其形式复杂，充满隐晦的神话典故。即便北欧诸神的故事开始从人们的记忆中淡去，传统诗歌仍依赖于这个正在消失的世界："希芙的头发"或者"芙蕾雅的眼泪"意味着黄金，"风暴－埃吉尔的快乐女儿们"意味着波浪，"奥丁唇边的溪流"则是指诗歌本身。大约在公元 1220 年，冰岛人斯诺里·斯图鲁松，一位杰出的诗人、政治家和法律宣讲人，亲自记录下不同的诗歌形式，以及它们背后的神话。他的散文埃达既是一本神话指南，也是一本诗人手册，是对他所知晓传统的精彩叙述。许多流传下来的故事都得益于斯诺里，他是我们了解北欧宇宙和诸神的最全面的信息来源。不过他也对诗歌中复杂的典故进行了改造，使它们更容易被基督教读者所接受，他对故事进行重述，磨平了神话的棱角。

斯诺里的故事写于中世纪的冰岛，也有助于理解那些自维京时代遗留下来的极少的证据——彼时北欧诸神仍被积极推崇。除却斯卡迪克诗歌——这其中有很多被认为属于维京时代，我们还能从如尼文铭文、贵金属雕像与护身符、船葬、石块和木头上的篆刻中获得简短的参照，所有这些资料都有助于我们重建复杂的北欧信仰世界。每一年都有更多文物被发现，这使我们得以进一步理解信徒们如何看待北欧诸神。有时这些发现很难被解释，并且暗示着一个我们知之甚少的信仰活跃的世界。挪威和不列颠群岛的石刻是表现北欧神话的丰富原始资料：托尔的钓鱼之旅和齐格鲁德屠龙等情节以不同形式出现，它们也许在基督教神话中找到了一个新位置。齐格鲁德传说中的场景在挪威海乐斯塔德一座木板教堂精心装饰的大门上上演，而身缚锁链的洛基、踏进狼嘴的维达、钓起耶梦加得的托尔都在林肯郡哥斯福斯的 10 世纪十字架上有所表现。这并非北欧人对基督教纪念碑的篡改，而是努力筹划使古老的故事与新的信仰体系相融合。

神话重现

在冰岛，北欧神话传说从未被完全遗忘，但对于欧洲其他地区而言，勇敢的古董研究者和收藏家们在 17 世纪重新找到了原始资料——他们从冰岛与世隔绝之处"救出"手稿，并将它们带到哥本哈根等城市以便保存。其中一些——包括诗体埃达的《皇家手稿》在冰岛独立后被归还。尤其在丹麦和瑞典，人们渴望获得关于民族国家早期历史的资料，能够轻易读懂和翻译原始资料的冰岛人，和手稿本身一样被人需要。这类著作提高了斯堪的纳维亚民族在欧洲邻国中的文化地位，可是人们常常忘记，这一传统属于冰岛——假使它属于什么的人的话。

冰岛的原始资料被翻译为拉丁文，之后又被翻译为德语、英语等语言，它们被传播到了斯堪的纳维亚之外的地区，引起了正在找寻新灵感的英格兰诗人和艺术家的注意。早期译文中的一些

早期译文中的一些与原文相去甚远，有人提出这些古老诗歌最初以如尼文书写。

与原文相去甚远，有人提出这些古老诗歌最初以如尼文书写。这是与古典传统极为不同的故事体裁，"原始""野蛮"等词语常被用于描述北欧诗歌，尽管它的诗歌创作规则可能与拉丁文或者希腊语一样严格。

在英国的传统中，托马斯·格雷尤为重要，他通过两首北欧颂诗将北欧神话带给了广大读者——它们俘虏了读者的想象力。《命运三姐妹》改编自《尼嘉尔传奇》中的北欧古诗，描述了女武神在悬挂着头颅和肠子的织布机前编织着战争结局的可怖景象。格雷还写下了《奥丁降临》，讲述众神之父为了解巴德尔之死而造访冥府的故事。格雷的几位模仿者也从他绝妙的戏剧意象中得到启示。艺术家及浪漫主义诗人威廉·布莱克为格雷的北欧颂诗配上了插画，18 世纪晚期，女武神、致命的符文以及宴饮于瓦尔哈拉的勇士等哥特意象受到疯狂追捧。

对于维多利亚时代的人们来说，积极进取的维京人比北欧诸神更具吸引力——这些海外冒险家非常契合当时英国的帝国主义愿景。尽管北欧神话的荒淫无度与主流认知有些格格不入，可是这些传说素材仍拥有维多利亚时代的崇拜者，其中包括威廉·莫里斯——他加入了一支欧洲人的队伍，前往极富异国风情的目的地冰岛旅行，那里的风景和还有出现于萨迦中的景点给他们以灵感。在一位冰岛学者的帮助下，莫里斯翻译了一些萨迦，包括伏尔松格家族和尼布朗格家族的故事。他的长诗《伏尔松格的齐格鲁德》对齐格鲁德传奇进行了富于同情心的论述，描绘了一个接近自然的平等社会，以逃离当时封闭且等级森严的工业化英国。莫里斯使用了古老的语言，即便是维多利亚时代的人看来，他对这个传说中的叙述也很老套。但是，伴随着诗体埃达的第一次完

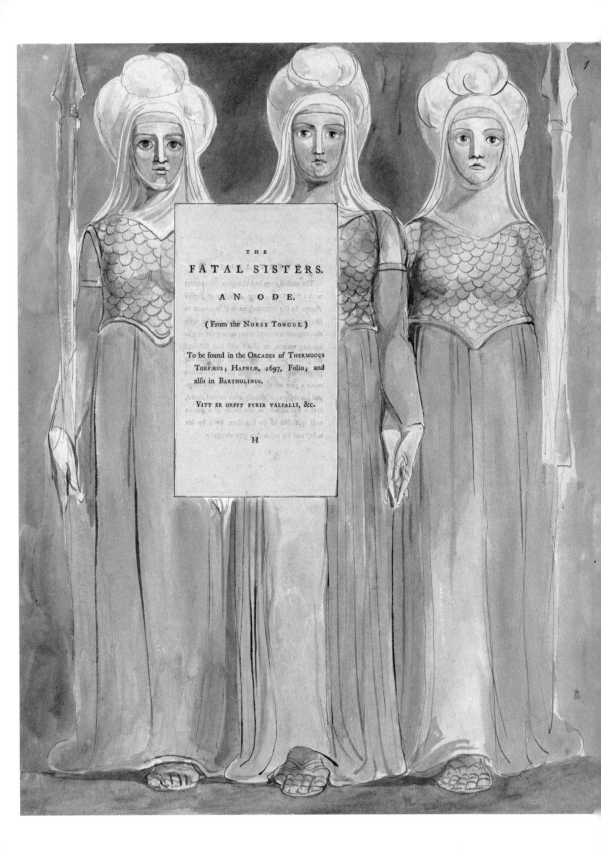

THE

FATAL SISTERS.

AN ODE.

(From the NORSE TONGUE.)

To be found in the ORCADES of THERMODUS
TORFÆUS; HAFNIÆ, 1697, Folio; and
also in BARTHOLINUS.

VITT ER ORPIT FYRIR VALFALLI, &c.

H

整翻译面世，北欧神话与传说被广泛传播。

北欧神话与民族主义

在冰岛，北欧神话和传说是现存文学遗产的一部分，这些文献在斯堪的纳维亚半岛的其他地方自然也十分重要：毕竟，它使我们得以窥见中世纪斯堪的纳维亚人的文化世界，并且也是保存在冰岛的北欧共同遗产的一部分。同样不足为奇的是，冰岛神话和传说宝库的重现推动了丹麦和瑞典的浪漫民族主义运动：在挪威，北欧辉煌的过往以及北方人热爱自由的思想，有助于人们向更具统治地位的邻国争取独立。

但是有些人认为，冰岛存留下来的神话拥有更宽泛且更不确定的意义：它不仅表达了中世纪北欧人的想象力，还展现了更广泛的日耳曼文化——它在其他地区已经消失或者被强力压制。这种泛日耳曼思想在德国深受欢迎：19 世纪兴起的民族运动试图恢复已失去的日耳曼传统，除却对新异教神秘主义的喜爱之外，还孕育出了以共同起源、文化和身体特征相关联的雅利安种族思想。这不仅是对英雄传奇中所描绘黄金时代的错误怀念，也是相信日耳曼民族能够再次崛起，重拾英雄遗产的信念：譬如吉多·冯·李斯这样的民族主义、神秘主义者甚至指出了进入日耳曼祖先神秘世界的途径——那个世界显然隐藏于诗体埃达的神秘传说中。

19 世纪对英雄传奇的重新诠释，对日耳曼民族主义的崛起产生了重要影响，那就是瓦格纳的史诗之作《指环王》，它以齐格鲁

对页图：托马斯·格雷的《颂歌，命运三姐妹》，由威廉·布莱克绘制。

托尔金将自己对北欧神话和英雄传说的透彻了解与其他中世纪文学元素，以及自己的大量发明融合在一起，创造了一个与旧神话相呼应的新神话。

德传奇以及中世纪德语重述版本的《尼伯龙根之歌》为基础。《指环王》系列中的四部歌剧——《莱茵的黄金》《女武神》《齐格鲁德》《诸神黄昏》在欧洲各地上演，广受批评家的赞誉，它向全世界展示了戴着有翼头盔的女武神、畸形的矮人种族，以及慷慨赴死的英雄等形象。瓦格纳的歌剧是对传奇之环最为经久不衰的重新诠释之一，它是一部高雅的艺术作品，而非关于政治信仰的声明。然而不可否认，他的复述对种族纯洁与权力追逐进行了颂扬，致使 20 世纪 30 年代的德国，民族主义复兴、反犹太主义盛行。

北欧神话成为了纳粹德国的文化战争工具，被歪曲以符合法西斯主义信条。德国和其他地区（包括斯堪的纳维亚半岛）的极右势力无视来源的复杂性，以及诸神自身的缺点与矛盾，只是利用那些具有吸引力的东西：使用暴力的勇气，对男性英雄主义的强调，还有对个人力量的颂扬。伟大的北欧冒险家们不再只是积极进取的人类：他们是北方主要民族的完美标本，而他们的神是战争之神，是利己之神。如尼文字被选作党卫军以及其他德国军事组织的徽章，轮廓鲜明的维京人出现在宣传海报上，关于北欧起源的研究和伪科学相结合——以"证实"北欧种族的优越性，以及其他民族（尤其是犹太人）的堕落。日耳曼黄金时代的神话与北欧人种优越性的断言，成为纳粹令人厌恶的意识形态的关键组成部分。

在英格兰，一笔与之不同的遗产正在成形：就某方面来说，它是对于德国所发生事件的回应。J.R.R. 托尔金，一位研究中世纪

1896 年瓦格纳歌剧《女武神》中的女武神。"有翼头盔"这一修辞在挪威神话中并无依据，可能来自于这些作品中的服饰。

文学的教授，在信中写到，他怀着"强烈的仇恨，反对那个红头发小个子的无知者阿道夫·希特勒……因为他毁灭、歪曲、滥用高贵的北方精神，使其变得面目可憎……"通过莫里斯[1]理想化的翻译，他第一次接触到了英雄主义精神。值得庆幸的是，纳粹的曲解并未像托尔金所担忧的那样一直持续，尽管北欧神话仍对今天的新纳粹具有令人沮丧的（如果可以预见的话）吸引力，但是托尔金自己留下的遗产，使主流文化接受北欧神话的方式，以及这些神话与大众想象间的联系产生了更大影响。托尔金将自己对北欧神话和英雄传说的透彻了解与其他中世纪文学元素，以及自己的大量发明融合在一起，创造了一个与旧神话相呼应的新神话。

虽然托尔金可能不会认同，但民族主义也在此发挥了作用：他认为英格兰未能保存更多的本土神话的碎片是巨大耻辱，于是他所设定发生在中土世界（呼应北欧的中庭）的故事，从一定程

---

1 威廉·莫里斯（William Morris），19 世纪英国设计师、诗人，早期社会主义活动家，对一些中世纪文本进行了翻译和出版，现代幻想体裁的确立与他密切相关，托尔金等战后作家受到了他的直接影响。

度上试图弥补这一不足。然而，托尔金能够理解来源的复杂性，以及诸神的缺陷，他当然并不崇拜英雄世界中的死亡驱动力。至于齐格鲁德传说中那枚魔戒——在瓦格纳歌剧中它是令人垂涎的权力象征，托尔金选择了一种截然不同的表述方式。他的史诗巨作《指环王》描写了对指环诱惑和疯狂权力欲的抵抗及摧毁；他所塑造的英雄是平凡的霍比特人，他们试图去理解一个陌生的英雄世界。书中的主要角色弗罗多，名字来源于传奇的北欧国王弗罗蒂，他的成功带来了和平。托尔金笔下关于矮人、龙、魔法符文和传奇宝剑的故事创立了中世纪奇幻小说新流派，他的中土世界使许多人对神话产生了兴趣。

现代神话与斯堪的纳维亚的残存

在斯堪的纳维亚半岛，北欧神话拥有特殊的文化重要性——尤其是在冰岛，传统在那里得以保存。古德露恩、芙蕾雅、索尔斯坦和齐格鲁德等传统人名仍广受欢迎，原始北欧古语的诗歌和萨迦仍被广泛阅读。在各种日耳曼语言中一周七天的名称里保留着北欧诸神的名字，包括英语变体"Tiw"代表提尔，"Woden"代表奥丁，"Thunor"代表托尔，"Frige"代表弗丽嘉。斯堪的纳维亚半岛各处的地名都在述说往昔对于北欧诸神的崇拜：丹麦的欧登塞、冰岛的弗雷斯内斯、法罗群岛的托尔斯豪恩（或译托尔斯港）——托尔斯豪恩市的徽章上有一个雷神之锤妙尔尼尔被高高举起的图像，便是对这一传承的致敬。最近的一些地名也继续了这些遗产：雷克雅未克的某个区域被称作众神邻域，因为所有

图为 1963 年爆发的苏尔特尔西，以北欧火巨人苏尔特尔命名。

的街道都以阿萨诸神和华纳诸神命名；靠近维京都柏林的一个新开发区则被称作"奥丁之路"。20 世纪 60 年代，冰岛南部海岸出现了一座火山岛，这来自地底世界的火山喷发物被命名为苏尔特尔西（苏尔特尔之岛），这个名字源于手持燃烧之剑的巨人。瑞典一艘用于运输核废料的船被称为"西格恩"，那是洛基的妻子，为他收集滴到他脸上的毒液。

　　这些对神话的巧妙引用有助于令故事与时俱进、保持活力，还有一场复兴北欧古老传统的运动：人们可以在挪威参加大学课程，学习传统维京技能，与此同时，丹麦和冰岛修建了允许新异教崇拜的神殿。通常来讲，恢复对旧信仰的兴趣是一种关于身份和传承的声明（特别是在斯堪的纳维亚半岛），然而新异教主义有时仍与白人民族主义结盟，这使得那些对于非排他或非政治性前基督教信仰[1]感兴趣的人非常恼火。挪威极右翼恐怖分子在青年营

法罗群岛首府托尔斯港的标志徽章，上有雷神之锤。

1　即受到基督教影响之前的各种异教信仰。

雷神托尔——漫威漫画世界中重设的新形象。注意那顶有翼头盔。

地对青少年们大肆屠戮，他自称是奥丁主义者，并将自己的手枪命名为妙尔尼尔。这是一个悲惨的案例，足以说明北欧的传统总是陷于被暴力的白人至上主义思想所束缚的危险之中，以及为何必须对种族主义滥用始终进行反击和抵制。

神话围绕着北欧人和维京人的遗产本身得以发展：在设得兰群岛，每年都会举办一次圣火节，焚烧一艘长船的复制品，这是维多利亚时代的传统，为了向这些岛屿的真实北欧历史致敬。同时还有一批忠实的支持者仍坚信肯辛顿符文石的真实性（这些1898 年被发现于明尼苏达州的铭文，很快被学者们认定为伪造）。大量斯堪的纳维亚移民定居的一处美国地区，有一支被称作明尼苏达维京人的球队，人们强烈渴望渴求一个以北欧为根基的神话。不过到目前为止，表明北欧人曾在北美定居的唯一明确证据是加拿大纽芬兰的安塞奥克斯草场，不过在未来也许会有其他变数。

对北欧神话的其他回应继续以创造性的方式发扬这一遗产：起源于斯堪的纳维亚的维京重金属音乐，总是提及北欧诸神及诸神黄昏；许多国家都有场景再现，还有节日，以及能够欣赏到神话表演的市场——这些神话被视为活的历史，此外还有被精心重建的维京船，使维京时代的旅行得以重现。有很多种途径可以参与北欧人的过往，但是对我们中大多数人来说，这种经验来自于流行文化中重述神话的诸多方式。

21 世纪出现了许多备受瞩目、与北欧神话相关的文学作品，尼尔·盖曼广受喜爱的小说《美国众神》对神话本身进行了生动改编，安东尼娅·苏珊·拜厄特则在《诸神黄昏》之中对故事进行了个人演绎。通过凯文·克罗斯里·霍兰德巧妙的复述，北欧神话被介绍给儿童一代（以及成年读者），梅尔文·伯吉斯在反

电影《雷神3：诸神黄昏》的海报。影片由迪士尼制片公司出品。

乌托邦作品《血潮》中将北欧神话编进了青少年小说。乔治·R.
R. 马丁的小说《冰与火之歌》，还有电视连续剧《权力的游戏》获
得了巨大成功，这很大程度上要归功于托尔金对中世纪文学的掠
夺，书中融入了北欧神话及文化元素，包括来自墙外土地的混乱
势力对世界的威胁。最近另外一部以北欧神话为题材的电视连续
剧是历史频道的《维京人》，以传说中的拉格纳尔·洛德布洛克和
他的儿子们为主角。诸神的故事和诗歌片段在这部流行剧中被重
新演绎，维京人丰富又复杂的文化，以及他们的劫掠传奇得到了
强调。

众神是漫威《雷神》系列的灵感来源，它为二十世纪的美国
观众将神话进行重新包装。在这套描绘北欧宇宙的漫画书中，众

神居住于名为阿斯加德的星球上,通过一座名为彩虹桥的星际桥梁与地球相通。强大的雷神托尔被送往地球学习谦逊,他成为了超级英雄,人类的捍卫者,加入复仇者联盟,与自己的弟弟——大反派洛基战斗。这种对托尔和北欧宇宙的重新想象,在银幕上吸引了更多的观众。北欧神话元素融进了越来越多的视频游戏,包括沉浸式的游戏《天际》,以及广受欢迎的《魔兽世界》。在日本漫画和韩国的角色扮演在线游戏中,北欧神话也得到了重新诠释:从高雅艺术到高中生动漫,北欧宇宙以及其中丰富多彩的角色继续影响着我们文化世界的各个方面。

　　对于最近大多数北欧神话的使用者来说,吸引他们的是那些内容丰富的故事,而非托尔金所推崇,并被那些将北欧传统政治化的人所歪曲的"北方精神"。不过,也许北欧神话在二十一世纪的持续流行与这样一个事实有关:拥有缺点的诸神,以及他们走向毁灭的角逐,可以让我们看到自己。

延伸阅读

一手的翻译资料

Egil's Saga, trans. Bernard Scudder with Introduction and Notes by Svanhildur óskarsdóttir (Penguin, 2005)

The Elder Edda: Myths, Gods and Heroes from the Viking World, trans. Andy Orchard (Penguin, 2011)

The Poetic Edda, trans. Carolyne Larrington (Oxford World Classics, 2014)

The Saga of Grettir the Strong, trans. Bernard Scudder with Introduction and Notes by Ornolfur Thorsson (Penguin, 2005)

The Saga of King Heidrek the Wise, trans. Christopher Tolkien (Thomas Nelson & Sons, 1960)

The Saga of the Volsungs, trans. Jesse L. Byock (Penguin, 1990)

The Saga of the Volsungs: With the Saga of Ragnar Lothbrok, trans. Jackson Crawford (Hackett, 2017)

Saxo Grammaticus, *Gesta Danorum: The History of the Danes*, ed. Karsten Friis-Jensen,trans. Peter Fisher (OUP, 2015)

Snorri Sturluson, *Edda*, trans. Anthony Faulkes (Everyman, 1987)

Snorri Sturluson, *The Prose Edda : Norse Mythology*, trans. Jesse L. Byock (Penguin, 2006)

Snorri Sturlusson, *Heimskringla*, trans. Alison Finlay and Anthony Faulkes, 3 volumes (Viking Society for Northern Research, 2011–16)

The Viking Age: A Reader, ed. Angus A. Somerville and R. Andrew McDonald (University of Toronto Press, 2010)

The Vinland Sagas, trans. Keneva Kunz with Introduction and Notes by Gisli Sigurdsson (Penguin, 2008)

挪威神话与古挪威文学

Clunies Ross, Margaret, *A History of Old Norse Poetry and Poetics* (D. S. Brewer, 2005)

Crossley–Holland, Kevin, *The Penguin Book of Norse Myths: Gods of the Vikings* (Penguin, 1980)

Larrington, Carolyne, *The Norse Myths: A Guide to the Gods and Heroes* (Thames & Hudson, 2017)

Lindow, John, *Norse Mythology: A Guide to the Gods, Heroes, Rituals and Beliefs* (OUP, 2001)

McTurk, Rory, ed., *A Companion to Old Norse-Icelandic Literature and Culture* (Black well, 2005)

O'Donoghue, Heather, *From Asgard to Valhalla: The Remarkable History of the Norse Myths* (I. B. Tauris, 2007)

O'Donoghue, Heather, *Old Norse-Icelandic Literature: A Short Introduction* (Blackwell, 2004)

Orchard, Andy, *Cassell's Dictionary of Norse Myth & Legend* (Cassell, 1997)

Simek, Rudolf, *Dictionary of Northern Mythology* (D. S. Brewer,1993)

Turville–Petre, E. O. G., *Myth and Religion of the North: The Religion of Ancient Scandinavia* (Greenwood Press, 1975)

致　谢

非常感谢安妮·舍尔纳（Anne Schoerner）对北欧宇宙的诠释，以及她在整个写作过程中的帮助。

译名对照表

A

Ægir 埃吉尔

Ægir's feast 埃吉尔的宴会

Ælfgifu 爱尔芙吉福

Ælla 埃拉

Æsir 阿萨神族

Æthelflæd 爱瑟尔弗莱德

Æthelred 埃瑟雷德

Afghanistan 阿富汗

Aki 亚基

Al–Andalus 安达卢斯

Al–Ghazal 阿尔·阿扎尔

Alfheim 亚尔夫海姆

Alsvin 阿尔文

Alviss 阿尔维斯

Andvari 安德瓦里

Angantyr 安根提尔

Angrboda 安格尔伯达

Angrim 安格里穆

Annar 安纳

Arhus 奥胡斯

Arinbjorn 阿瑞布约恩

Armod Beard "络腮胡" 艾莫德

Arvak 阿尔瓦克

Asgerd 阿思歌尔德

Ask 阿斯克

Askold 阿斯克德

Aslaug 亚丝拉琪

Asmund 阿斯蒙德

Athelney 阿塞尔纳

Athelstan 埃塞尔斯坦

Atli of the Huns 匈奴人阿特利

Atloy 阿特洛伊岛

Aud the Deep–Minded "深思熟虑的奥德"

Audhumla 奥德姆拉

Aurvandil 奥帆迪尔

B

Baldr 巴德尔

Balearic Islands 巴利阿里群岛

Baltic 波罗的

Bard 巴德

Barra Isles 巴拉群岛

Baugi 博吉

Beli 贝利

Bera 贝拉

Bergelmir 贝格尔米尔

Bestla 贝斯特拉

Bifrost 比佛洛斯特（彩虹桥）

Biki 比基

Bil 比尔

Billing 比林

Bilskirnir 毕尔斯基尔尼尔（闪电宫）

Birka 比尔卡

Bjarni 毕贾尼

Bjorn (Aslaug's son) 比约恩（亚丝拉琪之子）

Bjorn (Aud's brother) 比约恩（奥德的兄弟）

Bjorn Ironside 比约恩·艾恩赛德

Black Sea 黑海

Blake, William 威廉·布莱克

Bodvar 伯德瓦尔

Bodvild 博薇尔德

Bolli Bollason 波尔里·波尔拉森

Bolthorn 波尔斯隆

Bor 包尔

Borghild 博格希尔德

Bornholm 博恩霍尔姆岛

Bosphorus 博斯普鲁斯

Bragi 布拉奇

Brattahlid 布拉塔利德

Breidablik 布列达布利克

Breidafjord 布雷达峡湾

Brokk 布洛克

Brynhild 布伦希尔德

Burgess, Melvin 梅尔文·伯吉斯

Buri 布利

Byatt, A.S. 安东尼娅·苏珊·拜厄特

Byzantium 拜占庭

C

Caithness 凯斯尼斯

Camargue 卡马尔格

Cape Farewell 费维尔角（送别角）

Caspian Sea 里海

Cnut 科纳特

Constantinople 君士坦丁堡

Copenhagen 哥本哈根

Corpse Shore 尸骸之滨

Courlanders 库尔兰人

Crossley-Holland, Kevin 凯文·克罗斯里·霍兰德

D

Danelaw 丹麦法区

Danevirke "丹尼维奥克" 防线

Delling 德林

Denmark 丹麦

Devon 德文郡

Dir 迪尔

Disir (women of fate) 狄丝（命运女神）

Dnieper 第聂伯河

Dniester 德涅斯特河

Domesnäs 多梅斯纳斯岬

Dorrud 多鲁德

Draupnir 德罗普尼尔（"滴落者"戒指）

Dromi 德洛米

Dublin 都柏林

Dufthak 杜佛萨克

Durin 杜林

Dvalin (dwarf) 德瓦林（矮人）

E

Eadric Streona 埃德瑞克·斯特罗纳

Earl Atli the Slender "瘦子" 阿提利

Edmund (King of East Anglia) 爱德蒙（东安格利亚国王）

Edmund Ironside 爱德蒙·艾恩赛德

Edward the Elder 老爱德华

Egil Skallagrimsson 埃吉尔·斯卡拉格里姆松

Eirik Eymundarson (King of the Swedes) 埃里克·爱蒙达森（瑞典国王）

Eirik Hakonarson 埃里克·哈肯纳森

Eirik (King of Hordaland) 埃里克（霍达兰国王）

Eirik Snare 埃里克·斯奈尔

Eitri 伊特里

Elivagar 埃利伐加尔

Eljudnir (the 'Rain-Lashed Place') 艾尔嘉德尼尔（海拉的宫殿）

Embla 安布拉

England 英格兰

Eric Bloodaxe "血斧" 埃里克

Erik the Red "红胡子" 埃里克

Erp 埃尔普

Estonia 爱沙尼亚

Exeter 埃克塞特

Eylimi 艾力密

Eystein 埃斯泰因

Eyvind the Norwegian "挪威人" 艾文德

Eyvind the Plagiarist "剽窃者" 艾文德

F

Fafnir 法夫瑞

Faroe Islands 法罗群岛

Fenja 芬娅

Fenrir 芬里尔

Fensalir 芬萨利尔（雾海之宫）

Finland 芬兰

Fjalar 法亚拉

Fjolnir 福约尼尔

Folkvang 弗尔克范格（芙蕾雅的宫殿）

Forseti 凡赛堤

France 法国

Freydis (daughter of Erik the Red) 芙蕾狄斯（红胡子埃里克之女）

Freyja 芙蕾雅

Freyr 弗雷

Frigg 弗丽嘉

Frodi 弗洛迪

Frothi 弗洛西

G

Gaiman, Neil 尼尔·盖曼

Galar 戈拉

Gardar the Swede "瑞典人"嘉达尔

Gardariki 加达瑞吉

Garm 加姆

Gefjon 葛芙琼

Geirrod 吉尔罗德

Gerd 葛德

Gestumblindi 哥斯特姆布林迪

Gilling 吉林

Gimle 津利

Ginnungagap 金恩加格

Gjalp 格嘉普

Gjoll (river) 吉欧尔（河）

Gjoll (stone) 吉欧尔（石头）

Gjuki 吉乌基

Gjukungs 吉乌基家族

Gleipnir 格莱普尼尔（魔法镣铐）

Glitnir 格利特尼尔（闪耀之宫）

Gna 葛娜

Gnipa Cave (or Cavern) 格尼帕洞穴

Godafoss 诸神瀑布

Gold–Veig 古尔薇格

Gorm the Old 老格尔穆

Grani 格拉尼

Gray, Thomas 托马斯·格雷

Greenland 格陵兰

Greip 格蕾普

Grima 葛莉玛

Grimhild 格里姆希尔德

Grimr Kamban 格瑞姆·卡姆班

Groa 格萝亚

Grotti 葛罗迪（磨盘）

Gudfred, King 古德弗雷德国王

Gudmund, King 古德蒙德国王

Gudrid the Far–Travelled "远游者"古德丽

Gudrun 古德露恩

Gunnar 贡纳尔

Gunnbjorn 贡比约恩

Gunnhild 冈希尔德

Gunnlod 格萝德

Guthrum 古瑟鲁姆

Guttorm 古特尔姆

Gyda 吉妲

Gygir 吉吉尔

Gylfi 古鲁菲

H

Hænir 海尼尔

Hafrsfjord 哈夫斯峡湾

Hakon the Good "好人"哈肯

Halfdan Ragnarsson 哈夫丹·拉格纳尔森

Hall the Godless "无神论者"霍尔

Hamdir 哈姆迪尔

Harald Bluetooth "蓝牙"哈拉尔德

Harald Fairhair 金发哈拉尔德

Harald Hardrada 哈拉尔德·哈德拉达

Harald of Agder 阿哥德的哈拉尔德

Harald Wartooth "战牙"哈拉尔德

Harold Godwinson 哈罗德·葛温森

Hastein 哈斯坦

Hather 哈瑟

Hati ('Moon–Hound') 哈迪（"猎月者"）

Haukadal 豪卡达尔

Hedeby 赫德比

Heidin 海丁

Heidrek 海德瑞克

Heidrun 海德伦

Heimdall 海姆达尔

Heimir 黑弥尔

Hel 海拉（死亡女神 / 冥府）

Helga 赫尔佳

Helgi (Helga's suitor) 赫尔基（赫尔嘉的求婚者）

Helgi (Sigmund's son) 赫尔吉（西格蒙德之子）

Herjolf 赫若夫

Hermod 赫尔墨德

Herthjof 赫斯乔夫

Hervor 赫沃尔

Hild 希尔德

Himinbjorg 希敏约格（天卫之宫）

Hindarfell 希恩达菲尔

Hitler, Adolf 阿道夫·希特勒

Hjadningavig 永恒之战

Hjalmar the Big-Hearted "慷慨者"贾马尔

Hjalprek 赫尔普雷克

Hjordis 赫奥迪丝

Hjuki 朱基

Hlidskjalf 利德斯凯尔弗（奥丁的至高王座）

Hljod 霍约德

Hod 霍德

Hoenir 赫尼尔

Hofund 霍弗德

Hogni (Gjukung) 霍格尼（吉乌基家族）

Hordaland 霍达兰

Hræsvelgr 赫拉斯维尔戈

Hreidmar 赫瑞德玛

Hringhorni 赫瑞霍尼

Hrod 赫萝德

Hrungnir 赫鲁格尼尔

Hugi (giant) 修吉（巨人）

Hugin (raven) 胡金（奥丁的渡鸦）

Humber 亨伯河

Hunaland 胡纳兰德

Hvergelmir 赫瓦格密尔泉

Hvitserk (Aslaug's son) 瓦特金（亚丝拉琪之子）

Hymir 希密尔

I

Ibn Fadlan 伊本·法德兰

Ibrahim al-Tartushi 易卜拉欣·阿尔－塔图什

Iceland 冰岛

Idavoll 埃达华尔平原

Idun 伊登

Ingeld 英戈尔德

Ingolfr Arnarson 英格尔夫·阿尔纳尔松

Ingvar the Far-Travelled "远行者"英格瓦尔

Ireland 爱尔兰

Istanbul 伊斯坦布尔

Ivar the Boneless "无骨者"伊瓦尔

J

Jarizleif 贾瑞兹利夫

Jarl Hakon 哈康伯爵

Jarnsaxa 雅恩莎撒

Jelling 耶林

Jerusalem 耶路撒冷

Jomsvikings 尤姆斯维京人

Jonakr 乔纳库尔

Jord 娇德

Jormungand (Midgard Serpent) 耶梦加得（中庭大蛇）

Jormunrekk 乔蒙雷克

Jotnar 约顿族

Jotunheim 约顿海姆

K

Karlsefni 卡尔赛甫尼

Ketil Flat-Nose "塌鼻子"凯提尔

King Alfred of Wessex 韦塞克斯的国王阿尔弗雷德

Kostbera 科斯特贝拉

Kvasir 克瓦希尔

L

L'Anse aux Meadows, Newfoundland 安塞奥克斯草场

Læding "雷锭"（锁链）

Latvia 拉脱维亚

Leif Erikson 莱夫·埃里克松

Leif Hjorleif (blood-brother of Ingolfr Arnarson) 莱夫·赫约利夫（英格尔夫·阿尔纳尔松的结义兄弟）

Lewis 刘易斯岛

Lif 利弗

Lifthrasir 利弗诗瑞尔

Lindisfarne 林迪斯法恩

Lit (dwarf) 利特（矮人）

Lofn 洛芬

Logi 洛吉

Loire 卢瓦尔

Loki 洛基

London 伦敦

Luna 鲁纳城

Lyngvi (Hjordis' jilted suitor) 林格维（赫奥迪丝的求婚者）

Lyngvi 林格维岛

M

Magni 曼尼

Magnus the Good "好人" 马格努斯

Maldon 马尔顿

Mani 玛尼

Markland 马克兰

Martin, George R.R. 乔治·R.R. 马丁

Marvel's *Thor*《雷神》（漫威作品）

Mazimma 阿尔玛兹玛

Mediterranean 地中海

Menja 门娅

Mercia 麦西亚

Midgard 米德加德（中庭）

Midgard Serpent 中庭大蛇（耶梦加得）

Miklagard 米克拉加德（城墙）

Mimir, Mimir's Well 密弥尔，密弥尔之井（智慧井）

Mjolnir 妙尔尼尔

Modi 摩迪

Morning Star (Aurvandil's Toe) 晨星（奥帆迪尔的大脚趾）

Morris, William 威廉·莫里斯

Mosfell 莫斯费尔

Motsognir (dwarf) 莫索尼尔（矮人）

Mugin (raven) 穆金（奥丁的渡鸦）

Mundilfæri 蒙迪尔法利

Muspelheim 穆斯贝尔海姆

Mysing 迈辛

N

Naddod 纳都德

Naglfar 纳吉法尔

Naglfargi 纳特法瑞

Nain (dwarf) 奈恩（矮人）

Nanna 南娜

Nar (dwarf) 纳尔（矮人）

Narfi (son of Loki) 纳尔弗（洛基之子）

Nari (son of Loki) 纳里（洛基之子）

Nattfaravik 纳特法拉维克

Nattfari 纳特法瑞

Nidhog (dragon) 尼德霍格（恶龙）

Nidud (Swedish king) 尼都德（瑞典国王）

Niflheim 尼福尔海姆

Nithi (dwarf) 尼提（矮人）

Njord 尼约德

Noatun 诺奥通

Normandy 诺曼底

norns (women of destiny) 诺伦三女神（命运女神）

Northumbria 诺森布里亚

Norway 挪威

Norwich 诺里奇

Novgorod 诺夫哥罗德

Nyi (dwarf) 尼伊（矮人）

O

Odense 欧登塞

Odin 奥丁

Olaf Guthfrithson 奥拉夫·古夫力特森

Olaf Haraldsson 奥拉夫·哈拉尔德松

Olaf the White "白人" 奥拉夫

Olaf Tryggvason 奥拉夫·特里格瓦松

Olaf, King of Birka 奥拉夫（比尔卡国王）

Olo (Norwegian noble) 奥罗（挪威贵族）

Olof, king of Sweden 奥洛夫（瑞典国王）

Olvaldi 奥尔瓦迪

Olvir 奥尔维

Onund Tree-Foot "树腿" 奥诺德

Orkney 奥克尼

Orvar-Odd 奥瓦尔－奥德

Otr 奥托

Ottar (Freyja's follower) 奥塔尔（芙蕾雅的追随者）

Oxford 牛津

P

Paris 巴黎

Pechenegs 佩切涅格人

Permina 珀尔米纳

Photius the Patriarch 大公牧首佛缇乌

Piraeus 比雷埃夫斯港

Pisa 比萨

Polish coast 波兰海岸

Prince Oleg 奥列格王子

R

Ragnar Lodbrok（'Ragnar ShaggyPants'）拉格纳尔·洛克布洛克（"毛裤"拉格纳尔）

Ran 澜

Randver 兰德尔

Rastarkalv 拉斯塔卡夫

Ratatosk 拉塔托斯克

Raven-Floki "渡鸦"弗洛基

Ravning Bridge 渡鸦桥

Regin 雷金

Reric 雷里克城

Rerir 雷瑞尔

Reykjanes 雷克雅内斯

Reykjavik 雷克雅未克

Rig (name for Heimdall) 雷葛（海姆达尔的化名）

Rind 琳德

River Neva 涅瓦河

River Rhône 罗讷河

River Roaring "河流的咆哮"（水坝名）

Rognvald (Aslaug's son) 罗格瓦尔德（亚丝拉琪之子）

Rollo 罗洛

Roskva 萝丝卡瓦

Ruotsi 如特斯

Rurik 留里克

Rus' 罗斯人

Russia 俄罗斯

S

Sæmingr 塞敏格尔

Salisbury 索尔兹伯里

Samso 萨姆索

Scilly Isles 锡利群岛

Scotland 苏格兰

Serkland 赛尔克兰

Sibilja 西毕嘉

Sicily 西西里

Sif 希芙

Sifka 希芙卡

Siggeir 希戈尔

Sigi 希格

Sigmund 西格蒙德

Signy 西格尼

Sigurd Hring 齐格鲁德·赫林

Sigurd of the Volsungs 伏尔松格家族的齐格鲁德

Sigurd Snake-in-the-Eye "蛇眼"齐格鲁德

Sigyn 西格恩

Sinfjotli 辛菲特利

Sjælland 西兰岛

Skadi 斯卡蒂

Skallagrim 斯卡拉格瑞姆

Skidbladnir 斯基德普拉特尼

Skirnir 斯基尼尔

Skjoldung (dynasty) 斯科尔登王朝

Skoll 斯科尔

Skrælings 斯克林斯人

Skrymir 斯克里米尔

Skye 斯凯岛

Skyrim《天际》（游戏）

Slaughter-Gate 屠戮之门

Sleipnir 斯莱普尼尔

Snæfellsnes 斯奈山半岛

Sol 苏尔

Somerset 萨默塞特

Sorli 速尔利

Stamford Bridge 斯坦福桥

Staraja Ladoga 斯塔亚拉多加

Starkad 斯塔克德

Sturluson, Snorri 斯诺里·斯图鲁松

Suir 舒尔河

Surt 苏尔特尔

Surtsey (Surt's Island) 苏尔特尔西（苏尔特尔之岛）

Surtshellir 苏特舍利尔

Suttung 苏图恩

Svadilfari 斯瓦迪尔法利

Svafa 斯娃法

Svanhild 斯瓦希尔德

Svartalfheim 瓦特阿尔海姆

Svein Forkbeard "八字胡" 斯文

Sverting 斯维廷

Svolder 斯沃尔德

Sweden 瑞典

Sweyn Estridsson 斯文·埃斯特里松

T

Thjalfi 提亚尔费

Thjazi 夏基

Thjodhild 赫乔希尔德

Thor 托尔

Thora (Kingdom of Half) 索拉（哈尔夫王国贵族）

Thora (Ragnar's bride) 索拉（拉格纳尔的新娘）

Thorbjorn 索比约恩

Thorgeir Thorkelsson 索尔盖尔·索尔克尔森

Thorgerd 索尔歌德

Thorhall 索尔霍德

Thorkel Moon 索尔凯尔·穆恩

Thorkell the Tall "高个子" 索尔凯尔

Thorolf 索洛夫

Thorolf Louse-beard "虱子" 索洛夫

Thorstein (Arinbjorn's nephew) 索尔斯坦（阿瑞布约恩的侄子）

Thorstein the Red "红发" 索尔斯坦

Thorvald 索瓦尔德

Thrud 斯露德

Thrym 索列姆

Thurid the Priestess 女祭司瑟瑞德

Thyra, Queen 特娜王后

Tolkien, J.R.R. J.R.R. 托尔金

Torshavn (Thor's Harbour) 托尔斯豪恩（托尔斯港）

Tostig Godwinson 索斯提格·葛温森

Trondheim 特隆赫姆神殿

Tryggvi 特里格维

Tyr 提尔

Tyrfing 提尔锋

Tyrkir 蒂尔吉尔

U

Ubba Ragnarsson 乌柏·拉格纳尔森

Ulfkell 伍尔夫凯尔

Ull 乌勒尔

Up Helly Aa 圣火节

Uppsala 乌普萨拉

Utgard 乌德加德

Utgarda-Loki 乌特迦·洛奇

V

Vafthrudnir 瓦福斯努尼尔

Valhalla 瓦尔哈拉（英灵殿）

Vali 瓦利

Valkyries 瓦尔基里（女武神）

Vanaheim 华纳海姆

Vanir 华纳神族

Varangians 瓦兰吉安人

Vartari 瓦塔瑞

Ve 菲

Vestfold 西福尔

Vidar 维达

Vigi 维吉

Vigridr 维格里德平原

Vikar 威尔卡

Vikings (History channel TV series)《维京人》（历史频道电视剧）

Vili 维利

Vingi 文吉

Vinland 文兰岛

Visin 威辛

Vitichev 韦迪切夫

Volga 伏尔加河

Volund the Smith 铁匠沃伦德

W

Wagner, Richard 理查德·瓦格纳

Watling Street 惠特灵大道

Well of Fate 命运井
Wendland 文德兰
Wessex 韦塞克斯
Westman Islands 韦斯特曼群岛
William the Conqueror "征服者" 威廉
Winchester 温彻斯特
World of Warcraft《魔兽世界》
Worms 沃尔姆斯
Wulfstan 沃尔夫斯坦

Y
Yewdales 耶戴尔斯
Yggdrasil (the World–Tree) 尤克特拉希尔（世界树）
Ymir 伊密尔
Yngvi–Freyr 英格威 – 弗雷
York 约克

Z
Zealand 西兰岛

图书在版编目（CIP）数据

北欧神话：众神与英雄的故事 / （英）汤姆·伯基
特著；唐阳译. -- 北京：北京联合出版公司，2022.5
　　ISBN 978-7-5596-3927-1

　　Ⅰ. ①北… Ⅱ. ①汤… ②唐… Ⅲ. ①神话—作品集
—北欧 Ⅳ. ①I530.73

中国版本图书馆CIP数据核字（2020）第006725号

北欧神话：众神与英雄的故事

作　　者：[英] 汤姆·伯基特（Dr. Tom Birkett）
译　　者：唐　阳
出 品 人：赵红仕
出版监制：刘　凯　赵鑫玮
选题策划：联合低音
特约编辑：杨　静
责任编辑：高霁月
封面设计：林　丽
内文排版：黄　婷

关注联合低音

北京联合出版公司出版
（北京市西城区德外大街83号楼9层　100088）
北京联合天畅文化传播公司发行
北京华联印刷有限公司印刷　新华书店经销
字数300千字　889毫米×1194毫米　1/16　25.5印张
2022年5月第1版　2022年5月第1次印刷
ISBN 978-7-5596-3927-1
定价：128.00元